행복은
깨어있는
사람에게
허락된다

The Awakening Human Being

바바라 버거 · 팀 레이 지음 | **강주헌** 옮김

행복은
깨어있는
사람에게
허락된다

순 진 한 믿 음 의 악 순 환 에 서 벗 어 나 라

나무생각

2부 **실천**
정신의 힘을 현명하게 사용하기 위한 실질적 방법들

3부 **응용**
실천이 중요하다

행복의
열쇠를
찾아서

당신은 무엇을 찾고 있는가

당신이 이 세상에서 가장 간절하게 원하는 것은 무엇인가? 자기 자신에게 이렇게 묻고 정직하게 답해보라. 어린 아이로 돌아가 크리스마스 전날 밤인 것처럼 당신이 원하는 것을 무엇이든 말해보라. 종이 하나를 꺼내놓고 머릿속에 떠오르는 바람을 가감 없이 써보라. 다른 사람에게 보여주기 위해 쓰는 것은 아니다. 당신만을 위해서, 당신이 진정으로 원하는 것이 무엇인지 알아보기 위해서 써보는 것이다.

됐다.

뭐라고 답했는가?

내가 이렇게 묻는 이유는 간단하다. 내가 사랑하는 아들 팀 레이와 함께 많은 나라에서 강연과 워크숍을 진행할 때면 대부분 똑같은 질문으로 시작했기 때문이다. 그 결과는 언제나 흥미진진하다.

모두가 자신이 원하는 것을 종이에 쓰고 나면, 우리는 그들에게 서로 교환해 읽어보라고 한다. 대체 그들은 뭐라고 답할까?

가령 한 남자가 "나는 좋은 인간관계를 원한다"라고 답했다고 해보자. 우리는 그에게 "왜 좋은 인간관계를 원하십니까?"라고 묻는다.

십중팔구 그는 "사랑받고 싶으니까요" 혹은 "안전하고 편안한 기분에서 살고 싶으니까요"라고 대답한다. 그럼 우리는 다시 묻는다.

"왜 사랑받고 싶으십니까? 왜 안전하고 편안한 기분으로 살고 싶습니까?"

그는 "그래야 기분이 좋아지니까요"라고 대답할 테고, 우리가 "왜 기분이 좋기를 바라십니까?"라고 다시 물으면 그는 "그래야 행복하니까요"라고 대답한다.

이쯤에서 다음 사람으로 넘어간다. 그는 "내 재능과 창의성을 발휘할 수 있는 일을 하고 싶다"라고 썼다. 우리는 "왜 당신의 재능과 창의성을 발휘할 수 있는 일을 하고 싶습니까? 그래서 당신이 얻는 이익이 뭔가요?"라고 묻는다.

그는 "창의성과 재능을 발휘하면 만족감을 얻을 수 있을 테니까요"라는 식으로 대답하고, 우리가 "왜 만족감을 얻고 싶습니까?"라고 물으면 그는 "그래야 행복하니까요"라고 대답한다.

"무엇보다 건강하고 싶습니다. 튼튼하고 건강하게 살고 싶습니다"라고 대답한 사람도 마찬가지다. 우리가 그에게 "왜 튼튼하고 건강하게 살고 싶습니까?"라고 물으면 그는 "그래야 내가 원하는 일을 할 수 있으니까요"라고 대답한다. 다시 우리가 "왜 원하는 일을 할 수 있기를 바라십니까?"라고 물으면 그는 "그래야 행복하니까요"라고 대답한다.

항상 이런 식이다…. 아주 흥미로운 결과가 아닐 수 없다. 내 말이 믿기지 않으면 당신도 직접 시험해보라. 우리가 이런 시험을 통해 얻는 결과는 하나였다. 사람들이 간절히 원하는 것이 무엇이든 — 예컨대 건강이나 돈, 좋은 인간관계나 멋진 섹스, 체중 감량, 자녀의 건강, 창의적인 일, 세계 평화 등 — 그런 것을 원하는 이유가 뭐냐는 질문에는 행복하고 싶기 때문이라고 대답했다. 그렇다! 누구나 행복하기를 바란다. 모두가 행복을 추구한다. 국적과 연령, 체중과 신장, 성별과 배경 등을 막론하고 누구나 행복하게 살고 싶어 한다.

행복은 보편적인 욕구라 말할 수 있다. 여기에는 예외가 없다. 우리 모두가 행복하기를 바란다. 우리가 무엇을 목표로 하든 그 목표를 달성하면 행복해질 것이라 생각하기 때문에 그 목표에 매달리는 것이다.

내 말이 믿기지 않으면 주변 사람들에게 확인해보라. 당신이 아는 사람들에게 정말로 원하는 게 무엇인지 물어보고, 또 그것을 절실하게 원하는 이유가 뭔지 물어보라. 그런 식으로 계속 물어보면, 그래야 행복할 것이라 생각하기 때문에 그것을 원하는 것이라고 대답할 것이다. 거듭 말하지만 여기에는 어떤 예외도 없다.

설령 우리가 깨달음을 구하더라도, 또 고통에서 벗어나는 방법을 간구하더라도 결국에는 깨달음을 얻거나 고통에서 벗어나야 행복할 것이라 믿기 때문에 그런 바람을 갖는 것이다.

그러나 어떻게?

그럼 당연히 이런 질문들이 제기된다. 어떻게 해야 우리는 행복할 수 있을까? 왜 지금은 행복하지 않은 것일까? 지금 우리의 행복을 방해하는 것은 무엇일까? 행복하기 위해서는 바깥 세계에서 뭔가를 성취하고 얻어야 한다고 생각하는 이유는 무엇일까? 달리 말해서, 좋은 반려자를 얻고 좋은 직장을 구하며, 날씬한 몸매를 유지하고 착한 자식을 두며, 건강하고 은행 잔고가 두둑해야 행복할 수 있다고 생각하는 이유가 무엇일까?

녹록치 않은 질문이고, 끊임없이 제기되는 풀리지 않는 질문이다. 대체 어떻게 해야 행복할 수 있을까?

다른 식으로 말해보자. 어떻게 해야 우리 삶에서, 또 다른 사람들의 삶에서 고통을 종식시킬 수 있을까?

인간이 먼 옛날부터 품었던 의문이다.

이러한 의문의 답이 곧 고통에서 벗어나는 길이고, 행복을 찾아가는 길이다.

* * *

나는 이 의문의 답을 찾는 데 한평생을 보냈다. 지금까지 내가 발표한 책들도 모두 이 문제를 다루었다.

그 결과, 내가 내린 결론의 하나는 대부분의 사람이 엉뚱한 곳에서 행복을 찾고 있다는 것이다. 구체적으로 말하면, 그들은 외부 세계에서 행복을 찾고, 앞에서 언급한 것들, 예컨대 좋은 반려자와 그럴 듯한 직업, 착한 아이들과 두둑한 은행 잔고, 멋진 집과 사회적 성공, 날씬한 몸매 등을 성취하면 행복해질 거라고 믿는다. 그러나 이런 믿음은 너무 잔인하다고 생각하지 않는가? 우리의 행복이 전적으로 외적인 환경과 사건 및 다른 사람에게 달렸다고 생각하면 너무 비참하지 않은가? 특히, 우리가 행복의 조건으로 거론하는 것들이 우리가 전혀 통제할 수 없는 것이라면, 그보다 비참한 경우가 있을까? 대다수, 아니 우리 대부분이 행복에 필요한 조건을 갖추지 못한 세상에서 살고 있다는 사실은 말할 것도 없고, 행복한 삶이라는 바람을 성취하기 위해서 우리가 의지할 만한 것이 물리적인 외부 세계에 전혀 없다면 우리가 무슨 수로 행복이란 목표를 성취할 수 있겠는가? 그런데도 우리는 착한 반려자를 얻고 좋은 직업을 구하면, 돈을 더 많이 벌고 완벽한 몸매를 가꾸면, 또 호화로운 집을 구해 일류 디자이너의 가구로 장식하면 행복할 거라는 생각에서 벗어나지 못한다. 따라서 이런 생각을 틀렸다고 말하는 건 미친 짓이고 잔인한 짓일 수 있다.

그런데 왜 우리는 그렇게 생각하는 걸까? 대체 그 이유가 무엇일까? 어떤 과정을 거쳐 이런 생각에 이르렀을까?

내 생각에는 우리가 그렇게 교육받았기 때문이다. 부모와 선생님들이 우리에게 그렇게 가르쳤고, 우리는 곧이곧대로 믿었다. 그런데 왜 그분들은 우리에게 그렇게 가르쳤을까? 그분들도 그렇게 배웠기 때문에 우리에게 그렇게 가르쳤다. 순진한 믿음의 악순환이랄까? 여하튼 우리는 순진하게 그분들의 말을 그대로 믿었다. 천진난만한 아이들이 흔히 그렇듯이 우리는 부모와 선생님을 고스란히 믿었다. 순진한 아이는 어른들의 얘기를 가감 없이 받아들인다. 우리가 바로 그랬다. 그래서 우리는 행복이 외적인 환경과 사건 및 다른 사람에게 좌우되는 것이라 믿었다. 어른들이 우리에게 그렇게 말했으니까! 지금도 우리 대부분이 그렇게 믿고 살아간다. 착한 반려자와 많은 돈, 권력과 힘, 건강한 몸이 행복을 보장해주고, 거친 바다와 같은 삶에서 우리를 안전하게 지켜준다고 믿는다. 우리 모두가 그렇게 배웠기 때문에 아직도 대부분이 아무런 의문도 없이 그렇게 믿는다고 해서 놀라울 것은 없다.

그렇게 믿기 때문에 우리는 행복해지려고 외적인 것을 어떻게든 손에 넣으려고 발버둥 친다. 하지만 결국에는 그런 가르침이 틀렸다는 걸 깨닫기 마련이다. 우리가 행복해지는 데 필요한 조건들을 채우지 못하기 때문이기도 하지만, 우리에게 필요한 것이라 여겨지는 조건들을 갖추더라도 행복하지 않기 때문이다.

따라서 우리는 조금씩 환멸을 느끼게 된다.

이런 덧없는 믿음 때문에, 그로 인한 덧없는 기대감 때문에 오랫동안 고통 받고 불행의 늪에 허덕인 사람들은 '대체 뭐가 잘못된 것일까?'라는 의문을 품기 시작한다. 또 '그런 것들은 내게 효과가 없는 것일까? 누구보다 착하게 살고 열심히 노력했는데 왜 나는 행복하지 못한 것일까? 내가 무엇을 잘못하고 있는 것일까?' 등등의 의문을 품기 시작한다.

이런 존재론적 절망감이 정곡을 찌르면 몇몇 사람은 그때서야 정신을 차리고, 어른들에게 들었던 말이 현실과 아무런 관계가 없다는 것을 깨닫는다. 진실처럼 믿었던 어른들의 가르침이 현실과 일치하지 않는다! 큰 충격일 수 있다. 우리는 현실을 직시할 때, 요컨대 현실을 있는 그대로 받아들일 때 현실이 기존의 믿음과 전혀 다르다는 것을 깨닫는다. 옛날부터 우리 눈앞에 있었던 현실이 갑자기 달라 보인다. 우리가 전에는 현실을 정확히 보지 않았다는 뜻이다.

이런 의미에서 '현실적이 되라'는 것이다.
현실에 눈을 뜨라는 뜻이다.

그럼 여기에서 말하는 현실이란 무엇일까?

첫째는 우리가 덧없는 세계에서 살아가고, 우리 모두가 끊임없이 변하는 물리적인 몸을 갖고 태어났다는 것이다. 물리적인 몸은 병들고 노화되기 마련이다. 누구도 피할 수 없는 숙명이다. 바로 여기에서, 완벽한 몸과 완벽한 건강이란 허황된 믿음은 결코 성취될 수 없는 꿈이기 때문에 행복의 열쇠가 지옥으로 가는 지름길이란 사실이 밝혀진다. 그렇다고 건강한 삶을 누리기 위한 노력을 하지 말라는 뜻은 아니다. 우리가 오랫동안 슈퍼모델 뺨칠 정도로 날씬한 몸매를 유지하고 건강하게 살더라도 결국에는 모든 몸뚱이가 노화를 피할 수 없다는 사실을 강조하려는 것이다. 무슨 짓을 해도 노화는 피할 수 없고, 언젠가는 죽음을 맞이하기 마련이다.

둘째로는 우리가 아무리 안달복달해도 행복하기 위해서 필요하다고 생각되는 것이나 원하는 것을 모두 손에 쥘 수는 없다는 것이다. 누구도 부인할 수 없는 현실이다.

따라서 우리 행복이 다른 사람에게 달려 있다는 과거의 가르침, 원하는 것을 원할 때마다 가질 수 있느냐, 건강한 몸을 유지하느냐에 달려 있다는 과거의 가르침은 행복의 지름길이 아니라 불행, 두려움과 걱정, 정신적 고통과 우울증으로 우리를 내모는 지름길이다.

현실은 지금 눈앞에 있는 것

우리가 무엇을 하든 간에 현실은 우리 눈 앞에 있는 현상이며, 우리에게는 어떤 선택권도 없다. 또 우리가 마음대로 조절할 수 있는 것도 아니다. 현실은 지금 존재하는 그 자체다. 하루는 비가 오고, 하루는 해가 쨍쨍 내리쬔다. 우리가 이런 날씨를 조절할 수 있는가? 우리는 숨을 쉬고 심장이 박동한다. 우리가 호흡과 심장 박동을 마음대로 조절할 수 있는가? 수많은 사건과 사람이 우리 앞을 지나간다. 우리가 이런 현상을 마음대로 조절할 수 있는가? 부모와 반려자, 자식과 친구 등 모두가 왔다가 멀어진다. 모든 사건, 요컨대 인간의 삶은 자체의 속도와 흐름에 따라 움직인다. 우리는 이런 흐름에 어떤 영향도 미칠 수 없다. 우리는 그저 그 자리에 존재할 뿐이다. 우리 몸뚱이가 병들고 고장 날 때까지, 호흡이 끊어지고 심장이 멈출 때까지 뭔가를 하면서 살아갈 뿐이다. 모든 것이 우리 뜻과는 관계없이 자체의 법칙에 따라 움직인다.

그럴진대 이런 현실이 우리 바람과 무슨 관계를 가질 수 있겠는가? 우리가 원하는 것과 우리에게 필요한 것을 손에 넣을 때도 있지만 그렇지 못한 때도 있다. 그러나 실제로 일어나는 일을 정직한 눈으로 보면 우리가 주역이 아니라는 사실이 금세 밝혀진다. 우리가 아무리 발버둥쳐도 우리 삶은 본연의 흐름을 따라가고, 우리가 그 흐름을 바꿀 수는 없다. 남달리 건강하고, 은행 잔고가 넘치도록 많아도 소용없다. 현실은 지금 우리 눈앞에 있으며, 여기에서 우리가 할 수 있는 역할은 없다.

현실이란 그런 것이다.

동료의 경우도 마찬가지다. 때로는 좋은 동료, 좋은 친구를 만나지만 그렇지 못한 경우도 있다. 돈도 다를 바가 없다. 은행 잔고에 돈이 있을 때도 있지만 바닥이 나는 경우도 있다. 세상살이가 그런 것이다. 주변을 둘러보면, 내 말이 조금도 틀리지 않다는 것을 확인할 수 있을 것이다. 현실에는 예외가 없다. 어떤 예외도 허용하지 않는다.

분명히 말하지만, 행복하기 위해서 좋은 짝과 건강과 돈이 있어야 한다는 생각은 틀렸다. 그런 생각은 행복으로 가는 길이 아니다. 그 이유가 무엇일까? 행복을 그런 외적인 것에서 찾으려는 생각 자체가 불가능한 바람이기 때문에, 결국에는 현실과 맞붙어 싸우는 짓이다. 불가능한 것을 바라는 것이다. 우리는 현실이 우리에게 안겨주기를 바라지만, 그런 바람이 실현될 가능성은 거의 없다. 따라서 이런 식의 사고방식, 우리가 자라면서 배운 사고방식, 우리 머릿속에 프로그램되어 있는 생각하는 법은 지옥으로 가는 지름길이다. 거듭 말하지만, 지옥으로 가는 지름길이다. 행복으로 가는 길이 아니다. 왜 그럴까? 삶은 현실이고, 현실은 지금 우리 눈앞에 있는 모습이기 때문이다. 우리는 연극을 공연하는 게 아니다. 우리는 여기에 한마디도 끼어들 수 없다. 이 순간, 즉 현실은 지금 눈앞에 펼쳐진 모습이며, 궁극적이고 결정된 것이다.

그러나 내 말을 오해하지 말기 바란다. 내가 말하는 현실, 지금 이 순간 우리에게 주어진 조건을 뜻할 뿐이다. 건전하게 살지 말라는 뜻은 전혀 아니다. 변하기 위해 노력하고, 더 나은 세상을 만들기 위해 애쓰지 말라는 뜻은 더더욱 아니다. 분별력 있게 건전한 삶을 살기 위해서 우리가 할 수 있는 것이 없다는 뜻도 아니다. 지식과 지혜를 쌓고, 인과관계가 일상의 삶에서 어떻게 작용하는지 이해할 필요가 없다는 뜻도 아니다. 나는 조금도 그런 뜻으로 말한 것이 아니다. 우리가 물리적인 몸으로 살아가며 겪는 근본적인 법칙에 대해 말하고 있을 뿐이다. 물리적인 몸을 끌어안고 이 세상을 현명하게 살아가기 위해서 우리가 취할 수 있는 현명하고 실질적인 조치들, 또 주변 사람들을 돕기 위해서 우리가 할 수 있는 일들이 무궁무진하게 많다고 말하려는 것이 아니다. 우리가 삶이라 부르는 것에 대한 '비현실적인 기대감'에 대하여, 또 그런 비현실적인 기대감이 우리를 어떻게 지옥으로 몰아가는가에 대해 말하고 있을 뿐이다. 따라서 현실을 똑바로 직시하고, 우리가 삶이라 칭하는 세상의 속성을 올바로 이해하는 편이 더 낫다. 우리가 그 속성을 올바로 이해할 때 행복한 삶을 살 수 있기 때문이다. 행복한 삶은 분명히 가능하다. 이것만으로도 반가운 소식이 아닌가!

그렇다, 분명히 반가운 소식이다.

그 이유가 무엇일까? 우리가 삶의 본질을 꿰뚫어보고, 삶이 무엇이며 정신이 우리 삶에서 어떤 역할을 하는지 이해하기 시작하면, 행복이 외적인 환경이나 사건 및 다른 사람에게 달려 있지 않다는 사실을 깨닫게 될 것이기 때문이다. 이런 깨달음은 무엇보다 중요한 깨달음이며,

세상의 흐름을 이해하기 위한 첫걸음이다. 희망이 물거품으로 변하고 세상사가 어떻게 진행되는지 직시하기 시작하면 우리는 행복이 내적인 경험이란 사실을 깨닫게 된다. 그 내적인 경험이 행복을 결정하는 요인이라 생각했던 것들과 아무 관계도 없다는 사실까지 깨닫게 된다. 내가 반가운 소식이라고 말하는 이유가 바로 여기에 있다. 우리가 자유롭다는 뜻이기 때문이다! 그렇다, 우리는 자유롭다! 행복은 외적인 것에 좌우되는 것이 아니다! **우리의 행복은 전적으로 우리에게 달려 있다. 달리 말하면, 우리는 행복하기 위해서 뭔가를 할 수 있다는 뜻이다.**

잠시 짬을 내어 냉정하게 생각해보자

이번에는 다른 각도에서 접근해보자. 지금 이 순간 당신의 행복을 가로막는 게 무엇이라 생각하는가? 정직한 사람이라면, 원하는 것을 갖지 못하기 때문이라 대답할 것이다. 그렇다면, 당신의 행복을 가로막는 유일한 원인은 가질 수 없는 것을 원하기 때문이다. 지금보다 나은 건강, 더 이해심이 깊은 동료나 짝, 더 두둑한 은행 잔고, 더 멋진 아파트 등 당신이 지금 바라는 것은 지금 당장에는 갖지 못한 것이다. 그런 바람이 당신을 지금 불행하게 만드는 원인이다. 그렇다고 생각하지 않는가? 당신에게 부족한 것이 있다고 생각하기 때문에 행복하지 않다고 느끼는 것은 아닌가? 그렇지 않다면 지금 이 순간에 당신이 불행하다고 생각할 이유가 어디에 있겠는가? 당신이 갖지 못한 것을 바라기 때문에 불행한 것이다. 다른 이유가 있는가? 지금 당신은 어딘가에 앉아 이 책을 읽고 있다. 여기에 잘못된 것이라도 있는가? 당신이 이 순간을 불만스레 생각한다면, 그래서 이 순간에 잘못된 것을 지적해야 한다면 이 순간에 대한 당신의 불만이 잘못된 것일 뿐이다. 그 밖에 잘못된 것은 아무리 머리를 짜내도 생각해낼 수가 없다. 여기에서 우리는 문제의 핵심에 이르게 된다. **우리의 모든 경험은 머릿속의 생각일 뿐이다!** 현실이 있고, 그 현실에 대한 우리의 생각이 있을 뿐이다. 그 생각이 결국 우리에게 경험이 된다. 이 원칙은 모든 것에 적용된다. 지금 당신은 어딘가에 앉아 이 책을 읽고 있다. 다른 일은 없다. 당신에게 이런 상황은 마음에 들 수도 있고 그렇지 않을 수도 있다. 세상만사가 언제나 이런 식이고, 누구도 여기에서 벗어날 수 없다. 우리는 현실에서 살아가고, 숱한 사건이 일어난다. 그리고 우리는 판단을 내린다. 어떤 경험은 좋고, 어떤 경험은 나쁘다고, 적어도 좋지는 않다고! 우리는 지금 이 순간에 살고 있으며, 어떤 사건을 경험한다. 그리고 우리는 그 경험, 즉 어떤 사건이나 사람이 우리 기대에 부응하고 어떤 경험은 그렇지 않다고 생각한다. 우리는 이런 식으로 살아가며, 생각이란 경험을 쌓아간다. 어찌 보면 세상사는 무척 간단하다. 다른 것은 끼어들 여지가 없다.

결국 모든 것이 우리 머릿속의 생각일 뿐이다.

언제나, 항상 그렇다.

당신이 지금 경험하는 것을 눈여겨보라. 뭔가가 마음에 든다고 생각하거나, 뭔가가 마음에 들지 않는다고 생각한다. 그 생각은 당신의 판단일 뿐이다. 상황 자체, 즉 특정한 사건과 환경 및 사람은 그저 존재할 뿐이다. 그 자체로는, 또 스스로는 아무런 내재적 가치를 갖지 못한다. 우리가 좋아하든, 좋아하지 않든 간에 그것들은 존재한다. 좋고 싫다는 우리의 판단은 그것들의 존재와 별다른 관계를 갖지 않는다. 삶은 우리 앞에, 우리를 위해 펼쳐진다. 우리가 오감으로 인식하는 것들은 그저 우리 앞에 살아서 꿈틀대는 것일 뿐이다. 결국, 우리의 행복과 불행을 결정하는 요인은 우리의 생각과 판단이다.

현실이 있고, 그 후에 우리 생각이 있다는 것은 누구도 부인할 수 없는 진실이다. 현실과 생각은 완전히 다른 것이다.

나의 현실 check __ 우리의 생각을 어떻게 다루어야 할까?

누구도 우리에게 생각을 신중하게 다루는 법을 가르쳐주지 않았다. 이런 이유에서 우리는 고통이 삶 자체에서 비롯된다고 생각하며 끊임없이 고통에 시달린다. 그러나 삶 자체가 고통의 원인은 아니다. 삶은 그저 존재하는 것일 뿐이다. 누구도 지금까지 우리에게 생각하는 법을 가르쳐주지 않은 이유가 무엇일까? 생각을 신중하게 다루는 법을 아무도 모르기 때문이다!

우리는 흔히 우리 생각이 맞다고 믿는다. 우리가 고통 받는 원인이 여기에 있다. 우리는 생각과 현실을 구분하는 법을 배운 적이 없다.

충격적인 진실

내 말이 충격적으로 들리겠지만 사실이다. 그러나 이런 충격적인 진실에서 놀라운 결론이 찾아진다. 환경에 구애받지 않고, 또 무엇을 갖고 무엇을 갖지 못했느냐에 상관없이 우리 모두가 행복한 삶을 영위할 수 있다는 결론이다. 주변에서 일어난 사건을 판단하거나 해석하지 않을 때, 우리는 지금 이 순간에 충실하게 살아갈 수 있기 때문이다. 그렇게만 하면 된다. 어떤 판단, 어떤 비교, 어떤 기대감도 없이 삶은 그저 존재할 뿐이고, 우리도 지금 이 순간에 존재할 뿐이다. 이런 상황에서 무엇이 잘못될 수 있겠는가? 지금 이 순간에 충실할 때, 요컨대 꾸며낸 이야기와 근거 없는 믿음을 모두 버리고 지금 이 순간을 차분히 맞이하면 우리는 얼마든지 행복할 수 있다! 이보다 놀랍고 반가운 얘기가 또 있겠는가? 지금 이 순간에는 만사가 만족스럽다는 걸 깨닫게 된다. 이상하게 들리겠지만, 행복은 지금 이 순간의 우리 자신이다. 행복은 우리의 본질이고, 우리가 당연히 누려야 할 감정이다.

그러나 지금 이 순간이 정확히 무엇이기에, '지금now' 충실하면 우리가 행복할 수 있다는 것일까? 모순되게 들리겠지만, 꾸며낸 이야기에서 벗어나는 순간부터 '지금'의 놀라운 힘이 발휘되기 시작한다. 단 1분이라도 상관없다. 그 힘은 실로 엄청나서 우리 상상을 초월한다. 지금이란 순간에 그런 힘이 있는지 몰랐기 때문에 그 힘의 크기를 상상할 수 없는 건 당연하기도 하다. 그러나 그 힘, 그 놀라운 힘이 우리의 진정한 본질이다.

우리가 뭔가를 손에 넣기 위해 발버둥치는 걸 중단하고 현재에 충실할 때 마음의 평화가 있다는 말이 반갑지 않은가! 한없이 즐겁고 무엇에도 구속받지 않는 상태다. 우리가 간절히 원하던 행복은 그런 것이다. 시간과 공간을 초월하고, 정신과 생각의 족쇄에서 벗어난 상태다. 이때 우리는 변덕을 부리며 헛된 이야기를 더 이상 꾸며내지 않고 바람과 꿈까지 훌훌 털어낼 수 있다. 이런 상태에 이르러 마음의 평화를 경험할 때 우리는 '지금'의 그런 힘이 줄곧 우리 곁에 있었다는 사실을 깨닫게 된다. 우리가 그 힘을 인지하지 못했을 뿐이다. 그 힘을 우리가 여태까지 깨닫지 못한 이유는 하나뿐이다. 우리가 머릿속에서 끊임없이 이야기를 꾸며대며 헛된 기대를 품었기 때문이다. 이처럼 무의미한 이야기를 꾸며대고 남들과 비교하며, 근거 없는 생각과 믿음에 사로잡혀 헛된 기대감을 품는 데 바빴기 때문에 우리는 삶에서 지금의 힘과 빛을 깨닫지 못했다.

우리가 그 힘을 깨닫지 못했지만, 그 힘이 사라진 것은 아니다. 우리가 지금까지 어떤 이야기를 꾸몄고, 어떤 삶을 살았더라도 '지금'의 빛과 힘은 여전히 이 순간에 존재한다. 따라서 과거의 이야기를 훌훌 털어내고 지금 이 순간의 삶에 발을 내딛는 순간부터 우리는 한없이 행복해질 수 있다. 여기에는 어떤 조건도 없다!

삶의 마법 같은 힘이 바로 여기에 있다!

그 힘은 줄곧 우리 곁에 있었다.

우리가 그 힘을 깨닫지 못했을 뿐이다.

나를 비롯해 우리 모두가 성장하면서 다른 식으로 생각하도록 배웠다. 그러나 분명히 말하지만, 우리가 지금까지 배운 것은 틀렸다! 당신은 건강과 외적인 환경, 예쁜 얼굴, 은행에 저축한 돈의 액수 등에 우리의 행복이 좌우된다고 생각하겠지만, 절대 그렇지 않다. 행복은 어떤 것에도 영향을 받지 않는다. 우리가 이미 행복 자체이기 때문이다. 이 순간, 우리는 행복한 사람이다. 지금!

달리 말하면, 외적인 환경에 관계없이 우리는 행복한 삶을 살 수 있다. 생각과 기대를 깨끗이 지워버리면, 행복하기 위해서는 뭔가가 필요하다는 생각을 버리면, 누구라도 무조건적인 행복, 마음의 평화와 기쁨을 누릴 수 있기 때문이다. 행복은 우리 모두의 내면에 깊이 감추어진 본질이다. 이런 깨달음을 얻는 데는 상당한 시간이 걸린다. 그러나 그런 경지에 이르면, 세상에서 가장 경이로운 굉장한 깨달음, 요컨대 우리를 모든 굴레에서 해방시키는 깨달음을 얻었다는 보람을 만끽할 수 있을 것이다. 그런 깨달음은 자유를 뜻하기 때문이다. 행복은 건강이나 돈, 성공과는 아무런 관계가 없기 때문이다. 한마디로 행복은 외적인 것과 아무런 관계도 없다!

이런 경지에 이른 사람이라면, 요컨대 이런 깨달음을 얻은 사람이라면, 우리가 허락하지 않는 한 외적인 것은 어떤 식으로도 우리 행복에 영향을 미칠 수 없다고 내가 말하는 이유를 이해할 것이다. 우리는 우리가 생각하는 대로 세상을 경험할 뿐이다.

행복은 지금 이 순간의 우리 자신이다.

정신은 어떻게 작용할까?

이 책뿐만이 아니라 내가 지금까지 발표한 책들은 한결같이 의식 consciousness의 본질, 즉 정신이 작용하는 방식을 집중적으로 다루었다. 이제 당신은 그 이유를 짐작할 수 있을 것이다. 이 책에서 당신은 행복을 찾아가는 열쇠, 구체적으로 말하면 어떤 상황에서도 자유로울 수 있는 열쇠를 만나게 될 것이다. 따라서 이 책에 담긴 글을 진지한 자세로 읽고, 매일 그 뜻을 묵상해보라.

의식의 메커니즘, 즉 정신이 작용하는 원리를 이해하고, 의식이 우리 삶에서 어떤 역할을 하는지 파악하면, 우리가 간절히 추구하던 행복의 열쇠를 찾는 건 어려운 일이 아니다. 행복의 열쇠는 결코 미스터리가 아니다. 정신이 작용하는 원리를 이해한다는 것은 비인격적인 법칙을 이해한다는 뜻이다. 비인격적인 법칙은 누구나 지킬 수 있는 법칙이다. 달리 말하면, 누구나 적용해서 직접 점검해볼 수 있는 법칙이란 뜻이다. 따라서 내가 이 책에서 쓴 법칙들을 살펴보고, 사실인지 아닌지 직접 확인해보기 바란다.

＊ ＊ ＊

의식은 전제조건이다

정신이 작용하는 원리를 본격적으로 살펴보기 전에, 또 이른바 정신법칙mental law을 하나씩 다루기 전에, 정신 활동이라 일컬어지는 생각이 어떤 맥락에서 이루어지는지 알아야 한다. 모든 정신 활동은 이른바 '의식'이란 맥락에서 행해진다. 의식은 누구에게나 있다. 정확히 말하면, 지금 이 순간에 우리가 갖는 것이다. 지금, 이 순간에 우리는 존재하고 뭔가를 의식한다. 존재하지 않으면 의식할 수 없고, 의식이 없으면 이 책을 읽을 수도 없다. 존재와 의식은 모든 것, 모든 경험의 전제조건이다. 의식 혹은 인지awareness는 물리적인 것이나 정신적인 것이나 모든 것이 전개되고 행해지는 배경이다. 의식은 어떤 경험, 어떤 사건보다 앞서 존재한다. 의식은 무한한 인지의 세계이며, 궁극적인 실재Ultimate Reality다. 달리 말하면, 모든 내용이 생겼다가 사라지는 비물리적 공간이다. 뒤에서 다시 언급하겠지만, 모든 정신 활동은 무한한 의식 세계에서 형성되는 내용이며, 그 무한한 의식 세계는 우리 자신이다. 의식이 없으면 우리는 삶이란 것조차 경험할 수 없다. 여기에서 삶과 의식의 관계를 언급하는 이유는 뒤에서 변덕스런 생각을 초월해 이 순간에 충실히 존재하는 방법을 다루기 때문이다. 하지만 우선은 정신이 작용하는 원리부터 살펴보기로 하자. 달리 말하면, 생각이 우리 삶에 어떤 영향을 미치는지에 대해서 먼저 살펴보기로 하자.

법칙은 변하지 않는 원칙이다

먼저, 비인격적 법칙이란 개념부터 정의해보자. 물리적 차원에서 나타나는 현상을 설명하는 물리학적 법칙이 있듯이, 우리 정신이나 정신적 현상이 나타나는 원리를 설명하는 정신법칙이나 원칙도 있을 것이기 때문이다. 따라서 비인격적 법칙이 무엇인지 먼저 살펴보자.

법칙이란 무엇인가? 법칙은 비인격적 현상을 간략하게 설명한 원칙이다. 웹스터 백과사전의 정의에 따르면, 과학 법칙은 '동일한 조건 하에서 변하지 않는 현상들의 인과적 관계에 대한 설명'을 뜻한다.

달리 말하면, 법칙은 사건들의 비인격적인 인과관계이기 때문에 그 사건들의 연쇄에 관련된 사람 혹은 사람들에게 영향을 받지 않는다. 또한 법칙은 누구에 의해서나 관찰되고 확인될 수 있다. 물리학적 법칙을 예로 들어 설명해보자.

중력법칙law of gravity : 중력법칙은 비인격적인 법칙이며, 언제 어디에서나 작용한다. 10층 건물에서 뛰어내린 사람은 중력법칙에 따라 곧바로 땅바닥에 떨어진다. 중력법칙에는 어떤 예외도 없다. 미국 대통령이나 채소가게 점원, 유명한 팝스타 등 누구에게나 똑같이 적용된다. 내 기분에 따라 내게 적용되는 중력법칙이 달라지는 것도 아니다. 낮이나 밤이나, 또 날씨에 상관없이 중력법칙은 똑같이 작용한다. 크리스마스라고 해서, 혹은 내 생일이라고 해서 중력법칙의 작용이 중단되지는 않는다. 중력법칙은 비인격적이어서, 상황과 시간 및 관련된 사람에 상관없이 균일하게 작용한다. 달리 말하면, 중력법칙은 언제 어디에서나 작용하기 때문에 "메리가 이번 주에 착한 일을 많이 했으니까 예외를 둬야겠다. 메리가 넘어져서 목을 부러뜨리지 않도록 말이야"라는 말은 통하지 않는다. 중력법칙은 비인격적이기 때문에 보상관계에 따라 적용의 정도가 달라지지 않는다.

법칙에서 또 하나 주목해야 할 점은, 우리가 의식하든 의식하지 않든 법칙은 작용한다는 것이다. 예컨대, 우리가 중력법칙에 대해 알든 모르든 간에 10층에서 뛰어내리면 낙하해서 땅바닥에 떨어진다. 따라서 뛰어내린 후에 떨어질 줄 몰랐다고 후회해봤자 소용이 없다. 중력법칙은 개인의 의식이나 습관을 고려하지 않는다. 중력법칙은 그저 작용할 뿐이며, 누구도 차별하지 않는 자연의 힘이다.

뿌린 대로 거둔다law of sowing and reaping : 씨를 뿌려야 수확할 수 있다는 경작의 법칙도 물리학적 법칙의 좋은 예다. 감자 씨를 심어서는 딸기를 수확할 수 없다. 농부라면 누구나 알겠지만, 씨에 따라 수확물이 결정된다. 농부는 양배추 씨를 심고서 장미를 기대하지 않는다. 다른 어떤 것도 기대하지 않는다. 농부는 이 법칙이 비인격적인 법칙이란 걸 알기 때문에 그런 현상을 개인적인 문제로 받아들이지 않는다.

농부가 알아야 할 또 하나의 중요한 사실은, 뭔가를 수확하기 위해서는 먼저 씨를 뿌려야 한다는 것이다. 달리 말하면, 먼저 씨를 뿌리지 않고는 아무것도 수확할 수 없다. 씨를 먼저 뿌려야 한다! 여기에서 또 하나의 흥미로운 법칙을 찾을 수 있다.

원인과 결과의 법칙 law of cause and effect : 농부는 뭔가를 수확하기 위해서는 씨를 뿌려야 한다는 걸 알듯이, 아무 노력도 하지 않으면 어떤 것도 얻지 못한다는 사실도 안다. 달리 말하면, 어떤 농부도 하늘만 바라보면서 뭔가를 기대하지는 않는다. 뭔가를 먼저 해야 그에 따른 결과를 만들어낼 수 있다. 씨를 뿌려야 씨가 자라듯이, 뭔가를 생산하기 위해서는 그런 결과를 빚어내는 행위가 먼저 있어야 한다. 이른바 원인과 결과의 법칙이다. 원인이 없으면 결과도 없다는 인과법칙이다. 양배추를 수확하고 싶다면 양배추 씨를 먼저 뿌려야 한다. 아무 일도 하지 않고 양배추를 수확할 수는 없다. 원인이 있어야 결과가 있는 법이다.

결과는 언제나 원인의 특징을 띤다는 것도 인과법칙의 중요한 면이다. 달리 말하면, 결과는 언제나 원인의 결과다. 따라서 양배추를 수확하려면 양배추 씨를 뿌려야 한다. 어떤 농부도 "양배추를 수확하려고 딸기 씨를 뿌렸다"고 말하지는 않는다. 거꾸로 말하면, 우리는 결과를 통해 원인의 특징을 짐작할 수 있다. 원인과 결과는 똑같은 특징을 띠기 때문이다.

색의 법칙law of color **:** 우리 대부분에게 친숙한 기본적인 법칙으로 색의 법칙이 있다. 미술학교를 다닌 사람이라면 누구나 알겠지만, 색을 지배하는 법칙이 있다. 예컨대 푸른색과 노란색을 혼합하면 언제나 초록색이 나온다. 누가 색을 섞느냐에 따라서, 색을 섞는 사람의 기분에 따라서 색의 혼합 결과가 달라지지는 않는다. 푸른색에 노란색을 섞으면 그 결과물은 언제나 초록색이다. 빨간색은 절대 나타나지 않는다. 색의 스펙트럼을 지배하는 법칙이 비인격적인 물리적 현상이기 때문이다. 물리적인 법칙은 예나 지금이나 똑같이 작용한다. 미술학교를 다닌 사람에게만 색의 법칙이 적용되는 것은 아니다.

여기에서 우리는 또 하나의 중요한 진실을 발견하게 된다.

법칙은 예로부터 항상 존재해왔다

앞에서 언급한 물리적 법칙들은 먼 옛날부터 줄곧 존재해왔다. 누군가 그 법칙들을 발견한 때부터 느닷없이 그 법칙들이 존재하고 작용하기 시작한 것은 아니다. 물리적 법칙들은 우리의 지적 수준, 요컨대 우리가 의식하느냐 그렇지 않느냐와 아무런 상관관계가 없다. 예컨대 기원전 2800~1750년, 즉 4,500년 전 고대 바빌로니아에서 살았던 사람들도 당시에 휴대전화와 컴퓨터를 가질 수 있었다. 현대 테크놀로지의 기반을 이루는 물리학적 법칙들은 당시에도 존재했기 때문이다. 오늘날과 바빌로니아 시대의 차이가 있다면, 당시에 살았던 사람들은 그 법칙들을 알지 못했을 뿐이다. 그들도 그 법칙들을 알았다면 컴퓨터와 휴대전화를 만들어냈을 것이다. 그러나 그들이 물리적 현상들을 지배하는 법칙들을 알지 못했다고 해서 그 법칙들이 당시에는 존재하지 않았다는 뜻은 아니다.

다른 예로 전기라는 현상을 생각해보자. 웹스터 백과사전의 정의에 따르면, 전기는 '인력과 척력, 발광효과와 발열효과 등으로 자신의 존재를 드러내는 전자와 양자 및 하전 입자가 운동하면서 만들어내는 기본적인 물리력'을 뜻한다. 전기라는 물리적 현상은 예전부터 존재했다. 바빌로니아 시대에는 전등이 없었기 때문에 그들이 전기적 현상을 몰랐을 것이라 추정할 수 있지만, 그렇다고 전기적 현상 자체가 없었던 것은 아니다. 다만 전기의 존재를 몰랐기 때문에 전기를 동력화해 이용하지 못했을 뿐이다. 벤저민 프랭클린Benjamin Franklin, 1706~1790과 토머스 에디슨Thomas Edison, 1847~1931 같은 위대한 천재가 등장하면서 전기적 현상이 처음으로 설명되고, 그 메커니즘을 활용하는 방법이 고안되면서, 인류는 전기라는 자연의 힘을 모두에게 이익이 되는 방향으로 이용할 수 있게 됐다.

우리 정신이 작용하는 원리를 설명한 법칙인 '정신법칙'도 마찬가지다.

▌정신법칙

물리적 현상을 설명하고 지배하는 물리적 법칙이 있다면, 인간의 정신이 작용하는 원리를 설명하고 지배하는 정신법칙도 당연히 있어야 한다. 물론 그런 정신법칙들도 누구에 의해서나 관찰되고 확인될 수 있다.

대부분의 사람들이 그런 정신법칙의 존재를 모르고, 게다가 정신법칙이 어떻게 작용하는지 모른다고 해서 정신법칙이 존재하지 않는다는 뜻은 아니다. 정신법칙은 분명히 존재한다. 우리가 정신법칙의 존재를 의식하든 의식하지 않든 간에 정신법칙은 지금 분명히 존재하고, 지금 작용하고 있다. 또한 정신법칙도 법칙이기 때문에 예로부터 줄곧 존재해왔다.

역사를 돌이켜보면 이런 정신법칙들을 잘 알고 있었던 사람들이 있었다. 엄격하게 말하면, 철학과 종교 및 형이상학의 연구는 이런 정신법칙들에 대한 탐구라 할 수 있다.

하지만 정신법칙에 대한 연구가 아직 세계 어디에서도 제대로 가르쳐지지 않고 있는 것은 분명한 사실이다. 그런 교육시설이 당장에 있어야 하고, 조만간 생기리라 믿는다. 내가 전 세계를 돌아다니며 정신법칙에 대해 가르칠 때마다 사람들은 "왜 그런 걸 학교에서 배우지 않았을까? 그런 걸 조금만 일찍 알았더라도 많은 고민을 덜 수 있었을 텐데!"라고 한탄한다. 그렇다! 정신이 작용하는 원리에 대한 연구, 즉 정신법칙은 우리 삶을 극적으로 바꿔놓을 수 있다.

법칙의 공통된 특징

법칙은 눈에 보이지 않는 원칙이다

법칙은 현상의 작용 원리다

법칙은 기계적으로 적용된다

법칙은 비인격적이다

법칙은 어느 쪽도 편들지 않는다

법칙은 모두에게 똑같이 적용된다

법칙은 누구도 차별하지 않는다

법칙은 좋은 사람과 나쁜 사람을 가리지 않는다

법칙은 언제 어디서나 작용한다

우리가 의식하든 의식하지 않든 간에 법칙은 작용한다

법칙은 기계적이다

법칙은 결과에 구애받지 않는다

법칙은 개인과 집단 및 국가에 작용한다

법칙은 과학적이다*

* 과학이란 비인격적인 자연법칙에 대한 연구다. 자연법칙은 누구에 의해서
  나 관찰되고, 확인되며, 사용될 수 있다. 과학은 현상의 관찰과 확인, 검증
  과 실험적 조사 및 이론적 설명으로 정의될 수 있다.

정신법칙을 현명하게 사용하려면

정신법칙의 존재를 인지하는 순간부터 우리는 정신법칙을 현명하게 사용할 수 있다. 전기를 지배하는 법칙들이 발견된 후에야 전기가 인류를 위한 방향으로 사용되지 않았는가. 정신법칙도 마찬가지다. 정신법칙도 인류 모두를 위한 방향으로 활용되기 위해서는 먼저 그 존재를 인지하고, 그 속성을 파악해야 한다.

하드웨어에 적합한 소프트웨어

정신법칙의 응용은 정신 테크놀로지mental technology라 할 수 있다. 정신 법칙을 이해해서 응용하는 과정은 하드웨어에 적절한 소프트웨어를 설치하는 과정에 비유할 수 있다. 멋진 컴퓨터를 새로 구입해 책상에 올려놓는다고 우리에게 크게 도움이 되지는 않는다. 그 컴퓨터를 제대로 활용하려면 적절한 소프트웨어를 설치해야 한다. 소프트웨어가 없다면 하드웨어는 무용지물이다.

이런 비유를 우리 자신에게 적용해보자. 하드웨어는 우리의 정신이라 할 수 있다. 누구에게나 정신은 있다. 그러나 정신을 효과적으로 활용하려면, 요컨대 정신의 힘을 우리 자신이나 다른 사람을 위해 올바로 활용하려면 적절한 소프트웨어를 갖추어야 한다. 정신법칙에 대한 이해가 바로 소프트웨어라 할 수 있다. 정신법칙을 이해할 때 우리는 정신을 효과적으로 활용할 수 있다. 달리 말하면, 정신의 메커니즘을 완벽하게 파악해야, 정신의 힘을 우리가 원하는 방향으로 활용할 수 있다.

안타깝게도, 하드웨어〔정신〕를 현명하게 작동시키는 데 필요한 소프트웨어를 갖추지 못한 사람이 적지 않다. 요컨대 많은 사람이 정신법칙을 제대로 이해하지 못하고 있는 실정이다.

이런 점을 염두에 두고 정신법칙들을 하나씩 살펴보기로 하자.

정신법칙들
— 정신의 작동 원리

The' Awakening
Human Being

법칙 1

생각 탄생의 법칙

생각은
떠올랐다가
사라진다

생각은 떠올랐다가 사라진다. 이런 현상은 비인격적인 보편적 현상이며, 누구도 여기에서 예외일 수 없기 때문에 제1법칙이라 하기에 손색이 없다. 생각이 어떤 이유에서, 또 어디에서 떠오르는지는 아무도 모른다. 생각이 무엇인지 정확히 아는 사람도 없다. 그러나 누구에게나 생각은 있다. 이런 점에서 생각의 탄생은 생명체의 속성이라 하겠다.

우리는 이런 현상을 혼자서도 관찰하고 확인해볼 수 있다. '생각은 떠올랐다가 사라진다'는 말이 사실인지 아닌지 직접 검증해보고 싶다면 다음과 같이 해보라.

하얀
벽을 보라

의자를 끌어다 하얀 벽을 마주보고 앉는다. 그림

이나 액자 등 어떤 장식도 없이 완전히 하얀 벽이 좋다. 요컨대 시선을 방해하는 물건이 없어야 한다. 이제 의자에 앉아 벽을 쳐다보면서 '생각하지 않겠다!'라고 마음을 굳게 먹는다. 머릿속을 하얗게 비우겠다고 결심한다. 2분만이라도 그렇게 하겠다고 다짐한다. 그저 의자에 앉아 벽을 바라보면서 아무 생각도 하지 않는 것이다. 그렇게 할 수 있겠는가? 도저히 그렇게 못한다! 왜 그럴까? 온갖 잡생각이 떠오르기 때문이다. 실제로 그렇다. 온갖 생각이 꿈틀거리며 머리를 내민다. 그런 생각들을 억누르기란 어렵다. 우리가 정신을 오랫동안 하얗게 비워버리지 못하는 이유는 이런저런 생각이 살아있는 생물인양 불현듯 떠오르기 때문이다. 우리 의지가 그런 생각들을 떠올린 것은 아니다. 우리는 그저 의자에 앉아 하얀 벽을 보면서 아무런 생각도 하지 않기로 다짐하지 않았는가! 그런데 우리는 머릿속을 완전히 비워내지 못했다. 그 이유가 무엇일까? 머릿속을 하얗게 비운다는 게 애초부터 불가능하기 때문이다. 누구도 그러한 일을 해낼 수 없다. 우리가 뭔가를 잘못한 것은 아니다. 결코 아니다. 생각이 혼자서 스멀스멀 나타나기 때문이다. 이런 현상은 생명체의 속성이고, 정신의 속성이다. 우리의 의지와는 아무런 관계도 없다. 우리가 그런 생각들을 일부러 떠올리는 것은 아니다.

생각은 제멋대로 나타났다가 사라진다.

이런 이유에서 생각의 탄생은 법칙이라 할 수 있다. 누구에게나 예외 없이 적용되는 법칙이다. 생각의 탄생은 비인격적인 현상이며, 누구나 관찰하고 확인할 수 있는 현상이다.

우리가 깨어있는 시간에 이런 현상은 언제나 누구에게나 일어난다.

면밀하게 관찰하면 우리는 생각이 떠오르는 순간까지 알아낼 수 있다. 한동안 의자에 조용히 앉아 있으면 생각이 어떻게 나타나는지 실감나게 관찰할 수 있다. 심지어, 생각의 움직임을 지켜볼 수도 있다. 그후에는 어떻게 되는가? 생각이 감쪽같이 사라진다. 저절로! 우리가 특별한 조치를 취한 것은 아니다. 생각이 왔던 곳으로 되돌아간 것일 뿐이다. 그곳이 어딘지 모르지만. 또 그 다음에는 어떻게 되는가? 우리가 여전히 조용히 앉아 하얀 벽을 쳐다보고 있다면, 다른 생각이 다시 떠오른다. 역시 저절로! 우리는 그저 의자에 앉아 하얀 벽을 바라보며 아무 생각도 하지 않으려 애썼을 뿐이다.

따라서 '생각은 떠올랐다가 사라진다'라는 말은 진실이다. 우리가 직접 확인한 진실이다. 직접 시험해보았고, 그런 현상이 우리에게도 예외 없이 나타난다는 것을 확인할 수 있었다. 생각이 우리 머릿속에서, 즉 정신에서 나타났다가 사라지는 것을 확인했다. 흥미롭게도 이런 현상은 아무 때나 일어날 수 있다. 의자에 앉아 하얀 벽을 쳐다보지 않을 때도 생각이 머릿속에 떠오른다. 우리 의지로는 생각을 억누를 수 없다. 우리는 이런 현상과 아무런 관계가 없다. 생각이 나타났다가 사라지는 현상은 전적으로 비인격적인 현상이다. 그냥 일어나는 현상이다. 어떤 행위로도 우리는 그런 현상을 막을 수 없다.

명상이란 무엇인가

그럼 "명상은 어찌 되는가?"라고 반문을 제기할 수 있다. 요즘 많은 사람이 명상을 한다. 마음을 진정시키고 생각하는 걸 멈추기 위해서 명상을 한다. 그러나 앞의 말이 맞다면, 명상이 가능할 수 있을까?

내 경험에 따르면, 누구도 생각이 떠오르는 걸 막을 수 없다. 오랫동안 명상을 수련한 사람들도 '생각을 멈춘다'는 것은 불가능하다. 어딘가에 앉아 명상할 때 마음이 차분해지고 생각의 흐름이 늦추어지는 것은 사실이다. 그러나 여전히 생각이 떠올랐다가 사라지는 현상을 분명히 인지할 수 있다. 그 속도가 현저하게 느려지기는 하지만, 생각이 떠올랐다가 사라지는 건 분명하다. 명상을 할 때 누구나 뚜렷이 눈치 챌 수 있는 현상이다. 지금이라도 아무 데나 앉아서 명상을 해보라. 이런저런 생각이 나타났다가 사라지는 걸 느낄 수 있을 것이다.

물론, 명상의 경험이 많아지면 명상할 때 모든 것이 한결 느려진다. 따라서 생각이 떠오르는 빈도가 낮아지고, 포착되는 생각도 적어진다. 또한 생각에 집착하는 정도도 크게 떨어진다. 하지만 생각은 여전히 떠오른다. 잠시 무아지경에 빠져 헛된 이야기를 만들어내지 않을 수도 있지만, 생각은 여전히 나타났다가 사라진다. 생각의 흐름이 크게 느려지기 때문에 생각과 생각 사이의 공간, 즉 '단절'을 경험할 수도 있지만, 이런 경우에도 생각의 탄생이 멈추지는 않는다. 생각은 끊임없이 나타났다가 사라지는 게 현실이다. 정신의 속성이 워낙에 그렇기 때문이다.

따라서 명상은 생각하지 않는 상태라고 말하는 사람이 있더라도 그 말을 믿지는 마라. 그래도 규칙적으로 명상하며 어떤 일이 일어나는지 직접 경험해보라(명상에 대해서는 2부에서 좀 더 다루도록 하자).

법칙 2
목격의 법칙

우리의 생각이
곧 우리 자신은
아니다

당신과 당신의 생각 사이에는 간격이 있다. 당신은 생각을 하는 사람이고, 생각은 생각일 뿐이다. 이것도 보편적인 비인격적 현상이어서 누구에게나 적용된다. 누구나 직접 관찰하고 확인할 수 있다. (그렇기 때문에 법칙이 되는 것이다. 둘의 차이를 확인하기 위해서 박사 학위를 받아야 할 이유는 없다.) 그렇다! 누구나 자신과 자신의 생각 사이에 차이가 있다는 것을 관찰할 수 있다. 이 법칙을 직접 검증해보고 싶다면 다음과 같이 해보라.

하얀 벽으로
돌아가라
이 법칙을 검증하고 싶다면 하얀 벽 앞에 놓인 의자로 돌아가자. 의자에 앉아 하얀 벽을 바라본다. 가볍게 호흡하면서 어떤 일이 일어나는지 지켜본다. 아까 의자에 앉아 하얀 벽을 쳐다볼 때 일어났던 현상이 그대로 일어날 것이다. 요컨대 이런저런 생각이 떠올랐다가 사라진다. 그러니 이번에는 다른 것을 눈여겨보기 바란다. 생각이 떠올랐다가 사라지는 걸 누가 혹은 무엇이 지켜보고 있는지 눈여겨보기 바란다. 누가 혹은 무엇이 그 현상을 관찰하고 있는가?

이런 질문에 답하기는 어렵지 않다. 생각이 떠올랐다가 사라지는 걸 관찰하는 사람이 '우리 자신'이라는 것을 어렵지 않게 확인할 수 있다. 따라서 머릿속에서 떠올랐다가 사라지는 생각이 우리 자신일 수는 없다. 우리는 생각이 나타났다가 사라지는 걸 관찰하는 주체이기 때문이다. 생각이 나타날 때 우리는 그 자리에 있고, 생각이 사라질 때도 우리는 그 자리에 있다. 따라서 우리와 생각 사이에는 어떤 간격이 있는 게 확실하다. 생각이 사라진 후에도 우리는 여전히 그 자리에 버티고 있지 않은가! 따라서 머릿속에 떠올랐다가 사라지는 생각이 '우리 자신'일 수는 없다. 우리는 전혀 별개의 존재다. 뭔가를 관찰하고 목격하며 지켜보는 존재임에 틀림없다. 우리는 목격자고, 관찰자며, 증인이다. 의자에 앉아 하얀 벽을 바라볼 때 어떤 일이 일어나는지 면밀히 살펴보라. 그럼 내 말이 사실이란 걸 확인할 수 있을 것이다. 우리는 생각의 관찰자다. 따라서 우리가 생각 자체일 수는 없다.

우리는 여전히 그 자리에 있다

우리와 생각의 차이를 인식하기 시작하면, 우리가 '날씨가 좋다', '날씨가 구질구질하다', '감기에 걸렸다',

'기분이 좋다', '우울하다', '화가 난다', '피곤하다' 등 어떤 생각을 하든 생각의 목격자로서 항상 그 자리에 있다는 걸 깨닫게 된다. 어떤 생각, 어떤 느낌에서나 우리는 언제나 그 자리에 있다. 생각이 떠올랐다가 사라지는 걸 관찰하는 사람, 즉 생각의 목격자로서 우리는 언제나 그 자리에 있다.

당연한 소리처럼 들리겠지만, 무척 중요한 발견이다. 내 말이 믿기지 않으면 직접 검증해보기 바란다. 그러면 당신과 당신의 생각은 엄연히 다르다는 것을 확신할 수 있을 것이다. 그 현상을 직접 관찰하고 확인해보라. 관찰하는 사람[당신]과 나타났다가 사라지는 생각 사이에 존재하는 간격을 분명히 확인할 수 있을 테니까.

자유의 열쇠

'우리와 우리의 생각 사이에는 간격이 있다'라는 발견이 중요한 이유가 무엇일까? 바로 자유의 열쇠기 때문이다. 그 근원적인 발견은 원대한 통찰력과 이해력으로 향하는 문을 활짝 열어준다. 그때 우리를 괴롭히는 것에서 우리는 완전히 자유로워진다. 이 말을 기억하고, '목격의 법칙'에 대해 깊이 생각해보기 바란다.

내가 굳이 이렇게 말하는 이유가 무엇이겠는가? 많은 이유가 있지만, 오늘날 대부분의 사람이 자신을 자신의 생각과 철저히 동일시하기 때문이다. 그들과 그들의 생각이 완전히 똑같아서, 생각이 그들을 좌지우지한다는 믿음에서 벗어나지 못한다. 이런 잘못된 믿음에서 엄청난 고통과 파멸적인 결과가 초래된다. 그러나 현실의 특징에 눈을 뜨고,

우리와 우리 생각은 별개의 것이란 사실을 깨닫기 시작할 때 우리는 한 걸음쯤 뒤로 물러서서, 생각에 좌우되지 않고 생각 자체를 살펴볼 수 있다. 이런 경지에 이를 때 우리는 삶에서 일어나는 사건들에서 멀찌감치 떨어져 사건들을 객관적인 입장에서 지켜볼 수 있다. 이때 지혜의 탄생이 있게 된다! 아니, '우리와 우리 생각 사이에는 간격이 있다'라는 깨달음 자체가 지혜의 탄생이라고 말할 수도 있다. 자유의 열쇠기도 하다. 우리 자신의 생각과 믿음의 폭정에서 해방되고, 다른 사람들의 생각과 믿음의 폭정에서 해방되기 위한 첫걸음이다. 따라서 이런 깨달음이 우리를 변화시킨다.

그러나 내 말을 무조건 믿지는 마라. 내가 이 책에서 새로운 개념을 제시할 때마다, 그 개념을 실험해서 사실인지 아닌지 직접 확인해보기 바란다. 그 개념들이 사실이란 것을 확인하는 순간부터, 그 개념들이 당신의 삶에서 마법을 부리기 시작할 것이다.

나의 현실 check __ 내용물과 맥락

생각이 떠오르는 걸 관찰하는 사람은 '맥락context'이라 할 수 있다. 관찰자 안에서 생각이 떠오르고 사라지기 때문이다. 반면에 생각은 그 맥락의 '내용물content'이다. 실제의 '나'가 내용물이 아니라는 사실을 깨닫는 순간부터 우리는 내용물에 휘둘릴 필요가 없기 때문에, 내용물과 맥락의 차이를 아는 것만도 커다란 힘이 된다.

또한 관찰자와 생각을 구분한다는 것은, 우리 자신을 내용물[생각]과 동일시하는 대신 맥락[생각이 떠오르는 의식의 공간]과 동일시하는 관점으로 바꿔간다는 뜻이다. 이렇게 관심의 초점이 이동하면서 모든 사건과 경험이 우리를 중심으로 다시 설정되고, 그 결과 우리는 더 넓은 관점에서 세상을 관찰할 수 있게 된다. 이런 의미에서, 관찰자와 생각의 구분은 지혜로운 사람에게서 흔히 관찰되는 포근한 마음과 동정심에 다가가는 열쇠라 할 수 있다.

그럼 우리는 누구인가

우리가 생각 자체가 아니라, 떠올랐다가 사라지는 생각의 관찰자라는 중요한 사실을 깨닫게 되면 '그럼 우리는 누구인가?'라는 의문이 자연스레 제기된다. 더 정확히 말하면, '우리는 어떤 존재인가?'라는 의문이다.

무척 중요한 존재론적 의문이 아닐 수 없다.

이런 의문에는 어떻게 답할 수 있을까?

관찰되는 현상들을 꾸준히 돌이켜보면, 지켜보며 관찰하는 '나'가 의식 자체라는 사실을 확인할 수 있다. 앞에서도 말했듯이, '내가 곧 의식'이란 관계는 가장 기본적이고 근원적인 존재 양식이다. 의식은 우리가 삶에서 경험하는 모든 것의 토대이고, 전제조건이다. 의식이 없으면 경험도 없다.

'내가 곧 의식'이라는 등식이 조금이라도 의심스러우면, "당신은 지금 의식하고 있는가?"라는 질문을 스스로에게 던져보라. 누구라도 "그렇다!"라고 대답할 것이다. 하기야 의식이 없다면 어떻게 이 책을 읽고 있을 수 있겠는가? 의식은 인간의 모든 행위에 앞서 존재한다. 또 그래야만 한다. 따라서 의식은 모든 것, 모든 경험의 전제조건이다. 의식은 모든 것이 전개되고 행해지는 배경이기도 하다. 의식은 인지의 세계이고, 궁극적인 실재Ultimate Reality이며, 모든 내용물〔생각과 느낌과 감각〕이 생겼다가 사라지는 맥락이다.

나의 현실 check __ 우리는 누구인가?

우리는 의식 자체와 동일시할 수도 있고, 의식의 내용물, 즉 생각과 동일시할 수도 있다. 의식 자체와 동일시하는 길이 궁극적 실재, 즉 자아에 다가가는 지름길이다.

법칙 3

명명의 법칙

생각이
세상에 이름을
붙인다

정신이 작용하는 원리를 계속 연구하다보면, 정신이 우리 주변의 세상을 해석하는 방법을 설명하는 새로운 법칙에 이르게 된다. 좀 더 구체적으로 말해보자.

우리는 세상을 관찰할 때 '이것'과 '저것', '너'와 '나'가 저절로 눈에 들어오는 것이라 생각한다. 그러나 현대과학에 따르면, 우리가 구체적이고 물리적인 세계라 여기는 것은 실제로는 연속적인 에너지장이다. 양자역학에 따르면, 관찰자가 있을 때 이런 에너지파는 연속적인 장에서 튕겨 나오는 입자, 즉 시공간적인 사건이 된다. 이런 하나의 장은 전통적인 종교나 학문에서 절대자, 궁극적 실재, 리그파, 도道, 하느님, 브라만 등으로 불린다(50쪽의 상자를 참조하라).

이처럼 분할되지 않은 하나의 장이 현실일 때, 이러한 현실에서는 모

정신법칙들 – 정신의 작동 원리

045

든 것이 똑같은 위치를 갖는다. 따라서 '이것'도 없고 '저것'도 없다.

이름 붙이기   우리가 모든 것에 이름을 붙일 때까지는!

'이름 붙이기naming'는 우리가 즐기는 놀이다. 우리가 그 놀이를 어떻게 하는지 자세히 추적해보자.

우리는 모두 무지한 상태로 세상에 태어난다. 따라서 어떤 말도 모른다. 그 후, 부모가 우리에게 말을 가르친다. 가장 기본적인 차원에서 우리는 세상에 이름을 붙이는 법부터 배운다. 우리 모두가 그런 식으로 시작했다. 어머니와 아버지가 '나무', '집', '자동차', '소녀', '소년', '남자', '여자', '컴퓨터', '냉장고', '아이스크림'이라 말해야 한다고 우리에게 가르쳤다. 부모뿐만이 아니라고 세상이 우리에게 그렇게 가르치기도 했다.

작년에 나는 아들 부부가 두 살을 조금 넘은 손자 애덤에게 세상에 이름 붙이는 법을 가르치는 모습을 흐뭇하게 바라보았다. 그 모습을 지켜보는 것만으로도 기뻤다. 그런데 '부모에게 사물의 이름을 배우기 시작하기 전에는 애덤이 세상을 어떻게 보았을까?'라는 생각이 문득 들었다. (요컨대 우리가 부모에게 사물의 이름을 배우기 전에는 세상을 어떻게 인식했을까?) 그때는 사물이 어떤 모습으로 보였을까? 애덤이 사물에 이름 붙이는 법을 배우기 전에 물건들에 툭하면 부딪쳤던 이유가 그 때문이었을까? 현실을 개체화된 사물이나 사람으로 인식하지 못했기 때문에 그렇게 부딪쳤던 것일까? 그러나 애덤은 부모에게 "이것은 집,

저것은 자동차, 너는 소년이다"라고 배웠다. 달리 말하면, 세상을 분할하는 법을 배우고 있다. 애덤이 변해가는 모습은 그야말로 놀라웠다. '소년'이란 단어를 배우자마자 애덤은 자신을 '소년!'이라 불렀다. 놀랍지 않은가! 그런데 애덤은 관찰자, 즉 의식의 관점에서 자신을 보는 것일까?

그러나 이름 붙이기는 우리가 삶의 여정을 헤쳐 나아가는 데 무척 중요하고 유용한 도구다. 또한 우리 대부분에게 이름 붙이기는 아무런 악의도 없이 자동적으로 이루어지는 과정이어서, 우리는 별다른 생각도 없이 항상 뭔가에 이름을 붙인다. 어른이 된 후에도 우리는 하루도 빼놓지 않고 이름 붙이기를 계속한다. 매일 아침 눈을 뜨는 순간부터 우리의 생각을 근거로 세상에 이름을 붙인다. 그렇다, 우리의 생각이 세상에 이름을 붙인다. 당신 자신을 면밀히 관찰해보라. 그러면 아침에 눈을 뜨는 순간부터 세상에 이름을 붙이는 당신의 모습을 확인할 수 있을 것이다.

내가 무슨 의도로 그렇게 말하는지 모르겠다면 이렇게 생각해보자. 아침에 눈을 떴을 때 당신이 누구고, 어디에 있는지 막막하던 때가 없었는가? 순간적으로 머릿속에 하얗게 비워진 듯한 기분을 느껴본 적이 없었는가? 그때서야 당신은 기억을 되살리며, "아, 이러저러해서 내가 지금 침대에 누워있는 거야. 내 옆에 누워있는 사람은 내 남편이고. 이제 일어나서 출근해야지"라고 중얼거린다. 그리고 온 세상이 밀물처럼 되돌아온다. 물론 똑같지는 않겠지만 비슷하기는 할 것이다. 여하튼 내가 말하고자 하는 것은, 우리가 매일 아침 그런 과정을 반복한다는 것이다. 아침에 일어나 우리 자신을 면밀히 살펴보면 우리가 매일 아침 어떻게 행동하는지 확인할 수 있을 것이다.

다시 이름 붙이기로 돌아가자. 앞에서도 말했듯이 우리는 세상에 이름 붙이는 법을 배운다. 처음에는 '소년', '집', '자동차', '의자', '고양이', '빵' 등 단순한 명사에 불과하다.

그러나 그 단계는 시작에 불과하다.

이름 붙이기의 다음 단계에서 우리는 명사를 결합해 문장을 만들고, 생각을 한층 서술적으로 표현한다. 예컨대 '대궐 같은 옆집', '새 자동차는 푸른색이다', '나는 컴퓨터를 다시 켰다', '저기 있는 나무는 눈부시게 아름답다'라고 말한다. 여기까지는 아직 괜찮고 나쁠 것도 없다.

그때부터 우리는 우리가 지어낸 이야기를 믿기 시작한다. 우리가 지어낸 이야기를 현실이라 믿고, 그런 현실을 실제 세계로 믿는다.

나의 현실 check __ 양자역학

우리는 눈앞에 펼쳐진 현실이라는 하나의 장에 이름을 붙여가는 과정을 관찰할 수 있다. 양자역학에 따르면, 이름 붙이기는 실제로 일어나는 현상이다. 의식을 지닌 관찰자의 관찰이 파동함수를 궁극적으로 붕괴시킨다는 사실은 과학에서 이미 입증됐다(하이젠베르크의 불확정성원리). 달리 말하면, 에너지나 전자의 파동은 관찰자에 의해 관찰될 때 시공간적 사건이 된다. 우리가 어떤 현상에 관심을 기울일 때 그 현상은 연속적인 장에서 분리돼 나온다.

이야기와 판단

그러나 거기에서 그치지 않는다.

다음 단계에서 이야기는 한층 복잡해진다. 게다가 우리는 거기에 가치 판단까지 더하며 좋은 것과 나쁜 것, 옳은 것과 그른 것을 구분 짓기 시작한다. 예컨대 "컴퓨터 앞에 너무 오래 앉아 있는 건 좋지 않다", "너무 빨리 달리면 안 돼. 무모한 짓이야", "옆집 사람들이 저 나무를 베어내야 해. 저 나무 때문에 우리 마당에 햇살이 들지 않잖아"라고 말한다. '해야만 한다', '해서는 안 된다'라고 단정적으로 말하며 가치 판단까지 내린다. 따라서 어떤 것은 좋은 것이고, 어떤 것은 나쁜 것이라고 말한다. '이것'과 '저것'에 이름을 붙인 후에는 '이것'과 '저것'을 비교하기 시작하는 순서가 뒤따른다. 모든 것이 점점 복잡해지고, 우리는 그런 복잡한 세상이 현실이라고 믿어버린다. 그러나 그렇게 이름 붙여지고 비교된 모습이 실제 세계일까? 정말 그럴까?

아니면, 우리가 지어낸 이야기에 불과할까?

한 덩어리였던 연속적인 에너지장에 도대체 어떤 일이 벌어진 것일까? 그 에너지장이 어디로 사라진 것일까? 그러나 에너지장은 어디로도 사라지지 않았다. 다만 우리가 우리의 생각과 우리가 꾸며낸 이야기에 완전히 빠져버려, 에너지장을 똑바로 보지 못하고 결국에는 기억에서도 잊어버린 것뿐이다. '우리의 생각이 곧 우리'라는 착각에서 비롯된 결과다.

비이원론non-dualism

비이원론은 현실 세계의 본질이다. 따라서 어떤 구분이나 차이도 없는 하나의 장, 절대자, 궁극적 실재의 속성을 가리킨다. 현실 세계의 본질은 하나다. 따라서 이원적 구분은 착각일 뿐이다. 이원적 구분은 실재하지 않으며, 기껏해야 우리가 편의상 사용하는 정신적 구분일 뿐이다.

세상에 존재하는 위대한 영적 전통의 대부분이 비이원론적이다. 여러 종교에서 사용하는 기본적인 개념과 용어를 개략적으로 소개하면 다음과 같다.

- 아드바이타Advaita : 힌두교의 개념으로 문자 그대로 해석하면 '둘이 아님'을 뜻한다. 아드바이타는 자아[아트만]와 전체[브라만]의 일체성을 가리킨다. 오늘날 힌두교를 대표하는 두 스승으로는 미국의 정신분석학자 데이비드 호킨스David R. Hawkins와 인도의 진인眞人 니사르가다타 마하라지가 있다.
- 브라만Brahman : 역시 힌두교의 개념으로, 변하지 않고 무한하며 모든 것에 내재하는 초월적인 실재를 뜻한다.
- 리그파Rigpa : 티베트 불교의 대원만大圓滿, Dzogchen에서 역설하는 개념으로 인간의 궁극적인 속성, 근본적인 각성, 무엇이든 깨닫는 득도의 상태를 뜻한다.
- 하나님God : 기독교의 유일신으로 절대자와 무한한 실재를 뜻하기도 한다. 하나님은 모든 존재를 지배하는 유일한 신이다.
- 선禪 : 경험을 통해 모든 행위에서 절대적 자아를 실현하려는 동양의 비이원론적 가르침이다. 대각성은 절대적 자아의 직접적이고 실천적인 깨달음으로, 명상을 통해 이룰 수 있다고 믿는다.

- 도道 : 중국의 전통적 사상. 《도덕경》에서 도道, 즉 길은 "말로 설명할 수 있는 길은 진정한 길이 아니다. 이름이 붙여지는 이름은 항구적인 이름이 아니다"라는 식으로 설명된다. 도는 초월적인 것이어서 형태도 없고, 이름 붙일 수도 없으며, 범주화되지도 않는다. 달리 말하면, 도는 본질적으로 정의할 수 없는 것이며, 경험으로만 인식되는 것이다. 요컨대 현실 세계의 본질이라 할 수 있다.
- 불교 : 불교에는 많은 종파가 있다. 우리에게 흔히 부처 혹은 아라한阿羅漢이라 알려진 싯다르타 고타마는 궁극적 실재를 몸으로 체득한 후에 자신의 경험을 사람들에게 알려주고 가르치는 데 평생을 보냈다.

우리가 세상에 어떻게 이름을 붙이고, 그에 관련된 이야기를 어떻게 꾸미는지 지금까지 살펴보았다. 우리가 지금 살고 있는 세계, 즉 하나의 연속적인 현실에 대해 꾸며낸 이야기를 곧이곧대로 믿을 때 어떤 일이 벌어질까? 다시 말해서, 우리 생각을 그대로 믿어버리면 어떤 일이 벌어지는지 살펴보기로 하자.

생각이 원인이고 경험은 결과다

생각, 정확히 말하면 우리가 머릿속에 품은 생각이 삶에서 우리 경험을 결정한다. 이런 점에서, '생각이 경험을 결정한다'는 말도 일종의 법칙이 된다. 간단히 말하면, 현실이나 삶에 대한 우리의 경험은 현실 자체를 직접 경험한 결과가 아니라, 삶이나 삶에 대한 우리 생각의 결과라는 뜻이다.

이 법칙도 비인격적인 보편적 법칙이어서, 우리가 누구고 어떤 지위에 있느냐에 따라 적용 여부가 달라지지 않는다. 나이가 몇 살이고, 얼마나 재산이 많으냐는 중요하지 않다. 이 법칙은 누구에게나 예외 없이 적용된다. 그래서 법칙이다!

이 법칙에 담긴 뜻을 풀어보면 다음과 같다.

당신이 어떤 생각을 하건 당신은 그 생각을 경험하게 된다.

내가 어떤 생각을 하건 나는 그 생각을 경험하게 된다.

예컨대 당신이 무엇인가를 대단하다고 생각하면 그것을 대단하게 받아들이기 마련이고, 뭔가를 무섭다고 생각하면 그것을 무섭게 받아들이기 마련이다.

다른 반응은 일어나지 않는다.

현실은 그저 존재하는 것이다.

그런데 우리는 현실을 해석하고, 그 해석에 맞춰 살아간다. 하지만 내 말을 그대로 믿지는 마라. 이 책을 계속 읽으면서 직접 검증해보기 바란다.

우리는 믿는 대로 세상을 경험한다.

특히, 우리가 확신을 갖고 믿는 대로 세상을 경험한다.

이 말에 대해 당신은 "천만에, 그렇지 않아. 모두가 여차여차한 것을 끔찍하게 생각할지 모르지만, 내 생각과는 아무런 관계도 없어!"라고 반박할지도 모르겠다. 그러나 주변을 면밀하게 살펴보고, 내 말이 사실인지 아닌지 다시 한 번 판단해보라. 꼼꼼하게 조사해보면, 태양 아래 모든 것이 종족에 따라서 숱한 방법으로 해석된다는 것을 확인할 수 있을 것이다.

조금도 다르지 않은 사건이 종족에 따라서 완전히 다르게 해석되고 경험된다. 건강과 재산, 인간관계도 마찬가지다. 어떤 사람에게는 건강의 청신호로 여겨지는 것이 어떤 사람에게는 건강의 적신호로 해석된다. 어떤 사람에게는 넉넉하다고 생각되는 돈이 어떤 사람에게는 푼돈으로 여겨진다. 어떤 사람에게는 인간관계에서 중요하게 여겨지는 조건이 어떤 사람에게는 하찮게 여겨질 수 있다. 어떤 사람에게는 정치적으로 올바른 길이 어떤 사람에게는 완전히 잘못된 길일 수 있다. 이 법칙은 일터에도 그대로 적용된다. 어떤 사람은 마감시한이 촉박한 일을 짜증스레 하겠지만, 그런 일을 재밌는 도전거리로 받아들이는 사람도 있다. 또 밤늦게까지 일하는 걸 싫어하며 가족의 품에 빨리 돌아가고 싶어 하는 사람이 있는 반면, 가족에게 돌아가 봤자 즐거운 일도 없어 늦게까지 일하는 걸 좋아하는 사람도 있다.

따라서 우리의 경험은 언제나 주관적이다. 언제나! 우리가 누구고, 무엇이 우리에게 좋고 나쁘냐는 판단에 따라 우리 경험이 결정된다. 선악에 대한 중립적이고 객관적인 기준은 없다. 모든 것이 관련된 사람, 즉 우리의 관점과 사고방식에 따라 결정된다. 또 우리의 관점은 문화와 종교, 배경과 성별, 연령 등 우리를 프로그램하는 수많은 요인에 의해 결정된다.

게다가 우리가 성장하고 발전하면서 관점이 변하기도 한다. 전에는 '나쁜 것'으로 인식하고 경험했던 것이 나중에 다른 시각으로 접근할 때 '좋은 것'으로 밝혀지는 경우가 비일비재하기 때문이다. 그래서 '괴롭지만 이익이 되는 경험'이란 속담이 있는 것이다.

이쯤에서 신중하고 정직하게 우리 자신을 돌이켜보면, 우리가 세상을 살아오면서 구축한 믿음과 생각을 기준으로 어떤 상황에서나, 또 모든 상황에서 반응한다는 사실을 깨닫게 될 것이다. 이런 점에서는 당신과 나, 우리 모두가 똑같다.

따라서 모든 상황에서 기본적인 원칙은 "생각이 원인이고 경험은 결과다"라는 결론이 내려진다. 이 원칙은 언제 어디에서나, 또 누구에게나 적용된다.

반복해서 말하지만, 어떤 사건이 닥치고 그 사건을 바람직한 것이라 생각하면 우리는 그 사건에 대해 좋게 받아들이고 바람직한 사건으로 경험한다. 그러나 어떤 사건이 터지고 그 사건을 나쁘게 생각하면 우리는 그 사건을 불편하게 받아들이고 불편한 사건으로 경험한다. 이런 판단과 경험은 사건 자체와는 아무런 관계도 없다. 사건은 사건일 뿐이다. 거듭 말하지만, 사건과 그 사건에 대한 우리의 반응 간에는 어떤 직접적 관계도 없다! 우리가 어떤 사건을 경험하는 방향은 전적으로 그 사건에 대한 우리의 생각에 의해 결정된다.

생각
→ 경험

따라서 우리가 경험하는 모든 것은 우리 생각에 영향을 받은 결과다. 달리 말하면, '원인과 결과의 법칙'이 개입한다는 뜻이다. 안타깝게도 대부분의 사람이 '원인과 결과의 법칙'을 모르기 때문에 이런 과정을 인식조차 못한다. 따라서 어떤 사건이 닥치면, 그들이 그 사건을 해석하는 과정에 즉각 개입한다는 사실을 인식하지 못한다. 게다가 그 과정이 무척 신속하게 진행되기 때문에 대부분의 사람이 그 과정을 눈치 채지 못한다. 그들은 그저 '이건 나쁜 것'이라 생각하고, 그 외적인 사건을 탓하며 중간에 개입된 단계를 인식하지 못한다. 달리 말하면, 그 사건에 대한 우리의 생각과 해석이 우리 반응과 경험에 미친 영향을 전혀 고려하지 않는다.

그러나 현실은 그저 존재하는 것이며, 나머지는 전적으로 우리 머릿속의 생각일 뿐이다. 우리 생각은 사건에 대한 직접적인 경험이 아니다. 사건에 대한 우리의 해석에 불과하다. 따라서 우리는 현실을 해석하고, 그 해석에 맞춰 살아간다. 사건과 사람 및 그것들의 의미에 대한 이야기를 꾸며 우리 자신에게 속삭이고, 우리는 그에 맞춰 살아가고, 현실을 그렇게 경험할 뿐이다.

* * *

이런 말을 처음 듣는 사람에게는 내 말이 지나치게 도발적이라고 여겨질 수도 있다. 우리가 지금까지 삶에 대해 들었고 배웠던 개념과는 완전히 다른 것이기 때문에 그렇게 생각되는 것은 당연하다. 극단적으로 다른 관점에서 보았다고 해서 내 말이 틀렸다는 뜻은 아니다. '생각이 원인이고 경험은 결과다'라는 메커니즘을 직접 관찰하고 확인해보라. 내 말이 과연 사실인지 거짓인지 직접 확인해보라. 내 말이 사실이라면 그 결과는 실로 엄청날 것이고, 당신을 모든 고통에서 해방시켜줄 테니까!

먼저, 그런 일이 가능할 수 있겠는가? 주변에서 일어나는 사건에 대해 생각하지 않을 수 있을까? 정말 그렇게 할 수 있다면, 아주 잠깐이라도 생각하는 걸 중단한다면, 우리는 어떤 경험을 하게 될까?

밑져야 본전이란 생각으로 시도라도 해보자.

다음과 같이 해보자. 이 부분을 읽고 난 후에 책을 내려놓고, 당신이 있는 곳에서 지금 이 순간 어떤 일이 벌어지고 있는지 눈여겨 살펴보라. 그 일의 의미에 대해서는 생각하지 마라. 1~2분이라도 생각을 멈출 수 있었는가? 그랬다면 무엇을 어떻게 경험했는가?

내 경우를 예로 들어보자. 내 앞에서 펼쳐진 상황의 의미에 대한 생각을 버리면, 주변이 갑자기 평화롭고 조용해지는 걸 느낀다. 가장 먼저 눈에 띄는 변화다. 다음으로는 지금 이 순간 이곳에는 나밖에 없다는 걸 느낀다. 거의 언제나 그렇다. 내 앞에서 어떤 일이 벌어지든 간에 이 순간은 있기 마련이다. 나는 그 순간에 있을 뿐이다. 또 내가 그 순간일 뿐이다. 예컨대 지금 이 순간에 나는 컴퓨터 앞에 앉아있을 뿐이다. 혹은 지금 이 순간에 햇살을 가득 받으며 산보를 하고 있을 수도 있다. 이 순간에 차를 마시고 있을 수도 있고, 이를 닦고 있을 수도 있다. 설거지를 하거나, 친구와 얘기를 나누고 있을 수도 있다.

항상 그렇다!

삶은 지금 내 앞에 있다.

확실히!

지독히 평화로운 삶이다.

흥미롭지 않은가?

우리 앞에 펼쳐진 상황의 의미를 해석하거나 생각하지 말고 현재의 순간을 경험해보라. 무척 흥미진진한 경험을 맛볼 수 있을 것이다. 혼자만의 공간이 허락되면, 1~2분만이라도 그 순간에 대해 생각하지 않고, 그 순간에 대한 의견들을 판단하지 않고 머릿속을 비우려고 해보라. 잠깐이라도 그렇게 할 수 있다면, '원인과 결과의 법칙'을 실감나게 경험할 수 있을 것이다. 어떤 해석도 주어지지 않을 때 그 순간만이 존재한다는 걸 깨닫게 될 것이기 때문이다. 과거나 미래를 생각하지 않는다면 이 순간을 비교할 대상 자체가 없다. 오로지 이 순간만이 있을 뿐이다. 지금 우리 눈앞에 전개되는 사건만이 본래의 모습대로 존재할 뿐이다.

하지만 우리는 현실을 있는 그대로 보지 못한다. 눈앞에 펼쳐진 상황을 해석하는 데 바쁘기 때문이다. 우리는 습관처럼 '이것'을 '저것'에 비교한다. 이 순간의 원초적인 단순성을 포기한 채 '이것은 좋은 것', '저것은 나쁜 것'이라 생각하며 '이것은 좋은 것', '저것은 나쁜 것'으로 받아들인다.

이런 모습이 우리 삶의 이야기다. 당신의 삶과 나의 삶에 대한 이야기이기도 하다. 당신의 경험은 눈앞의 상황에 대한 당신의 해석이며, 나의 경험은 눈앞의 상황에 대한 나의 해석이다.

상당히 충격적인 발견이지 않은가? 왜 그럴까? 우리가 '원인과 결과의 법칙'을 깨닫는 순간, 우리가 생각만 제대로 하면 얼마든지 행복해질 수 있다는 뜻이기 때문이다.

현실은 우리에게 어떤 문제도 제기하지 않는다. 우리에게 고통을 안겨주는 주범은 바로 우리 생각이다!

나는 지금까지 발표한 책들을 통해 오래 전부터 입이 아프도록 이렇게 말해 왔지만, 그 결과는 신통치 않았고 지금도 크게 나아진 것은 없다.

따라서 이제라도 알아야 한다.

진실을 알고 싶다면 눈을 돌려야 할 곳은 한 군데뿐이다. 바로 우리 자신이다! 원인과 결과의 법칙에서 짐작할 수 있듯이, 우리의 경험은 모두 우리 내면의 사건이다.

우리의 삶도 다를 바가 없다.

따라서 "누가 삶에 대한 우리의 경험을 결정짓는가?" 라는 의문이 제기된다.

마땅한 의문이지 않은가?

여기에서 우리는 중요한 결론에 이른다. 모든 고통의 원인은 우리를 우리 생각과 동일시하는 데 있다! 정말 놀랄 만한 결론이지 않은가!

우리를 고통스럽게 하는 실제 주범은 무엇일까?

대체 우리가 고통스럽게 살아가는 원인은 무엇일까?

사건에 대한 우리의 해석이 고통의 원인이다.

우리의 생각이 우리에게 고통을 안겨준다.

다른 원인은 없다!

나의 현실 check __ 현실에 대한 저항은 우리에게 크나큰 고통이다

현실은 좋지도 않고 나쁘지도 않다. 현실은 그저 존재할 뿐이다. 그러나 생각이나 행동에는 반드시 결과가 따른다. 이것이 원인과 결과의 법칙이다.

생각하지 않으면 감정도 있을 수 없다

'생각이 감정에 앞서 존재한다'는 말도 중요한 법칙으로, 생각이 감정의 원인이란 뜻이다. 달리 말하면, 생각을 하지 않으면 그에 따른 감정도 있을 수 없다.

이 법칙도 많은 사람에게 뜻밖으로 여겨질 것이다. 앞에서 '생각이 원인이고 경험은 결과다'라는 원인과 결과의 법칙에 대해 듣고 적잖은 사람이 '그럼 감정은 어떻게 되는 거지?'라는 의문을 품었을 것이기 때문이다. 또 그런 의문을 품으면서 '나는 특별히 생각하는 것도 없는데 기분이 울적해(화가 치밀어, 흥분돼, 짜증나, 무서워…)'라고 중얼거린 사람도 많을 것이다.

물론 그런 감정들이 정말로 나타난 것처럼 보일 수도 있다. 그러나 어떤 감정이 표출되기 위해서는 그 이전에 생각이 있어야 하는 것은 부인할 수 없는 사실이다. 어떤 감정이나 마찬가지다. '생각을 하지 않으면 어떤 감정도 있을 수 없다'는 비인격적이고 기계적으로 적용되는 법칙이기 때문이다.

생각이 먼저 있어야 한다.

생각이 언제나 감정에 앞서 존재한다.

이 법칙을 신중히 받아들여 직접 시험해보기 바란다. 그렇게 할 때, 화가 났다는 생각이 먼저 있지 않고는 누구도 화를 낼 수 없다는 사실을 깨닫게 될 것이다.

생각이 먼저 있지 않고는 어떤 감정도 있을 수 없다. 당신이 분노를 느끼는 순간에 '분노'라는 단어조차 생각하지 않았다고 생각할지 모르겠지만, 당시 상황을 면밀히 분석해보면 당신은 틀림없이 그 상황, 즉 당신에게 분노를 느끼게 한 사건이나 사람에 대해 어떤 생각을 품었기 마련이다. 당신이 정말로 아무런 생각을 하지 않았다면, 즉 그 상황이나 사람에 대해서 어떤 식으로든 잘못되고 부적절한 것이 있었다고 생각하거나 판단하지 않았다면 당신이 분노를 느꼈을 까닭이 없다. 분노를 느낀다는 자체가 불가능하다.

슬픔이란 감정도 마찬가지다. 슬픈 생각을 먼저 하지 않으면 슬픈 감정에 휩싸일 이유가 없다. 설령 당신이 특별히 슬픈 생각을 의식적으로 떠올리지는 않았더라도, 관련된 사건이나 상황 혹은 사람에게서 당신이 슬프다고 생각할 만한 뭔가가 틀림없이 있었다.

사랑과 인정이란 감정도 다를 바 없다. 사랑과 인정이 깃든 생각이나 그런 마음가짐이 없다면 우리는 누구에게도 사랑이나 인정을 느낄 수 없다. 그러나 특별히 사랑과 인정이 깃든 생각을 하지 않더라도 우리가 누군가를 애틋하게 생각한다면 우리의 내면에 잠재된 믿음 때문에 그렇게 반응하는 것이다(이 부분에 대해서는 '법칙8 잠재된 믿음의 법칙'을 참조할 것).

우리는 감정에 충동적으로 휩싸이는 것처럼 보이기 때문에, 감정의 법칙은 뜻밖의 계시로도 여겨질 것이다. 그러나 생각이 감정을 어떻게 촉발하는지 알아내고 이해한다면 의식에서 큰 변화가 일어났다는 증거다. 따라서 우리가 현실에 눈을 떠간다는 뜻이며, 정신이 어떻게 작용해서 우리 삶에 어떻게 영향을 미치는지 이해하기 시작했다는 뜻이기도 하다.

생각이 감정에 앞서 존재한다는 사실을 인정하면, 생각이 우리의 경험을 결정한다는 법칙이 기계적으로 작용하기 때문에 설령 우리가 그 과정을 알지 못했더라도 우리가 세상을 경험하는 방법에 대해 궁극적으로 우리 자신에게 책임이 있다는 사실을 이해하기가 한결 쉬워진다. 그러나 이제 우리는 현실에 눈을 뜨기 시작했고, 감정의 법칙이 우리의 삶에 어떤 영향을 미치는지 알게 됐다. 따라서 엄격히 말하면, 우리는 우리가 조절할 수 없는 외적인 힘의 피해자가 아니다. 오히려 우리의 무의식에 깊이 각인된 생각과 믿음대로 세상을 경험하며 그로 인해 고통 받는 것이라고 말할 수 있다. 따라서 우리의 생각을 점검해서 앞으로는 더 현명하게 행동해야 할 것이며, 그런 결정은 순전히 우리 자신의 몫이다.

나의 현실 check __ 생각-감정-몸의 상관관계

'생각-감정-몸'이 어떤 상관관계에 있는지 실험을 통해 알아보자.
이 상관관계를 몸으로 체득하고 싶다면, 잠시 동안이라도 아무도 없는 곳에
조용히 앉아 다음과 같이 해보라.
1, 2분이면 충분하다.
먼저 눈을 감고 심호흡을 한다.

- 레몬 : 레몬을 먹고 있다고 상상해보라. 그렇게 상상할 때 당신은 어떤 반응
  을 보이는가? 신 레몬을 입에 넣었다는 생각만으로도 당신의 몸은 곧바로
  물리적인 반응을 일으킨다. 입을 오물거리면서 침을 분비하기 시작할 것이
  다. 실제로는 입에 레몬이 없지만, 그런 반응이 분명히 일어난다. 요컨대 레
  몬을 먹는다는 생각만으로도 당신의 몸에서는 구체적인 물리적 반응이 일
  어난다.

- 폭력배 : 이번에는 한 단계 더 나아가, 누군가 당신을 몹시 괴롭힌다고 생각
  해보자. 그 사람이 당신에게 범한 온갖 몹쓸 짓을 상상해보라. 어떤 기분인
  가? 그런 생각이 당신에게 물리적으로 어떤 반응을 일으키는가? 심장이 두
  근대는가? 몸에서 열이 나는가? 분노가 치밀고 짜증이 나는가? 그 사람이
  죽도록 미운가? 긴장감에 온몸이 떨리는가? 그런 생각을 할 때 당신의 감
  정과 몸에서 일어나는 변화를 유심히 살펴보라.

- 천사 : 이번에는 누군가 당신을 극진히 사랑해준다고 생각해보자. 언제나
  당신을 이해해주고 당신에게 박수를 보내준다. 또 당신의 좋은 면만을 보
  며 칭찬을 아끼지 않는다. 어떤 기분인가? 그런 생각이 당신에게 어떤 감
  정을 불러일으키는가? 또 그런 감정이 당신의 몸에서 어떻게 나타나는가?

갑자기 한층 편안한 기분인가? 온몸에서 긴장이 풀리고 가슴이 벌렁대는가? 아늑하고 행복하며 나른한 기분인가?

이처럼 완전히 다른 세 가지 상황을 생각하는 것만으로도 우리는 세 가지 다른 감정과 신체의 반응을 경험할 수 있다. 자기 자신의 행동과 다른 사람의 행동을 꾸준히 관찰해보라. 그럼 생각과 감정과 몸의 상관관계를 이해할 수 있을 것이다.

모든 것에는 순서가 있다

현상들에는 순서가 있기 마련이다. 먼저 생각이 있고, 그 후에 감정적 반응이 있은 후에 신체적 반응이 나타난다. 그 과정이 순식간에 일어나기 때문에 우리가 정확히 인식하지 못할 뿐, 그 순차적 과정은 누구도 부인할 수 없는 진실이다.

이런 과정에 담긴 뜻을 분석해보는 것도 무척 흥미롭다. 생각이 감정을 촉발시키는 원인이라면, 우리는 많은 질병을 치유할 수 있다는 중요한 단서를 여기에서 찾을 수 있다. 오늘날 정신과 몸의 관계에 대한 많은 연구가 진행되고, 그 결과 생각이 건강에 영향을 미친다는 사실이 다각도로 입증됐다. 또한 생각이 몸에서 생화학적 반응을 불러일으킨다는 사실이 과학적으로도 입증됐다. 이런 연구 결과들은 몸의 기능에 대한 우리의 시각을 혁명적으로 바꿔놓았다. 따라서 우리가 병에 걸리는 이유에 대한 생각도 크게 바뀌었다. 긍정적인 생각과 의도가 긍정적인 감정을 낳고, 긍정적인 감정은 결국 우리 몸을 긍정적으로 변화시킨다면, 긍정적인 생각과 의도가 장기적인 면에서 우리 삶에 미치는 가치를 깊이 연구해봐야 할 것이다. 그러나 안타깝게도 많은 사람이 이런 메커니즘을 알지 못해 정반대로 행동하는 실정이다. 달리 말하면, 많은 사람이 부정적인 생각에 사로잡혀 지내고, 그 결과로 부정적인 생각이 부정적인 감정을 끌어내며, 결국에는 우리 몸까지 학대하고 있는 셈이다.

노파심에서 덧붙이지만, 내 말을 곡해하지 않기를 바란다. 당신이 잘못해서 병에 시달리는 것은 아니다. 나는 전혀 그런 뜻으로 말한 것이 아니다. 내 말을 이런 식으로 해석한다면 지나치게 단순화시킨 해석이다. 분명히 말하지만 누구의 잘못도 아니다. 다만, 몸과 정신의 관계가 밝혀지면서 우리 내면에 잠재된 기본적인 생각과 마음가짐이 부정적인 까닭에 감정적 고통이 뒤따르고, 결국에는 질병이란 징후가 몸에 나타나는 것이라는 점을 지적하는 것일 뿐이다.

따라서 우리가 이런 새로운 지식을 바탕으로 사고방식과 마음상태를 점검하면, 심적인 고통과 불만 등과 같은 감정의 불안정만이 아니라 질병이란 신체의 불균형이 일어나는 이유를 더 깊이 이해할 수 있을 것이다. 또한 부정적인 감정과 생각과 편견을 찾아내 연구해서 훌훌 털어내는 방법, 더 나아가서는 부정적인 감정을 우리 삶에 유익한 긍정적인 생각과 감정으로 바꿔가는 방법까지 배워야 하는 이유도 여기에 있다. 그래야 정신적 건강과 육체적 건강 모두에게 유익하기 때문이다. 그렇다, 마음이 편해야 건강에 좋다. 부정적인 생각과 편견을 조사하고 연구하는 방법에 대해서는 '조사의 도구'에서 자세히 살펴보기로 하자.

진정한 감정은
무조건적인 사랑, 하나밖에 없다

그러나 우리 생각과 아무런 관계도 없는 진정한 감정이 하나 있다. 바로 무조건적인 사랑이다. 무조건적인 사랑은 우리 인간의 진정한 본질이기 때문에 생각보다 앞서 존재한다. 그러나 이런 사랑, 즉 무조건적인 사랑을 대부분의 사람은 사랑이라 생각하지 않는다. 그들이 입에 올리고 머릿속으로 생각하는 사랑은 거의 언제나 조건적인 사랑이다. 달리 말하면, "내가 원하는 대로 하면 너를 사랑할 거다"라는 식의 사랑이다. 우리가 주변에서 흔히 보는 사랑이 그런 사랑이다. 나는 이런 사랑을 진정한 사랑이라 생각하지 않는다. 하지만 대부분의 사람이 서로 의견이 맞을 때는 사랑한다고 서로에게 속삭이지만, 뜻이 맞지 않으면 갈라선다! 심지어 부모들도 아이들이 학교에 충실히 다니고 얌전히 행동하면 아이들을 사랑하는 듯하지만, 아이들이 수업을 빼먹고 마약을 하기 시작하면 사랑하지 않는 듯한 태도를 보이기 일쑤다. 이런 사랑은 상대방의 행동에 따라 달라지기 때문에 조건적인 사랑이다. 무엇은 좋고 옳은 것이고, 무엇은 나쁘고 그른 것이라는 우리의 생각과 편견에 좌우되는 사랑이다. 따라서 조건적인 사랑이다. 수많은 요인에 따라 변덕스레 달라지는 사랑이다.

이런 조건적인 사랑은 우리의 진정한 본질과 아무런 관계도 없다. 우리 인간의 본질은 대각성이고, 궁극적 실재이며, 참존재다. 참존재, 즉 궁극적 실재는 무조건적인 사랑이다. 내가 이렇게 말하는 이유가 무엇이겠는가? 궁극적 실재는 무조건적인 지지이기 때문이다. 궁극적 실재는 아무런 조건도 없이 우리 모두, 아니 모든 생명체를 지켜준다. 궁극적 실재는 그저 그렇게 할 뿐이다. 그렇지 않으면 누구도 이 땅에 존재할 수 없다. 궁극적 실재가 정확히 무엇인지 모르겠지만, 그 궁극적 실재가 우리에게 생명을 주었다. 아무런 이유도 없이! 달리 말하면, 참존재인 궁극적 실재가 우리를 창조했다. 또한 우리가 어떤 존재고 어떤 위치에 있든 상관하지 않고, 우리가 누구를 생각하고 무엇을 생각하든 상관하지 않고, 또 그 소중한 선물인 생명을 우리가 어떻게 사용하든 상관하지 않고 우리를 지켜준다. 궁극적 실재인 참존재는 아무런 조건도 없이 우리를 지켜줄 뿐이다. 세상의 모든 생명체에 골고루 햇빛을 내려주는 태양처럼….

관심을 받는 것은 성장한다

이 법칙에 따르면, '우리가 관심을 기울이는 것이면 무엇이나 성장한다'고 할 수 있다.

이 법칙은 폭넓게 응용할 수 있어 우리에게 용기를 북돋워준다. 무엇인가에 관심을 기울인다는 것은 그것에 활력을 더해준다는 뜻이다. 우리가 관심을 기울이는 것이면, 무엇이나 무한한 에너지장에서 벗어나, 즉 순수한 잠재태潛在態에서 벗어나 '생명을 얻는다'. 양자역학으로 이미 확인된 사실이다. 양자역학에 따르면, 의식을 지닌 관찰자의 관찰이 파동함수를 붕괴시킨다고 하지 않는가! 달리 말하면, 우리가 살아가며 움직이고 호흡하는 현실세계를 형성하는 에너지나 전자의 파동은 관찰자에 의해 관찰될 때 시공간적 사건이 된다. 요컨대 우리가 뭔가에 관심을 기울일 때 그에 관련된 현상이 잠재태에서 벗어나 구체화된다.

관심의 힘

어찌 보면 관심은 뭔가를 창조해내는 마법의 지팡이다. 적어도 내 경험으로는 그렇다. 따라서 "당신은 관심의 힘을 어떻게 사용하고 있는가?"라고 묻고 싶다. 당신은 그 놀라운 능력, 그 소중한 재능을 어떻게 사용하고 있는가?

어려운 문제, 부족한 것, 질병 등에 온 정신을 쏟고 있는가, 아니면 당신의 삶에서 좋은 면을 보는 데 집중하는가? 정확히 무엇을 하고 있는가? 행복하게 살고 싶다면, 짬을 내서라도 당신이 지금 무엇을 하고 있는지 정확하게, 또 자세하게 살펴볼 필요가 있다. 당신의 생각이 전반적으로 어떤 기운을 띠는가? 아침부터 저녁까지 삶의 축복을 찬양하는 노래인가, 아니면 지루한 불평이고 한탄인가? 또 당신은 세상을 어떤 식으로 경험하는가? 당신 자신을 솔직하게 돌이켜보면, 당신의 경험은 당신의 관심을 정확히 반영한다. 눈곱만큼의 예외도 없다!

그 이유는 간단하다. '생각이 원인이고 경험은 결과기' 때문이다. 따라서 우리가 관심을 기울이는 것에서 생각의 힘을 진단해보면, 관심의 힘을 현명하게 사용하는 법을 배워야 한다는 결론이 자연스레 내려진다. 우리의 삶이 행복하게 느껴지지 않는 이유를 이해하는 데도 관심의 법칙은 무척 중요한 역할을 한다. 더구나 우리가 관심의 힘을 의식적으로 조종하는 법을 배울 수 있기 때문에 관심의 법칙은 우리에게 기운을 북돋워준다.

이제부터 관심의 법칙에 대해 하나씩 뜯어보자.

이 순간에 집중하라

중요한 질문 하나에 대답해보라. 당신의 정신구조에 대해 물어보자. 과거를 생각하며 많은 시간을 보내는가, 아니면 항상 미래를 걱정하며 하루하루를 보내는가? 미래를 생각하면 걱정이 앞서고 밤잠을 이루지 못하는가? 그래서 지금 이 순간에 눈길을 돌릴 여유가 없는가?

오히려 거꾸로 현재, 즉 이 순간을 중요하게 여기는가? 그래서 현재에 관심을 갖고, 지금 이 순간의 상황에 집중하는가? 이 순간을 실감나게 경험하면서 즐길 수 있는가?

그러나 대부분의 사람이 그렇지 못하다. 안타깝지만 사실이다. 우리 대부분이 적어도 생각에서는 현재가 아닌 다른 때, 예컨대 과거나 미래에 사로잡혀 많은 시간을 보낸다.

솔직히 말해서 당신은 지금 무슨 짓을 하고 있는지 모를 수도 있다. 당신이 지금 무슨 짓을 하는지 모른다면, 당신에게 선택권이 있다는 사실조차 모를 수 있다. 그렇다, 우리는 관심을 가져야 할 대상을 스스로 선택할 수 있다! 이런 사실을 우리가 깨닫지 못하고 있을 뿐이다. 그러나 우리에게 있는 선택권을 행사하려면, 우리가 지금 무엇을 하고 있는지 먼저 알아야 한다. 따라서 우리 자신을 얼마동안 유심히 관찰하는 것부터 시작해야 한다. 그래야 우리의 생각이 전반적으로 어떤 성향을 띠는지 알아낼 수 있기 때문이다. 이런 성향을 알아내면 선택권을 행사하겠다는 마음가짐으로, 그때부터 우리가 관심을 가져야 할 대상을 의식적으로 선택하면 된다.

그렇다, 무척 간단하게 들린다. 하지만 실행에 옮기기는 생각만큼 쉽지 않다. 특히 처음에는 그렇다. 선택권의 행사 능력을 단번에 자신의 것으로 만들 수 있는 마법의 지팡이나 비밀 공식은 없다. 관심의 힘을 활용하는 법은 평생 동안 배워가야 할 기술이다.

그러나 실망할 것은 없다! 생각의 전반적인 흐름을 알아내고, 관심의 힘을 지금 어떻게 사용하고 있는지 알아낸 것만 해도 크나큰 발전이다. 특히, 우리가 지금 관심의 힘을 부정적인 방향에서 사용하고 있다는 걸 알아낸다면 더더욱 그렇다. 우리가 정신의 작용 원리를 이해하기 시작했고, 생각과 경험 사이에 원인과 결과의 관계가 있다는 깨닫기 시작했다는 뜻이기 때문이다. 관심의 힘을 우리 마음대로 활용할 수 있기를 원한다면 관심의 법칙에 대한 이해가 급선무다.

우리에게는 누구에게도 간섭받지 않고 자유롭게 관심의 대상을 선택할 권리가 있다. 우리가 자유의지를 발휘할 수 있는 부분이다(자유의지에 대해서는 다음 장, '자유의지의 법칙'에서 자세히 살펴보기로 하자). 따라서 우리가 지금 무엇을 하는지 꾸준히 눈여겨보면서, 우리 의지대로 관심의 대상을 선택하는 연습을 게을리 하지 말아야 한다. 우리가 생각해 낼 수 있는 최고·최선의 것에 집중하겠다고 결심해야 한다. 최고·최선의 것을 찾아 선택하는 데 삶의 매력과 즐거움이 있다. 그 과정은 흥미진진한 모험이다. 그런 모험을 즐기며 새로운 것을 차근차근 배워보라. 우리가 이 순간의 경이로움에 관심을 쏟고 집중하는 힘을 키워갈 때 놀라운 결과가 우리 눈앞에 펼쳐질 것이다!

나의 현실 check __ 관심의 힘을 현명하게 이용하라

하찮은 것에 관심을 기울이면 하찮은 것을 경험하기 마련이다.

풍요로운 삶에 관심을 기울이면 풍요로운 삶을 경험하기 마련이다.

사랑에 관심을 기울이면 사랑을 경험하기 마련이다.

관심과 건강

당신은 건강과 관련해서 무엇에 관심을 기울이는가? 우리 모두의 귀가 솔깃해질 만한 흥미로운 질문이다. 몸이 별로 좋지 않으면 작은 통증에도 신경을 곤두세우지 않는가? 혹시 몸과 생명이 갖는 경이로운 힘, 즉 자연 치유력에 관심을 가져본 적은 없는가? '관심을 받는 것은 성장한다'는 관심의 법칙을 고려하면, 무척 의미심장한 질문이다.

관심의 법칙에 따라, 몸이 약해서 '몸이 약하다'는 데 신경을 곤두세우면 몸은 더욱 약해진다. 관심을 받는 것은 무엇이나 성장하고 발전하기 때문이다. 정말로 그렇다면, 그 반대도 성립해야 한다. 요컨대 우리가 지닌 강점에 집중하면 우리는 더 강해질 수 있다. 결국, 건강과 치유 등에서 우리는 언제든지 활용할 수 있는 놀라운 힘을 지녔다는 뜻이다. 그런데 왜 그런 힘을 사용하지 않는 것일까?

우리가 언제든지 활용할 수 있는 경이로운 힘을 지녔는데도 제대로 활용하지 못하고 있다! 이런 생각을 하면 억울하지 않은가? 그런데 어떤 이유에서 우리는 그 소중한 능력을 사용하지 못하는 것일까? 우리 대부분이 관심의 힘에 대해 정확히 모르기 때문이다. 아니, 그런 힘이 존재하는지도 모른다. 정신이 어떻게 작용하는지 어느 누구도 우리에게 가르쳐주지 않았기 때문이다. 따라서 관심의 힘을 식별해내지도 못하고, 관심의 힘이 무엇인지도 모른다. 따라서 그 힘을 어떻게 사용해야 하는지 모르는 건 당연하다. 우리는 그 진정한 힘을 잠재운 채 멍한 상태로 세상을 살아갈 뿐이다.

그러나 이제 우리는 조금씩 눈을 뜨기 시작했다! 우리의 진정한 힘을 되찾고, 몸이 불편할 때는 관심의 법칙을 생각하자. 그 놀라운 힘을 지혜롭게 활용하자. 우리 자신을 자세히 살펴보며, 우리가 무엇을 생각하고 어떻게 말하며 무엇에 관심을 기울이는지 눈여겨보자. 우리가 자신을 학대하며 회복을 멀리한다는 걸 알아야 관심의 방향을 바꿀 수 있지 않겠는가. 지금 시작해도 늦지 않다!

미국의 신사고 운동가인 플로렌스 스코블 쉰 Florence Scovel Shinn, 1871~1940 은 "나는 내가 지닌 강점을 찬송한다. 내가 지금 누리는 건강에 감사한다. 내게 허락된 삶을 마음껏 자랑한다. 그럼 하느님께서 더해주신다"라고 말했다. 이 말에서 우리가 건강에 관련해 취해야 할 길이 찾아진다(관심의 힘을 현명하게 사용하는 방법에 대해서는 '집중의 도구'를 참조할 것).

긍정적으로 생각할 때 진리에 좀 더 가까워진다.

관심과 그 밖의 문젯거리들

우리가 일상의 삶에서 겪는 많은 문젯거리도 마찬가지다. 어려운 상황에 빠질 때 당신의 신경은 어디로 향하는가? 어떤 상황에서나 잠재적 가능성에 집중하며 삶에서 모든 것이 당신 편이라고 생각하는가, 아니면 골치 아프고 불편하며 짜증스런 것에 신경을 곤두세우는가? 관심의 힘에 대해 안다면, 당신의 선택이 무척 중요하다는 것도 자연스레 알게 될 것이다.

따라서 무엇을 선택하든 그 때문에 당신이 한층 강해지고, 한층 너그럽고 자애로운 사람이 되겠다고 다짐하라. 그리고 당신이 어떤 상황이나 당신 자신에게, 또 관련된 모든 사람에게 행복감을 안겨주는 상황으로 바뀌가는 과정을 지켜보라!

맥락인가, 내용물인가

관심의 힘을 확인할 수 있는 또 하나의 좋은 방법은 관점을 넓혀 더 큰 맥락, 즉 우리가 흔히 삶이라 칭하는 신비로운 영역에 관심을 집중할 것인지, 아니면 우리가 세상을 살아가는 과정에서 겪는 특정한 사건이나 상황에 관련된 생각과 감정인 내용물에 관심을 집중할 것인지 따져보는 것이다.

관찰자인 우리와 우리의 생각 사이에는 간격이 있다는 것을 '법칙 2 목격의 법칙'에서 이미 확인했다. 그 둘의 차이를 깨닫는 순간부터, 우리의 생각인 내용물에서 맥락으로 관심을 돌리기는 한결 쉬워진다. 맥락은 생각이 모습을 드러내는 의식의 장, 혹은 존재의 장으로 우리 자신이기도 하다. 여하튼 내용물에서 맥락으로 관심의 초점을 바꾸면, 우리가 현재의 순간에 지닌 생각과 경험이 자연스레 더 큰 관점에 놓이면서 재설정된다. 이처럼 관심을 큰 맥락에 두면 어떤 것도 끝이 보이지 않는다. 따라서 무엇이 좋은 것이고, 무엇이 나쁜 것인지 단정적으로 말할 수 없다(좋은 것과 나쁜 것은 상대적인 가치 판단이나 의견에 불과하기 때문에 어떤 관점을 취하느냐에 따라 변하기 마련이다). 세상을 이렇게 보는 순간, 우리는 한결 가벼운 마음으로 느긋하고 편안하게 살아갈 수 있다.

나의 현실 check __ 무엇이 좋고 무엇이 나쁜지 아무도 모른다

좋은 것과 나쁜 것, 더운 날씨와 추운 날씨, 밝음과 어둠, 옳은 것과 그른 것을 우리는 흔히 대립 쌍으로 생각한다. 정말 그럴까? 이런 것들을 구분 짓는 절대적이고 객관적인 기준이 있을까? 곰곰이 생각해보면 알겠지만, 모든 이원적인 대립 쌍은 정신적인 구분에 불과하다. 달리 말하면, 상대적인 개념이어서, 무한히 뻗은 선에 놓인 하나의 점에 불과하다.

예를 들어 설명해보자.

- 더위와 추위 : 지금 코펜하겐은 섭씨 0도이다. 더운 날씨일까, 추운 날씨일까? 내 친구가 살고 있는 남아프리카공화국의 요하네스버그의 날씨와 비교하면 무척 추운 날씨다. 요하네스버그의 날씨는 지금 섭씨 25도기 때문이다. 그러나 내 손자가 살고 있는 위스콘신의 날씨에 비교하면, 지금 위스콘신의 날씨는 영하 20도기 때문에 코펜하겐의 날씨는 따뜻한 편이다.

- 밝음과 어둠 : 코펜하겐은 지금 오후지만 겨울이어서 안개가 끼고 우중충하다. 햇살이 환히 내리쬐는 여름날에 비교하면, 코펜하겐의 지금 날씨는 상당히 어두침침하다. 그러나 똑같이 우중충한 오후를 달도 뜨지 않아 칠흑 같은 밤에 비교하면, 코펜하겐의 지금 날씨는 상당히 밝은 편이다.

- 좋은 것과 나쁜 것 : 나는 지금 편두통 때문에 기분이 별로 좋지 않다. 따라서 건강해서 활력이 넘치는 날에 비교하면 편두통은 나쁜 것으로 여겨진다. 하지만 간암으로 얼마 전에 세상을 떠난 전 남편의 상황에 내 상황을 비교하면, 편두통에 시달리기는 하지만 내 상황은 무척 좋은 편이다.

- 옳은 것과 그른 것 : 우리는 '옳은 것'과 '그른 것'이 있다고 믿는다. 예컨대 거짓말은 '나쁜' 짓이다. 그러나 거짓말이 항상 나쁜 것일까? 그렇다고 말할 사람도 있겠지만, 지금이 2차대전 상황이고 당신이 다락방에 유대인 가족을 숨겨주고 있다고 해보자. 어느 날 게슈타포가 당신 대문을 두드리고는 당신에게 다락방에 유대인을 숨겨두고 있느냐고 묻는다면 어떻게 대답하겠는가? 거짓말은 나쁜 것이라는 생각에 '그렇다!'라고 대답하겠는가, 아니면 그들의 목숨을 구하기 위해서 거짓말을 하겠는가?

누구나 살인은 나쁜 짓이라고 생각한다. 하지만 누군가 당신 아들을 죽이려고 한다면 어떻게 하겠는가? 당신이 아들을 지키기 위해서 그 사람을 죽였다고 할 때, 당신의 행동을 '나쁜' 짓이었다고 말할 수 있을까? 물론 상황윤리라는 것이 있고, 법정은 이런 문제로 항상 고민한다. 판사와 배심원들은 어떤 행위의 옳고 그름에 대한 판결을 내리기 전에 행위자의 상황과 동기를 면밀히 고려한다.

따라서 우리는 이원적인 대립 쌍을 깊이 연구할수록, 현실은 하나고 이원적인 대립 쌍은 큰 맥락에서 상대적 위치에 불과하다는 사실을 깨닫게 된다.

선택은
우리의 몫이다

관심을 받는 것은 성장하고 발전한다! 우리가 뭔가에 관심을 기울이면, 결국 관심을 기울였던 것을 경험하기에 이른다. 관심의 힘을 우리 삶에서 현명하게 사용하는 방법에 대해서는 '집중의 도구'에서 본격적으로 살펴보기로 하자.

그러나 관심의 대상은 언제나 우리가 선택한 것이란 사실을 명심해야 한다. 언제나 그렇다! 우리가 의식하고 선택하든 그렇지 않든 간에 선택의 결정자는 언제나 우리 자신이다. 여기에서 다음의 법칙이 자연스레 도출된다.

법칙 7
자유의지의 법칙

우리는 선택할 수 있다

우리 머릿속에서 유일하게 생각할 수 있는 사람은 바로 우리 자신이다. 인류가 찾아낸 가장 위대한 발견이다. 생각하는 힘은 자유로 가는 열쇠며 왕도다. 우리에게 생각하는 힘이 있다는 사실을 깨달을 때 우리는 삶의 방향을 의식적으로 선택할 수 있다. 우리가 스스로 결정하는 사람이 될 수 있다.

오늘날 대부분의 사람이 우리에게 이런 선택의 능력이 있다는 사실을 망각한 채 살아간다. 우리에게 관심의 방향을 선택할 능력이 있다는 걸 알지 못해 그런 능력을 행사하지 못하지만, 매순간 우리가 '어떤 선택을 하는 것'은 사실이다.

관심의 방향을 선택하는 능력은 우리에게 주어진 커다란 선물이다. 구체적으로 말하면, 자유의지라는 선물이다. 관심사를 선택하는 이런

1부 원칙

능력 덕분에 우리는 자유롭다. 그렇지 않다면, 즉 우리가 혼자 힘으로 생각할 수 없어 관심사를 직접 선택할 수 없다면 우리는 자유롭지 못할 것이다. 그러나 누구도 다른 사람의 정신에 끼어들어가 그를 대신해 생각해줄 수 없기 때문에 우리는 자유롭다. 이런 자유를 곰곰이 생각해보라. 정말 놀랍지 않은가! 하지만 안타깝게도 대부분의 사람이 이런 사실을 깨닫지 못하고, 머릿속에 무의식적으로 프로그래밍된 관습적 생각을 무작정 따를 뿐이다. 그렇다, 대부분이 이 힘을 의식적으로 사용하지 못하는 건 사실이다. 하지만 그 힘은 여전히 우리 곁에 있다.

그러나 우리가 의지에 반하는 행동을 어쩔 수 없이 해야 할 때가 있지 않은가? 물론 사람들이 외적인 힘을 사용해서 우리에게 강제로 뭔가를 행하게 할 수는 있지만, 누구도 우리 정신에 끼어들어와 우리를 대신해 생각해주지는 못한다. 이런 점에서 우리는 언제나 자유로운 존재다. 누구나 자신의 정신과 마음에서는 언제나 자유롭다. 누구나 자신의 머릿속에서는 유일하게 생각할 수 있는 사람이다.

이런 이유에서 우리는 인간이다.

이런 이유에서 인간의 삶은 더없이 소중하다. 우리가 무슨 생각을 하는지 의식할 수 있는 능력, 또 관심사를 선택할 수 있는 능력이 우리에게 있기 때문이다. 누구에게나 그런 '능력'이 있다. 그래서 우리는 자유롭다.

자유의지는 우리에게 주어진 최고의 선물이며 특권이다. 또한 우리에게 주어진 최고의 과제다!

왜 그럴까? 우리 주변에서 무슨 일이 일어나더라도, 누가 뭐라 말하고 어떤 행동을 하더라도 우리 자신만이 우리의 관심사를 선택할 수 있기 때문이다. 우리가 지금 어떻게 행동하는지 알든 모르든 간에 선택은 결국 우리의 몫이다. 누구도 우리를 대신해서 선택해줄 수 없다. 우리만이 선택할 수 있다.

따라서 우리는 선택을 결정하는 사람이다.

그 선택권은 우리에게 주어진 유일한 자유다.

자유의지는 우리에게 허락된 유일한 자유다.

우리가 의식하든 그렇지 않든 간에 우리는 그 특권을 항상 행사하고 있다. 선택은 어떤 경우에든 우리가 하는 것이기 때문이다.

따라서 우리가 지금도 뭔가를 선택하고 있다는 사실을 깨달아야 한다. 우리가 의식하든 의식하지 않든 간에 우리는 매일, 매순간 뭔가를 선택한다.

다른 것은 없다.

우리에게 선택권이 있다는 사실, 이보다 중요한 것은 없다.

따라서 이런 사실을 염두에 두고 자유의지의 의미와 힘을 철저하게 깨달아가야 한다. 자유의지는 우리의 존재를 떠받쳐주는 기둥이다. 자유의지는 우리의 본성이고 본질이다. 자유의지는 우리에게 주어진 모든 것이다. 자유의지는 우리의 전부다!

이런 생각을 마음에 품고 당신이 지금 무엇을 하는지 신중히 관찰해보면, 내 말이 하나도 틀리지 않다는 걸 확인할 수 있을 것이다. 당신이 의식하든 그렇지 않든 간에 매순간 당신은 관심의 대상을 선택하고 있다. 이것이든 저것이든 무엇인가에 관심을 기울이고 있다. 또 모든 상황에서 당신은 무엇인가를 선택한다. 가능성을 지닌 것에 초점을 맞추고 상황이나 상대를 좋은 방향에서 생각할 수도 있지만, 반대로 한계를 먼저 생각하면서 상황이나 상대를 부정적인 방향으로 생각할 수도 있다. 우리의 삶은 언제나 선택의 연속이다. 예컨대 슈퍼마켓에서 줄을 서는 것처럼 지극히 사소하고 하찮은 일부터, 인간관계와 경력관리 등과 같이 크고 중요한 일까지 우리는 언제나 선택을 강요받는다.

이런 현실을 이해할 때, 결국 모든 것은 '너'에게 달렸다는 옛 현인의 가르침까지 깨닫게 된다. 그렇다, 모든 것이 결국에는 '우리'에게 달렸다. 요컨대 우리의 선택으로 모든 것이 결정된다.

우리는 선택한 것을 경험하기 마련이다!
간단하게 들리지만 진실이다.

현명한 선택을 하려면

이런 이유에서 현명하게 선택하는 법을 배워야 한다. 우리가 선택한 것을 경험하기 마련이기 때문이다. 따라서 관심의 방향을 현명하게 결정할 수 있어야 한다. 과거의 위대한 스승들이 우리에게 가르쳤던 것도 바로 이것이다. 그래서 자유의지를 현명하게 사용하고 현명하게 선택해야 하는 것이 중요하다.

현명하게 선택하는 법을 배우기 위해서는 자제력이 필요하다. 현명하게 선택하는 법을 배운다는 것은 즉각적인 쾌락을 택하지 않고 지혜의 길을 따른다는 뜻이다. 설령 지혜의 길을 따르기가 어렵더라도, 삶의 길에서 꾸준히 성장하고 드높은 꿈을 성취하고자 한다면 그 길을 따라야 한다.

조금만 생각이 있는 사람에게는 이 말이 새삼스레 들리지 않을 것이다. 어떤 분야에서 성공하기 위해서는 자제력이 필요하다는 것은 진리기 때문이다. 성공한 사람들은 한결같이 어떤 결정을 내린 후에 그 목표에 초점을 맞춰, 그 목표를 성취할 때까지 끈질기게 노력한 사람들이다. 당신이 존경하는 사람들에 대해 생각해보면 충분하다. 그들은 어떻게 위대한 인물이 됐는가? 위대한 리더, 위대한 운동선수, 위대한 음악가, 위대한 화가, 위대한 영적 지도자, 그들이 어떻게 그런 수준까지 이르렀는가? 그들은 자유의지로 행동방향을 선택했고, 모든 관심을 그들의 목표에 집중시켰다. 그들은 자유의지로 재능을 갈고 닦는 데, 또 새로운 것을 배우는 데 시간을 아낌없이 투자했다.

기업인으로 성공한 사람들은 어떤가? 자제력이 없는 사람이 기업계에서 성공한 사례는 없다. 정치인, 세계적인 지도자의 경우도 마찬가지다. 훌륭한 부모, 훌륭한 교사, 훌륭한 동반자가 되는 데도 자제력이 필요하다. 어떤 분야에서든 성공한 사람은 자유의지를 현명하게 사용하며 자제력을 발휘한 사람이다.

행복도 마찬가지다! 행복은 우연히 찾아오는 것이라고 생각하는 사람이 많지만, 진정한 행복은 우연의 산물이 아니다. 진정한 행복을 성취하기 위해서도 자제력이 필요하다. 지금 나는 외적인 요인에서 주어지는 우연한 행복, 요컨대 다른 사람과 주변 환경에 좌지우지되는 행복에 대해 말하는 게 아니다. 진정한 행복, 우리 본연의 상태라 할 수 있는 내면의 행복에 대해 말하는 것이다. 이른바 삶이라 일컬어지는 것과 조화를 이루며 살아가는 현명한 사람들에게서 찾아지는 행복을 말하는 것이다. 이런 깊은 내면의 행복을 경험할 때 우리는 궁극적 실재를 깨닫고, 정신의 작동 원리까지 이해할 수 있다. 이런 행복은 안정되고 내면에서 오는 것이다. 이런 행복은 외적인 상황에 흔들리지 않기 때문에 무조건적인 행복이다.

이런 관계를 이해하고 진정한 행복을 손에 쥐기 위해서는 꾸준한 자기수양이 필요하다. 진정한 행복이라는 목표를 성취하기 위해서는 삶 자체를 꾸준히 연구하고, 그에 대한 성찰이 있어야 한다. 또한 자유의지를 통해 필요한 기법을 실천하고 집중력을 향상시키며, 내면의 평화와 내면의 행복을 계발하고 키워가야 한다. 이런 이유에서 영성의 수련이 필요하다. 개인적인 발전과 영성의 성장을 다룬 자기계발 서적이 필요한 이유도 여기에 있다. 거듭 말하지만, 자기계발과 영성의 성장을 다룬 책들에서도 한결같이 꾸준한 학습과 일상의 습관과 자제력의 필요성을 강조한다.

> 몸에 신경을 쓰는 사람은 많지만
> 정신에 신경을 쓰는 사람은 거의 없다.

일상의 습관과 훈련

일상에 필요한 습관에 대해 몇 가지 예를 들어보자. 모든 습관에 길들여지기 위해서는 자유의지의 적극적인 활용이 필요하다. 아래에서 소개되는 습관들은 쉽게 보일 수 있지만, 이미 시도해본 사람이라면 이 습관들을 길들이기 위해서는 의식적인 선택과 엄청난 자제력이 필요하다는 사실을 잘 알고 있을 것이다.

판단하지 마라 : 영적인 길에서 중요한 것은 사람과 사물 및 사건에 대해 어떤 판단도 하지 않겠다는 단호한 결심이다. 우리는 항상 뭔가를 판단하는 데 많은 정신 에너지를 허비하며, 그로 인해 내적인 혼돈까지 야기하기 때문에 판단하지 않겠다는 결심은 무척 중요하다. 판단하지 않을 때, 달리 말해서 주변 상황에 어떤 형태로도 간섭하지 않고 그대로 내버려둘 때, 우리는 마음이 차분해지고 내면의 평화까지 얻을 수 있다. 그러나 판단하지 않는 습관을 길들이기 위해서는 하루에 한 시간씩 자기수양이 필요하다. 이때 자유의지를 활용해야 한다. 누구도 판단하지 않겠다고 결심하고 꾸준히 훈련하라! 하루도 빼놓지 말고!

저항하지 마라 : 영적인 길에서 또 하나 중요한 것은 자유의지를 적극 발휘해서, 이 순간에 어떤 일이 닥치더라도 저항하지 않겠다고 결심하는 것이다. 의식하지 못할 수도 있지만, 많은 사람이 현재의 순간과 곧잘 전쟁을 벌인다. 우리 삶에서 지금 일어나는 일에 저항한다. 그런 저항은 스트레스와 걱정거리를 더해줄 뿐이다. 현재의 상황에 저항하지 않으면 어떻게 될까? 그 자체만으로도 놀라운 경험이고, 영적인 훈련이다. 그러나 우리는 현재의 상황에 저항하는 데 너무 길들여져, 이 순간에 저항하지 않기 위해서는 피눈물 나는 훈련과 철저한 집중력이 요구된다. 현재의 상황에 저항하지 않겠다고 의식적으로 결심하고 규칙

적으로 훈련해보라. 그럼 당신의 삶이 완전히 달라질 테니까! (훈련 방법에 대해서는 '집중의 도구'를 참조해주기 바란다.)

어떤 상황에서나 좋은 면을 보라 : 이 습관들을 길들이는 데도 자유의지를 적극적으로 활용해야 한다. 눈앞에 어떤 상황이 전개되든 어떤 상황에서나 좋은 면을 보아야 한다. 우리와 관련된 모든 사람의 뛰어난 면과 좋은 면을 보려고 애써야 한다. 그렇게 하기 위해서는 끊임없는 각성과 자기조절이 필요하다. 지금 우리가 무슨 생각을 하고, 어떻게 행동을 하고 말하는지 알아야 한다. 따라서 항상 눈을 크게 뜨고 자신을 지켜봐야 한다. 이렇게 할 때, 우리가 부정적인 생각에 사로잡히더라도 자신을 되돌아보며 관심의 방향을 바꿀 수 있다. 이렇게 하려면 끊임없는 자기경계가 필요하다. 이런 이유에서 영적인 훈련이 요구되는 것이다. 우리 모두가 포레스트 검프는 아니니까! (이 부분의 훈련에 대해서는 '치환의 법칙'에서 자세히 살펴보도록 하자.)

남을 험담하지 마라 : 이 습관에 관련해서 나는 북 스코틀랜드의 영성 공동체인 핀드혼Findhorn에서 아주 효과적인 훈련법을 배웠다. 그 방법을 대략적으로 소개해보자. 공동체 회원 중 하나가 다른 회원에게 말할 것이 있으면, 당사자가 없는 데서 말하지 않고 그를 곧바로 찾아가 그의 면전에서 직접 말을 해야 한다. 쉽게 말하면, 당신이 누군가에게 할 말이 있으면 다른 사람에게 구시렁대지 말고 그 사람에게 직접 말하라는 뜻이다. 자기수양이 요구되는 무척 훌륭한 습관이다. 며칠이라도 남의 얘기를 하지 말아보라. 그럼 당신이 얼마나 남의 얘기를 해왔는지 알 테니까.

앞에서 언급한 예들은 의식적인 선택과 자기수양이 요구되는 영적인 습관들의 일부일 뿐이다. 그 밖에도 우리가 길들여야 할 좋은 습관들이 많이 있다. 예를 들어보자.

현재의 순간에 충실하라

동정심을 가져라

용서하라

봉사하라

명상하라

하루에 한 시간씩 침묵하라

(이런 습관들에 대해서는 '집중의 도구'에서 더 자세히 살펴보기로 하자.)

왜 의도가 중요한가

위대한 현인들은 의도가 모든 것이라고도 말했다. 모든 행위의 끝을 미리 알기도 어렵고, 무엇이 장기적으로 우리 자신이나 남들에게 좋은 것인지 알기도 힘들기 때문에, 행위 뒤에 감추어진 동기를 등불로 삼아야 한다. 당신이 뭔가를 하는 이유나 동기가 무엇인가? 당신의 의도는 사랑과 애정과 동정인가? 당신은 말과 행동으로 주변 사람들의 고통을 달래주고 싶은 것인가? 당신의 의도는 다른 사람에게 봉사하고 다른 사람을 도우려는 것인가? 혹 즉흥적인 쾌락과 물질적인 이득만을 생각하고 있지는 않는가? 그래서 당신에게 무슨 이익이 있는가? 현인들의 가르침에 따르면, 우리 생각과 행동의 결과를 숙명적으로 결정짓는 것은 동기와 의도다. 그러므로 우리는 자유의지를 현명하게 사용하고, 현명한 결정을 내릴 때도 의도의 중요성을 깨달아야 한다.

따라서 우리가 이미 배워 알고 있는 지식을 최대한 활용하는 법을 터득해가야 한다. 또 우리가 이미 알고 있는 지혜를 따라야 한다. (생각보다 우리는 훨씬 많은 지혜를 알고 있다.) 위대한 현인들의 말씀을 대충 추려보면 다음과 같다.

소중한 시간을 낭비하지 마라

감정을 따르지 말고 지혜를 따르라

자제력을 키우라

끊임없이 수련하며 인내심을 키우라

진정한 힘을 깨닫고 현명하게 선택하라

이렇게 할 때 당신의 삶은 완전히 달라질 것이다!

나의 현실 check __ 결국, 당신의 선택이다

이 책에서 소개되는 교훈들은 당신이 삶의 속도를 조금이라도 늦추고, 정신의 작동 원리를 깨달아 당신이 지금 무엇을 하고 있는지 인식하는 데 도움을 주기 위해 쓰인 것이다. 우리가 정신과 내면의 과정을 관찰하는 법을 터득하면, 우리 삶을 끌어가는 메커니즘까지 알아갈 수 있다. 따라서 생각이 떠올랐다가 사라지는 과정을 관찰하는 법을 터득하면, 우리가 어떤 생각에 애착을 갖느냐 갖지 않느냐 하는 것도 결국 우리의 선택이란 사실을 깨닫게 된다. 달리 말하면, 우리가 머릿속에 떠오르는 모든 생각을 곧이곧대로 믿을 필요가 없다는 뜻이다. 생각이 떠올랐다가 사라지는 과정을 관찰할 수 있다면, 우리는 그런 생각들의 타당성에 의문을 제기할 수 있다. 어떤 생각이 떠올랐을 때 '이 생각이 맞는 걸까? 내가 이 생각을 믿고 싶어 하는 건 아닐까? 이 생각을 믿어야 하는 걸까? 이 생각에 내 삶을 맡겨버리고 싶어 하는 건 아닐까?'라는 의문을 자신에게 제기해볼 수 있다. 이처럼 생각에서 일정한 거리를 두고 의문을 제기하는 능력은 선택을 결정하는 데 필요한 힘이기도 하다(생각에 의문을 제기하는 방법에 대해서는 '조사의 도구'에서 더 자세히 살펴보기로 하자).

잠재된 믿음이
경험 세계를
결정한다

현실은 우리 눈앞에 펼쳐진 상황이며, 삶도 똑같다. 그러나 삶을 어떻게 생각하고 경험하느냐 하는 것은 삶에 대한 우리의 생각과 잠재된 믿음에 따라 달라진다. 우리가 그런 생각과 믿음을 알고 있느냐의 여부는 상관없다. 또 우리가 그런 메커니즘, 즉 생각과 경험의 관계를 알고 있느냐도 상관없다.

삶에 대한 기본적인 믿음이 현실을 어떻게 경험하느냐를 결정하는 데 생각보다 훨씬 큰 영향을 미치기 때문에 이런 현상을 자세히 살펴보는 것도 나쁠 것은 없다.

잠재된 믿음은 순간적인 감정이나 변덕, 이런저런 것에 대해 하루하루 달라지는 생각이나 의견이 아니다. '삶'에 대해 품은 근본적인 관점과 이해를 뜻한다. 따라서 잠재된 믿음은 우리가 생각하고 말하며 행동하는 모든 것의 기초를 이루는 생각과 믿음을 가리킨다. 삶이 무엇이고 궁극적 실재가 무엇인지에 대한 근본적인 생각과 믿음이 잠재된 믿음이라 말할 수도 있다.

이런 근본적인 잠재된 믿음은 우리가 부모와 교사, 사회와 언론, 종교와 문화를 통해 아주 어린 시절부터 귀가 따갑도록 듣고 배운 것이다. 따라서 우리는 태어나는 순간부터 소속된 사회에 의해 프로그램된다고 말할 수 있다. 요컨대 가족과 문화권의 믿음을 배운다. 우리는 그렇게 프로그램된다는 사실 자체를 모르거나 의식하지 못하지만, 그런 프로그래밍은 예외 없이 일어난다. 우리는 부모와 선생님의 말을 곧이곧대로 믿는 순진한 아이들이다. 그런데 우리가 어떻게 프로그래밍되는지에 대해서는 누구도 말해주지 않는다. 이것이 현실이다.

어디에도 영향을 받지 않은 독자적인 생각은 없다

그러나 당신은 "나는 똑똑한 사람이야. 삶과 현실에 대해 나만의 독립된 생각을 가진 독자적인 사람이야"라고 말할지도 모르겠다. 어느 정도까지는 당신 말이 맞을 수도 있다. 배경과 가족관계와 교육에 따라 삶에서 일어나는 사건에 대해 다른 식으로 반응하고 경험하게 되기 때문에 누구나 어느 정도까지 궁극적 실재에 대한 고유한 의견을 지니게 된다. 그러나 그것이 전부는 아니다. 흔히 문화적 배경이나 유산이라 일컬어지는 어린 시절의 프로그래밍에 우리 모두가 크게 영향 받기 때문이다.

예를 들어 설명해보자. 나는 미국에서 태어나 스무 살까지 미국에서 살았다. 그때부터 몇 년 동안 세상을 여행한 후에는 덴마크에 자리 잡고 지금까지 살고 있다. 나는 덴마크에 정착하고 나서야 덴마크 사람들에게는 '얀테의 율법'이란 독특한 믿음이 있다는 걸 처음 알았다. '얀테의 율법'에서는 '당신이 특별한 인물이라고 생각하지 마라, 당신이 다른 사람보다 똑똑하다고 생각하지 마라' 하고 가르친다. 이런 가르침을 덴마크 사람들은 주제넘게 나서거나, 자신의 공적을 자랑하지 말라는 뜻으로 받아들인다.

나는 이 법칙을 처음 들었을 때 참 이상한 법칙이란 생각이 들었다. 또 나에게는 그다지 관계도 없고 중요하지 않게 들렸다. 그러나 시간이 지나면서 나는 얀테의 법칙이 덴마크에서 살아가는 모든 사람, 모든 것에 영향을 미친다는 사실을 깨닫기 시작했다. 스웨덴과 노르웨이 등 다른 북유럽 국가들도 마찬가지였다. 이런 문화적 약속 때문인지 스칸디나비아에서 동료들 앞에서 잘난 척을 하거나, 다른 사람보다 똑똑하고 낫다고 주장하는 행위는 눈총을 받기 일쑤였다. 물론, 미국에서 자라며 자신의 업적을 과시하고 자랑해야 한다고 배운 나에게는 이런 문화가 무척 낯설게 느껴졌다.

스칸디나비아와 미국의 문화적 차이를 이해하고서야, 미국인들이 자신의 업적을 늘어놓을 때 덴마크 사람들이 미국인들을 허풍쟁이라고 생각하는 이유를 이해할 수 있었다. 따라서 당신이 얀테의 법칙에 프로그래밍된 스칸디나비아 사람들 앞에서 어떤 일을 해낸 사람이라고 자랑하면 그들은 십중팔구 얼굴을 찌푸릴 것이다. 미국과 달리 덴마크와 스칸디나비아에서는 겸손해야 한다.

잠재된 믿음

우리는 사회적이고 종교적인 믿음에 영향을 받지만, 가족을 비롯해 함께 지내는 사람들로부터도 삶에 대한 다양한 관점들을 받아들인다. 우리를 지배하는 잠재적 믿음들의 대표적인 예를 살펴보자. 우리는 그런 믿음들에 지배받는다는 걸 의식조차 못하지만, 대부분의 사람은 아래에서 소개된 유형들을 복합적으로 띤다.

물질주의자 : 이런 믿음체계에 물든 사람들은 궁극적 현상을 물질적 관점에서 접근한다. 그들은 세계를 물리적이고 물질적인 현상으로 파악한다. 그들은 '삶', 즉 현실을 물리적 감각으로만 인식한다. 현실이 지금과 같은 모습을 띠는 근원적인 이유는 없다. 삶은 무無에서 생겨난 것일 뿐이다. 따라서 어떤 현상이 일어나는 이유나 인과관계는 없다. 이런 세계관을 지닌 사람들에게 인간의 삶은 벌레의 삶과 다를 바가 없다. 어떤 일이 일어나는 원인이나 이유가 없다고 생각하기 때문에 그들은 삶을 완전히 우연이라 생각한다. 그들에게 삶과 경험은 그저 운일 뿐이다. 따라서 특별한 이유도 없이 비참한 삶을 사는 사람들이 있는 반면에, 어떤 사람은 행운을 누리며 행복하게 장수하는 것이다. 운은 누구도 조절할 수 없다.

고통받는 사람 : 삶을 고통이라 생각하는 사람들은 이원론자인 경우가 대부분이다. 그들은 모든 것을 선과 악, 어둠과 빛, 사랑과 증오, 질병과 건강, 가난과 풍요 등 이원론적 관점에서 접근한다. 이런 관점에서 보면 인간은 어떤 탈출구도 없는 양극단 사이를 오가야 하기 때문에 삶

은 고행이다. 궁극적 현실을 이렇게 생각하는 사람들은 인간의 삶을 신의 조작이라 생각한다. 심지어, 우리가 겪는 어려움이 인간의 원죄 때문이라고 믿는 사람까지 있다.

물신숭배자 : 앞에서 언급한 '삶'에 대한 물질주의와 이원론적 관점과는 약간 다른 관점이다. 이런 믿음체계에 물든 사람은 인간의 운명이 외부의 힘, 즉 인간이 통제할 수 없는 힘에 좌우된다고 생각한다. 유전과 운세(별자리), 성별과 연령, 국적과 교육 등이 인간의 운명을 좌우하는 외부의 힘에 속한다. 따라서 이런 관점을 지닌 사람들은 삶에서 균형과 조화를 찾으려는 노력의 일환으로 외부의 힘에 눈을 돌리고, 다른 사람이나 외적인 대상과 현상 등에서 힘을 빌리려 한다. 이런 이유에서 내가 그런 사람들을 물신숭배자로 부르는 것이다. 이런 외적인 힘이나 사람은 의사나 스승, 파벌의 지도자, 행성들의 배열, 수정과 돌, 향유, 약물, 색, 집과 가구의 배치(풍수), 심리치유사나 정신과 의사, 특수한 다이어트, 현대의학이나 대체의학 등이다. 달리 말하면, 물신숭배자는 자신의 운명을 다른 사람이나 외적인 것에 떠넘기는 사람이다.

출세주의자 : 삶을 이런 관점에서 접근하는 사람은 성공지향적이다. 물질주의적 성향이나 영적인 성향 등 어떤 성향을 띠는 출세주의자는 기본적으로 자신의 힘과 능력을 믿는다. 또한 성공할 능력과 가치를 갖추었다고 믿는다. 이런 유형의 잠재적 믿음은 '삶'을 좋은 것이라 믿고, 인간은 자신과 가족을 위해 편안한 삶을 만들어갈 수 있다고 믿는다. 기업, 스포츠, 예술, 정계 등의 세계에서 성공한 사람들에게 대체로 이런 믿음체계가 나타난다.

신앙인 : 신앙의 관점에서 '삶'에 접근하는 사람들은 우리에게 허락된 '삶'에 어떤 의미가 있다고 믿는다. 그들은 신, 즉 초월적 존재를 믿으며, 인간은 더 나은 세계를 질서정연하게 향해가는 변화의 일부라고 생각한다. 불교도와 힌두교도처럼 환생을 믿는 사람들도 있으며, 이런 믿음이 있으면 현재의 삶에 대한 관점이 완전히 달라질 수 있다. 일반적으로, 초월적 존재를 믿는 사람들은 초월적 존재가 인간의 삶과 죽음 및 주변 환경 등 모든 면에 영향을 미친다고 생각한다.

보편적인 믿음

가장 기본적인 차원의 믿음, 즉 보편적인 믿음도 있다. 보편적인 믿음은 거의 모두가 공유하는 믿음이다. 보편적인 믿음은 배경, 문화와 종교, 연령과 성별, 사회적 지위에 상관없이 거의 모두가 똑같이 믿는다는 점에서 인간조건과 흡사하다.

보편적인 믿음은 삶의 과정에서 우리의 선택과 행동과 경험에 생각 이상으로 많은 영향을 미치지만, 우리는 그런 잠재적 믿음에 길들여져 있다는 사실 자체를 의식하지 못한다. 따라서 우리가 그런 믿음의 존재를 깨닫고 그 타당성에 의문을 제기할 때까지 보편적인 믿음들은 우리 삶에 악영향을 미칠 수 있다(이런 부정적인 보편적 믿음에 의문을 제기하는 방법에 대해서는 '조사의 도구'에서 자세히 살펴보기로 하자).

우리 모두가 공유하는 보편적인 믿음의 예를 들어보면 다음과 같다.

삶은 위험하다

죽음은 위험하다

내게 문제가 있다

나는 충분한 교육을 받지 못했다

부모는 자식을 사랑해야 한다

어머니라면 당연히 자식을 이해해야 한다

자식은 부모를 사랑하고 공경해야 한다

세상에서 전쟁이 완전히 종식될 수는 없다

그에게 사랑받아야 한다

더 많은 돈이 필요하다

이것은 그 사람의 잘못이다

이것은 내 잘못이다

누구도 내 편이 아니다

우리는 세상을 구해야 한다

세상에 악이 없을 수는 없다

내 행복은 〔다른 사람〕에게 달려있다

배우자를 행복하게 해줘야 한다.

정도는 다르지만 우리 대부분의 머릿속에 도사린 생각들과 믿음들이다. 이런 보편적 믿음들이 우리에게 어떻게 영향을 미칠까?

예를 들어 설명해보자. 예컨대 당신이 '삶은 위험하다'라고 믿는다고 해보자. 이런 믿음은 대부분의 사람마다 정도는 다르지만 공유하는 보편적인 믿음 중 하나다. 당신 자신을 잘 관찰해보라. 당신의 선택과 행동이 얼마나 이런 믿음에 영향을 받고 있는가? '삶은 위험하다'라고 믿지 않았다면 달리 행동했을 상황들을 생각해보라. '삶은 위험하다'라고 믿기 때문에 대담하게 취하지 못한 행동들, 또 그 때문에 취한 예방조치들을 생각해보라. 그런 믿음을 직시하고 의문을 품는다면 어떤 변화가 일어날까? 당신이 대단한 깨달음을 얻을지 누가 알겠는가!

'삶은 위험하다'라는 믿음과 밀접한 관계가 있는 믿음, 즉 '죽음은 위험하다'라는 믿음으로 실험해보자.

죽음은 위험한 것일까

'죽음은 위험하다'라고 믿는 사람이 많다. 실제로 많은 사람이 이런 생각을 떨쳐내지 못한다. 그런데 죽음이 정말로 위험할까? 이 질문에 '그렇다'고 대답한다면 그 증거는 무엇인가? 죽음이 위험하다는 증거가 있는가?

인간은 죽는다는 사실, 누구나 죽는다는 사실이 '죽음은 위험하다'라는 믿음의 증거가 될 수 있는가? 죽음이 존재한다는 걸 입증해줄 뿐이다. 그러나 우리는 죽음이 정말로 위험한지 어떤지 알지 못한다. 누구도 죽음의 세계에서 되돌아와 우리에게 그렇게 말해준 적이 없기 때문이다. 그렇다면, 죽음이 위험하다는 증거는 어디에 있는가?

어디를 둘러봐도 그 증거는 없다. 죽음이 위험하다는 구체적인 증거는 없다. 우리가 확실히 말할 수 있는 것은 죽음이 존재한다는 것뿐이다. 그 밖의 것에 대해서 우리는 전혀 모른다. 그것이 현실이고, 우리가 아는 모든 것이다. 그럼, 우리는 무엇을 두려워하는 것일까?

우리는 '죽음은 위험하다'라는 생각을 두려워할 뿐이다. 여기에서 우리는 처음 출발했던 생각, 즉 '삶은 위험하다'라는 생각으로 되돌아간다. 두 생각은 서로 밀접한 관계에 있는 듯하다. 둘 중 하나만 믿기는 어렵기 때문이다. 이런 관점에서 '삶은 위험하다'라는 믿음을 다시 살펴보자. 이 생각이 맞다는 걸 어떻게 아는가? 죽음이 위험한지 확실히 모르는데 삶이 위험하다고 어떻게 확신할 수 있는가? 두 생각이 밀접한 관계에 있다는 걸 어떻게 알 수 있을까? 죽음을 두려워하면 삶도 두려워할 가능성이 크기 때문이다. 우리에게 어떤 일이 닥치면 우리가 죽을 수 있지 않은가! 하지만 죽음이 위험하지 않다면 어떻게 삶이 위험할 수 있겠는가?

이런 생각들을 이리저리 따져보고, 그런 탐색을 명상처럼 천천히 하면서 어떤 결과가 닥치는지 살펴보는 것도 재밌고 흥미롭다. 이렇게 할 때 우리는 정신이 어떻게 작동하는지 깨달아가기 시작할 뿐 아니라, 그런 잠재적 믿음들이 우리를 어떻게 두려움에 빠지게 하는지 알아갈 수 있다. 우리는 우리가 무엇을 하는지도 제대로 모르기 때문에, 우리가 두려워하는 것이 사실에 바탕을 둔 것인지도 모른 채 불행의 길로 치닫는다. 우리가 아무런 의문도 제기하지 않고 무작정 믿어버리는 잠재적 믿음이 우리에게 미치는 부정적 효과다.

정신의 수레바퀴가 돌아가는 속도를 늦추어라

이런 이유에서도 정신의 수레바퀴가 돌아가는 속도를 늦추는 법을 배워야 한다. 그 속도를 늦추면 우리가 무엇을 믿고, 그 믿음이 우리 삶에 어떤 영향을 미치는지 깨달을 가능성이 커진다. 상당히 충격적인 경험이 될 수 있겠지만, 그런 깨달음이 있을 때 우리가 지금까지 한 번도 의문을 제기하지 않았던 잠재적 믿음의 노예에서 해방돼 삶의 방향을 스스로 선택하는 결정자로서의 힘을 되찾을 수 있다(믿음에 의문을 제기하는 방법에 대해서는 '조사의 도구'에서 더 자세히 살펴보도록 하자).

나의 현실 check __ 세상사는 그저 일어날 뿐이다

정말이다. 세상사는 그저 일어날 뿐이다. 사건들을 어떻게 해석하고 어떻게 믿느냐에 따라 그 사건들에 대한 우리의 경험이 결정된다. 결국 우리가 경험하는 것은 우리의 해석이다. 그 밖의 것은 없다!

이런 이유에서 모두가 자기만의 세계에서 산다고 말할 수 있다. 내 말이 처음에는 이상하고 낯설게 들릴 수도 있다. 하지만 이 책에서 말하는 내용을 완전히 소화하고 이해하면 내가 이렇게 말한 이유를 이해할 것이다. 우리는 각자 자기만의 정신세계에서 살아간다.

집단
믿음
잠재된 믿음의 법칙은 집단의 사고방식, 또 인류 전체의 집단의식에도 적용된다. 여기에서 말하는 집단은 가족, 씨족이나 부족, 종교 집단, 지역, 국가 등을 가리킨다. 집단은 잠재된 믿음을 공유한다.

그들만의 공동체에서 통하는 얘기가 있다. 따지고 보면, 그런 집단 믿음이 있어 그들이 하나의 공동체를 이루는 것이기도 하다. 그런 공통된 믿음이 그들을 결속시키고 하나로 묶어준다. 똑같은 잠재적 믿음을 공유하기 때문에 그들은 비슷한 행동양식을 보이고, '삶'의 비슷한 방향으로 경험한다.

집단 전체가 다른 집단에 대하여 "내 집단(씨족, 부족, 종교, 국가)이 너희 집단(씨족, 부족, 종교, 국가)보다 낫고 우월하다"라는 부정적인 믿음을 가질 때 전쟁이 발발한다.

검증되지 않은 집단 믿음이 우리 행동을 지배한다.

법칙 9
치환의 법칙

생각을
바꾸면
삶이 바뀐다

이제 우리는 생각하는 대로 삶을 경험한다는 걸 알게 됐다. 특히, 확신을 갖고 생각할 때는 더욱 그렇다. 이쯤에서 "그럴 리가! 하지만 내가 부정적으로 생각하는 건 맞아!"라고 반응하는 사람도 있을 것이다. 내가 내 생각만을 경험할 수 있고, 내 생각이 상당히 부정적이란 걸 깨달았을 때, 나도 그런 식으로 반응하긴 했다. 또 무척 겁나기도 했다.

그래서 부정적으로 생각하는 습관을 버리고 긍정적으로 생각해야겠다고 결심했다. 그러나 실천은 말만큼 쉽지 않다는 걸 금세 깨달았다. 정신이 그렇게 움직여주지 않는다. 누구도 "난 이제부터 그 일을 생각하지 않겠어!"라고 자신 있게 말할 수 없다. 그렇게 말하는 순간, 우리가 생각하고 싶지 않은 일을 실제로 머릿속에 떠올리고 있다는 뜻이기 때문이다. 구체적으로 말하면, 내가 당신에게 "뉴욕 항에 서 있는 자유의 여신상에 대해선 생각하지 마!"라고 말하는 경우와 비슷하다. 내가 그렇게 말하는 순간, 당신은 무슨 생각을 하겠는가? 당연히 자유의 여신상을 머릿속에 떠올릴 것이다. 우리의 정신은 그런 식으로 움직인다. 그러나 내가 당신에게 "초콜릿 아이스크림을 생각해 봐!"라고 말하면 당신은 무슨 생각을 하겠는가? 초콜릿 아이스크림이지, 자유의 여신상은 아니다. 당신의 관심이 이동했다는 뜻이지 않은가?

여기에서 '치환의 법칙'이 발견된다. 우리가 뭔가를 생각하지 말라고 우리 자신에게 말할 수 없다는 단순한 관찰에서 치환의 법칙은 시작된다. 우리가 뭔가를 생각하지 않겠다는 말을 하는 순간, 우리가 생각하지 않으려고 하는 것에 오히려 관심이 쏠리기 때문이다. 달리 말하면 관심의 법칙에 따라서, 우리가 뭔가를 이제부터 생각하지 않겠다고 자신에게 말함으로써 오히려 우리가 생각하고 싶지 않은 것에 힘을 실어준다는 뜻이다.

이런 문제를 어떻게 해결할 수 있을까?

어떻게 해야 부정적으로 생각하는 걸 중단할 수 있을까?

치환의 법칙을 사용하면 된다. 이 법칙에 따르면, **낡은 생각과 사고방식을 새로운 사고방식으로 바꿔야만 생각하는 습관을 바꿀 수 있다. 달리 말하면, 낡은 생각을 새로운 생각으로 교체해야 한다.**

정신은 익숙한 길을 따라 움직인다

정신은 익숙한 길을 따라 움직이는 경향이 있다는 사실을 명심해야 한다. 우리가 생각하는 방향, 즉 사고방식을 면밀히 관찰해보면, 정신이 일단 어떤 방향으로 움직이기 시작하면 계속 그 방향을 따라간다는 걸 확인할 수 있다. 다른 사건이 끼어들어 우리 관심을 사로잡지 않은 한 그렇다. 또 우리 모두가 제자리를 맴도는 레코드판처럼 똑같은 생각을 반복하는 경향을 띤다는 점도 눈여겨봐야 한다. 믿기지 않겠지만, 오늘 우리가 생각하는 것의 99퍼센트가 어제 생각했던 것의 반복이다. 그렇다, 사실이다! 하지만 내 말을 그냥 믿지 말고, 오늘 하루 종일 당신이 무슨 생각을 했는지 돌이켜보라. '완전히 새로운 생각'이라고 할 만한 것이 있었는가? 정말로 그런 생각이 있었는가? 당신이 근심·불안·두려움·비판 등 부정적인 생각을 하는 데 길들여져 있다면, 요컨대 당신에게 부정적으로 생각하는 습관이 있다면, 당신은 끊임없이 부정적으로 생각하기 마련이란 뜻이다. 그러나 내 말을 오해하지 말기 바란다. 당신이 의도적으로 부정적인 생각을 한다는 뜻은 아니다. 전혀 그렇지 않다. 오히려 어린 시절에 당신의 머리에 심어진 정신의 습관일 뿐이다. 하지만 당신은 자신이 어떤 방향으로 생각하는지 의식조차 못한 채 부정적인 생각을 되풀이할 뿐이다. 따라서 안타깝게도 당신은 부정적인 생각의 결과를 반복해서 경험하는 수밖에 없다.

그러나 절망할 것은 없다. 지금이라도 치환의 법칙을 이해하면, 그 가련한 정신적 습관을 나은 방향으로 바꿔갈 수 있는 열쇠를 손에 쥔 것이나 마찬가지다. 당신이 지금 어떤 방향으로 생각하는지 알면, 시간이 걸리고 노력이 필요하겠지만 치환의 법칙을 활용해서 잘못된 사고방식을 바꿔갈 수 있다. 치환의 법칙을 이해하면, 부정적으로 생각한다는 기분이 들 때마다 그런 생각을 중단하고 부정적인 생각을 다른 새로운 생각으로 교체함으로써 생각의 흐름을 바꿔갈 수 있다.

이제 열쇠가 우리 손에 쥐어졌다.

선택은 우리의 몫이다.

우리 머릿속에서 생각할 수 있는 사람은 우리 자신뿐이기 때문에, 결국 우리에게 달렸다.

문제는 실천이다

앞에서도 말했듯이, 첫 단계는 전반적인 생각의 습관을 알아내는 것이다. 우리가 어떤 방향으로 생각하는지 먼저 알아내지 않으면 변화를 시도하기가 무척 힘들다. 따라서 우리가 어떤 방향을 생각하는지 정확히 알아낼 때까지 우리 자신을 면밀하게 관찰해야 한다. 그런 후에 부정적인 생각이 떠오를 때마다 부정적인 생각을 긍정적인 생각으로 교체하겠다고 다짐해야 한다. 치환의 법칙을 완전히 이해하면, 과거의 사고방식을 새로운 사고방식으로 바꿈으로써 생각의 흐름을 다른 방향으로 돌릴 수 있다. 이런 메커니즘을 이해하고 나면 생각의 흐름을 바꾸기는 무척 간단하다. 기계적인 법칙에 따르기 때문에 우리의 삶에서 부정적인 사고방식이나 삶의 조건을 과학적으로 해결하는 방법이기도 하다. 생각의 방향을 완전히 바꿔 정반대로 생각하고 그로 인한 결과를 머릿속에 떠올리기만 하면 된다.

이쯤이면 우리가 삶에서 궁극적인 결정자가 되어 우리 정신을 원하는 방향으로 조절하려 할 때 치환의 법칙이 무척 중요하다는 것을 충분히 이해했을 것이다. 치환의 법칙이라는 메커니즘을 이해하면, 정신을 지배해서 생각의 흐름을 자유자재로 바꿀 수 있는 열쇠를 손에 쥔 것이나 마찬가지다.

| 실험　치환의 법칙을 이용해서 생각의 흐름을 바꾸고, 그로 인해 삶의 상황까지 바꿀 수 있을까? 이런 의심이 든다면 다음과 같은 실험을 해보자.

　1주일 동안 주변에서 일어나는 모든 일을 부정적으로 생각해보라. 어떤 일과 모든 상황을 비판하고, 만나는 사람마다 결함을 찾아내보라. 그럼 당신 자신까지 비판하게 될 것이다. 달리 말하면, 긍정적이고 바람직한 생각이 떠오를 때마다 치환의 법칙을 사용해서 그 생각을 부정적이고 비판적인 생각으로 바꿔보라. 1주일 동안 그렇게 하면서 어떤 일이 벌어지나 눈여겨보라. 그렇게 할 때 당신의 삶이 어떤 모습을 띠는지 눈여겨보라.

　이번에는 다시 1주일 동안, 당신 주변에서 일어나는 모든 일을 긍정적이고 바람직한 방향으로 생각해보라. 어떤 일이 닥치든 모든 상황에서 좋은 면을 찾고, 만나는 사람마다 긍정적으로 생각해보라. 달리 말하면, 어떤 사람이나 상황, 심지어 당신 자신에 대해 부정적이고 비판적인 생각이 떠오를 때마다 치환의 법칙을 사용해서 그 생각을 바람직하고 긍정적인 생각으로 곧바로 바꿔보라. 1주일 동안 그렇게 하면서 어떤 일이 벌어지나 눈여겨보라. 그렇게 할 때 당신의 삶이 어떤 모습을 띠는지 눈여겨보라.

한 주가 지나치게 길다고 생각되면 단 이틀만 그런 실험을 해보라. 첫날에는 모든 것을 부정적으로 생각하고, 이튿날에는 모든 것을 긍정적으로 받아들여라. 그리고 어떤 일이 벌어지는지 눈여겨보라. 이틀이 어떤 모습을 띠고 어떻게 느껴지는지 눈여겨보라. 또 삶에 대한 경험은 어땠는지도….

당신의 건강을 위하여

치환의 법칙은 건강을 좋게 하는 데도 활용할 수 있다. 병들거나 기분이 울적할 때, 또 몸과 건강에 대해 부정적인 생각이 들 때마다 그런 생각을 '내 몸은 저절로 낫는 완벽한 기계야!'라는 긍정적인 생각으로 바꿔보라. 여하튼 기분을 상쾌하게 해주는 생각이나 말을 떠올려보라. 요컨대 몸이 아프면 당신에게 뭔가 잘못됐다는 생각을 버리고, 당신을 더 약하게 만드는 생각 대신에 긍정적이고 강한 생각을 해보라. 예컨대 "내 면역체계는 강하고 건강해. 지금 같은 상황은 얼마든지 이겨낼 수 있어!"라고 크게 외쳐보라.

비슷한
것들은
서로 끌어당긴다

자기계발 서적과 현대 정신훈련 프로그램에서 소개하는 기법들은 유유상종의 법칙에 바탕을 두고 있다. 유유상종의 법칙에 따르면, 우리가 외부 세계에서 경험하는 것은 우리가 머릿속에서 떠올린 생각의 반영일 뿐이다.

이런 메커니즘을 이해하면, 외부 세계에서 '좋은 것'을 경험하고 싶다면 머릿속으로 먼저 좋은 것을 떠올려야 바깥 세계에서 좋은 것을 경험할 수 있다는 사실을 어렵지 않게 이해할 수 있다. 물론, 이 말은 '생각이 원인이고 경험은 결과다'라는 법칙을 바꿔 표현한 것에 불과하지만, 유유상종을 법칙을 올바로 이해하기에는 무척 효과적인 방법이다.

이런 의미에서 유유상종의 법칙을 좀 더 자세히 살펴보기로 하자.

유유상종의 법칙을 구체적으로 설명하면, 풍요를 의식적으로 생각하지 않으면 풍요로운 삶을 경험할 수도 없고, 풍요로운 삶을 살기도 힘들다는 것이다. 풍요로운 삶을 머릿속으로 생각할 때, 다시 말해서 풍요롭게 생각하고 풍요롭다고 느낄 때, 요컨대 세상의 모든 부가 당신 것이라고 생각하고 그렇게 이해한다면 지금 당신의 통장에 얼마가 있든 간에 풍요로운 삶을 살아갈 수 있을 것이다. 삶에서 다른 모든 것과 마찬가지로 풍요도 마음가짐의 문제다. 그러나 우리는 정반대로 생각하도록 배웠다. 은행에 두둑한 잔고가 있을 때만 부자라고 생각하고 느끼도록 배웠다. 그러나 주변을 둘러보라. 정말 그런가? 은행에 많은 돈을 저축해두고 있지만 부자라고 생각하지 않는 사람이 많지 않은가? 그럼, 은행에 넉넉한 잔고가 있어야만 부자라는 말이 맞는가? 내 말이 조금이라도 의심스러우면 시간을 내어 당신 자신을 돌아보고, 그 말이 당신에게 정말로 적용되는지 곰곰이 따져보라. 오히려 정반대라고 생각되지는 않는가? 당신은 '부자'의 뜻이 정확히 무엇이라 생각하는가?

삶의 다른 분야들은 어떤가? 예컨대 사랑은 어떤가? 사랑을 원한다고 사랑을 얻을 수 있는가? 우리 모두가 알고 있듯이, 그런 등식은 성립하지 않는다. 무엇인가를 간절히 원하면 오히려 그것이 우리에게서 멀어진다. 사랑의 경우도 다를 바가 없다. 사랑은 우리의 본성이기 때문에 더더욱 그렇다. 흥미롭게도 유유상종의 법칙에 따르면, 우리가 삶에서, 또 인간관계에서 사랑을 경험하기 위한 최선의 방법은 우리 안에 내재된 사랑을 깨닫고 키워가는 것이다. '바깥'에 존재하는 모든 것은 우리 '안'에 있는 것의 반영일 뿐이기 때문이다. 외부 세계에서 우리가 경험하는 것은 우리가 머릿속으로 생각한 것, 즉 의식의 반영이다. 따라서 사랑을 경험하고 싶다면 사랑을 먼저 생각하라. 경험하고 싶은 사랑을 먼저 생각하라.

　　사랑을 경험하고 싶거든 사랑을 먼저 꿈꾸어라.

　이렇게 생각해보자. 당신은 사랑을 경험하고 싶어 한다. 하지만 사랑을 의식하고 사랑을 꿈꾸는가? 아니면 모든 사람을 비판하고 적이라 생각하는가? 당신 자신에게도 비판적이지 않은가? 잠시 당신 자신을 들여다보자. 생각의 흐름을 지켜보면서, 당신이 경험하고 싶은 사랑을 생각하고 있는가? 이렇게 지켜본 결과는 당신에게 충격일 수 있다. 지금까지 당신의 생각이 어떤 방향으로 흐르고 당신의 잠재된 믿음이 무엇인지 몰랐을 것이기 때문이다('잠재된 믿음의 법칙'을 참조할 것). 우리는 사랑을 원하지만 분노와 비판적 생각을 밖으로 던지며, 따라서 그런 비판적 생각이 우리에게 되돌아온다는 사실을 모른 채 살아왔다. 지금까지 살펴본 정신의 법칙들과 그 메커니즘을 이해하면, 우리가 지금처럼 행동하고 경험하는 이유까지 이해할 수 있다.

비슷한 것끼리는 서로 끌어당긴다

　유유상종의 법칙은 '비슷한 것끼리는 서로 끌어당긴다'라는 말로 다시 쓸 수 있다. 내 말이 믿기지 않으면 주변 사람들을 면밀히 관찰해보라. 친구 하나를 선택해, 그 친구의 전반적인 마음상태, 즉 그가 대체로 어떤 방향으로 생각하는지 눈여겨보라.

그 흐름이 따뜻하고 우호적인가, 아니면 차갑고 비판적인가? 유쾌하고 자유로운가, 아니면 폐쇄적이고 음울한가? 면밀하게 관찰하면, 흥미롭게도 사람들의 경험이 사고방식과 완벽하게 일치한다는 걸 발견할 수 있을 것이다. 예컨대 화를 잘 내는 사람은 화를 낼 만한 상황을 자주 경험한다. 화를 내고 짜증을 내는 사고방식을 지녔기 때문에 화를 돋우고 짜증나는 상황이 눈앞에 나타나는 것이다. 반면에 친절하고 자상한 사람은 어떤 경험을 하겠는가? 정말로 너그러운 사고방식을 지닌 사람을 생각해보라. 그런 사람을 찾아 그가 삶에서 어떤 경험을 하는지 눈여겨보라. 그들의 삶이 그들의 사고방식과 일치하는가? 너그럽고 자상하며 친절한 사람은 어디에 있든지 사랑을 베풀 상황을 만날 가능성이 크다. 마음씨가 넉넉한 사람도 마찬가지고, 역동적이며 건전하며 정력적인 분위기를 띤 사람도 마찬가지다. 그들이 삶에서 겪는 경험은 그들의 사고방식과 일치하며, 그들의 사고방식을 그대로 반영해준다. 이런 상관관계를 관찰하면 재밌지 않겠는가?

당신도 다를 바가 없다

물론 당신도 다를 바가 없다. 당신 자신을 유심히 관찰하며, 내 말이 사실인지 아닌지 확인해보라. 당신 주변에서 일어나는 일을 지켜보기만 해도 충분하다. 눈을 뜨자마자 짜증나고 화가 나면 하루 종일 모든 일이 엉망진창으로 돌아가는 것 같지 않은가? 반대로 아침에 활기찬 기분으로 일어나면 하루가 어떻겠는가? 내가 단언하지만, 옛 현인들이 "행복하면 좋은 일이 저절로 생긴다"라고 말한 이유를 충분히 이해할 수 있을 것이다. 이런 메커니즘을 깨닫게 될 때 기쁨과 웃음, 만족과 환희, 희열과 즐거움 등은 이 우주에서 좋은 것을 몽땅 끌어당기는 마음상태라는 걸 이해할 것이다. 우주는 이 땅에 있는 것을 그대로 반영하기 때문에 그럴 수밖에 없다.

내 말이 믿기지 않으면 이런 실험을 해보자. 좋은 일이 언제 당신에게 일어나는지 기억해보라. 당신의 기분이 좋을 때 좋은 일이 생긴다는 걸 확인할 수 있을 것이다. 즐겁고 마냥 흥분될 때, 또 사랑에 빠질 때 특별히 좋은 일이 생긴다.

당신의 현재 경험은 당신의 현재 마음상태를 그대로 반영한다.

정신훈련 기법들

확신 훈련, 시각화 훈련 등과 같은 정신훈련 기법들도 유유상종의 법칙에 근거를 둔 것이다. 확신과 시각화는 부정적인 사고방식을 버리고 새로운 사고방식을 개발하는 데 목적이 있다. 이 같은 훈련을 꾸준히 반복하면 현재의 잘못된 사고방식을 변화시키고, 새로운 사고방식을 길들여갈 수 있다. 그렇게 될 때 우리는 새로운 사고방식에 따라 외부 세계를 경험하고, 그로 인해 삶도 훨씬 행복해지기 마련이다.

감사의 기도는 확신 훈련에서 가장 효과적인 방법 중 하나다. 우리가 삶에서 이미 누린 좋은 것들에 대해 감사할 때 경이로운 기적이 뒤따라온다. '비슷한 것들은 서로 끌어당기기' 때문이다. 이런 메커니즘을 이해할 때 우리는 편안하게 삶을 살아갈 수 있다. 멋진 삶을 살아가기 위해서는 정신 에너지를 높게 유지하는 것이 가장 중요하기 때문이다. 어떻게 해야 정신 에너지를 높게 유지할 수 있을까? 앞에서도 말했듯이, 칭찬하고 감사하는 마음가짐을 가질 때 가능하다. 우리 삶에서 이보다 중요한 것은 없다.

우리 마음의 눈은 우리가 믿는 것만을 본다!
믿어야만 볼 수 있다!

부정적인 생각에 의문을 품어라

당신이 어둡고 부정적으로 생각한다면, 요컨대 당신이 파멸적인 생각에 물들어 있다면, 지금부터라도 부정적인 생각을 찾아내 그 생각에 의문을 제시하면서 진실의 빛에 비추어보는 데 시간과 노력을 아끼지 말라고 말해주고 싶다. 당신의 머릿속에 프로그래밍된 부정적인 생각들을 해체하고, 긍정적이고 바람직한 생각이 당신의 삶을 지배하도록 만들어가기 위해서는 반드시 필요한 과정이다(부정적인 생각에 의문을 제기하는 방법에 대해서는 '조사의 도구'에서 자세히 살펴보기로 하자).

어떤 생각도 진실이 아니다

지금까지 정신법칙들을 하나씩 살펴보았다. 이제 우리는 세상이 어떻게 우리에게 나타나는지 어느 정도 알게 됐다. **생각이 먼저 있고, 세상이 그 생각에 뒤따라 나타난다.** 우리는 세상을 생각하는 대로 경험하고, 우리가 삶이라 부르는 것의 메커니즘도 마찬가지다. 이 책에서 나는 모든 것을 늦추어 보려고 애썼다. 적어도 개념적으로는 늦추어 보았다. 덕분에 우리는 삶이라는 메커니즘을 개략적으로나마 볼 수 있게 됐고, 삶이 어떻게 전개되는지도 알게 됐다. 또한 우리는 세상을 생각하는 대로 경험하게 된다는 것도 조금씩 알기 시작했다.

생각의 법칙이 그렇다.

내 말을 정확히 이해하고 싶다면, 완전히 멍한 상태로 잠을 깬 날의 아침을 생각해보면 된다. 누구나 멍한 상태로 잠을 깨는 경우가 적지 않기 때문에 당신도 틀림없이 그런 경험이 있을 것이다. 잠이 깨기는 했지만 아무런 생각도 없고 세상도 없는 것 같은 기분이다. 한마디로 머릿속이 하얗게 비어버린 듯한 기분이다. 당신이 누구고, 어디에 있는지, 심지어 당신이 무엇을 하는 사람인지도 기억나지 않는다. 그런데 순간적으로 모든 것이 되돌아온다. 온갖 생각이 뒹굴기 시작하면서 세상이 다시 나타난다. 당신은 평소대로 침대에 누워있고, 배우자도 옆에 있다. 당신은 곧 일어나 샤워를 하고, 아침식사를 한 후에 출근해야 한다. 이런 생각들이 밀려오며 당신의 세계가 다시 시작된다.

그렇다, 우리 삶의 경험이 모두 이런 식이다. 우리가 인식하지 못하고 있을 뿐이다. 모든 과정이 너무 순식간에 일어나기 때문에 그런 과정이 있는지조차 모르는 것이다. 하지만 생각과 세상은 거의 동시에 나타난다. 생각이 있기 전에는 세상도 없다. 생각이 있고나서 세상이 나타난다.

마음의 속도를 늦추면, 아주 느릿하게 늦추면 누구나 그 과정을 얼핏 볼 수 있다. 명상이 바로 그런 것이다. 간섭하지 않고 그저 지켜보기만 하는 것이다. 아무것도 원하지 않고 내면의 눈을 뜨고만 있는 것이다. 그럼, 생각이 나타났다 사라지는 걸 볼 수 있을까? 그렇다, 어떤 생각이 떠올랐다가 다시 사라진다. 또 다른 생각이 떠올랐다가 사라진다. 이 과정이 끝없이 반복된다. 정신이 우리 내면에서 온천처럼 부글거리며 이것과 저것을 만들어낸다. 슈퍼마켓, 자전거, 정류장, 무한한 세계와 별, 온갖 경험들…. 우리에게 기쁨과 즐거움을 주는 모든 것들이 떠오른다.

덧없고 덧없다

이처럼 생각이 나타났다가 사라지는 걸 안다면, 생각은 덧없는 것이란 결론이 내려진다. 왜냐고? 나타났다가 금세 사라지지 않는가! 생각은 바람과 같아서 내게 찾아왔다가 곧 어디론가 가 버린다. 생각은 허상에 불과하다. 실체가 없다. 따라서 생각은 실존할 수 없다. 그렇다, 생각은 실존할 수도 없고, 실존하지도 않는다. 생각은 실재實在가 아니다. 생각은 생각일 뿐이다. 이런 이유에서 '어떤 생각도 진실이 아니다'라는 걸 알 수 있다. 바꿔 말하면, 이런 관찰을 통해 '어떤 생각도 진실일 수 없다'는 걸 깨닫기에 이르렀다.

생각은 부글거리는 정신의 샘에 불과하다. 거품이다! 어떤 생각이든 나타났다가 사라지고 다른 생각이 나타난다. 생각은 이름을 붙일 수 없는 것에 이름을 붙이려는 정신의 창작물이다. 정신은 어떤 구분도 없고 어떤 차이도 없는 궁극적 실재고 절대적인 것, 예컨대 드넓은 들판에 이름표를 붙이려는 덧없는 안간힘이다.

이런 이유에서 생각은 진실일 수 없다. 정신이 '이것'과 '저것'에 대해 만들어낸 거품에 불과하다. 그런 거품이 현실과 무슨 관계가 있겠는가? 조변석개로 변하는 생각들이 언어의 굴레와 현재라는 시간의 구속을 초월해 항상 안정된 존재와 무슨 관계가 있겠는가? 그러나 이런 진실을 이해해 완전히 깨달을 때까지는 누구도 생각의 덫에서 벗어날 수 없다. 우리 자신을 우리 생각과 동일시하며 그런 덫을 현실이라 생각하며 살아간다. 하지만 진실은 그렇지 않다. **현실은 우리가 생각하는 모습이 아니다.** 생각은 그저 생각이고 관념일 뿐이며, 우리가 편리하자고 사용하는 정신적 창조물이다. 그러나 편리하기는 하지만 생각은 실재하지 않는다. 따라서 진실이 아니다.

현실은 우리가 생각하는 모습이 아니다.

그래도 모든 생각이 전체적으로 보면 상대적이지 않겠냐고 말할 수 있다. 그러나 어떤 생각도 절대적 진리일 수는 없다. 절대적 진리는 말로 표현할 수도 없고 이름을 붙일 수도 없기 때문이다. 현실, 즉 실재하는 것은 말과 생각을 넘어선다. 설명할 수도 없고 이해할 수도 없다. 우리 능력으로 개념화할 수도 없다. 내 말이 불가사의하고 신비롭게 들릴지는 모르겠지만, 현실은 결코 신비롭거나 불가사의하지 않다. 어쨌든 억지스럽지 않다. 현실은 바로 우리 코앞에 지금 이 순간에 있을 뿐이다. **그것이 현실이고, 그것이 전부다.**

따라서 이런 식으로 추론하도록 우리 정신을 길들여가야 한다. 현실이 있고, 그 다음에 생각이 있다는 것을 완전히 깨달을 때까지! 현실과 생각은 완전히 다른 것이다. 현실과 생각은 결코 하나가 아니다. 이 비밀을 이해하는 것이 무척 중요하다. 궁극적 실재는 변하지 않고 언제나 그 자리에 그 모습으로 있다는 사실을 깨달아야 한다. 현실이 있고 나서 변덕스런 생각, 샘물의 거품처럼 나타났다가 사라지는 생각이 있는 것이다. 우리는 이런 생각들이고, 우리가 삶에서 겪는 경험도 결국에는 생각이다.

생각에 매달려

이쯤에서 우리는 중요한 결론을 끌어낼 수 있다.

진실이 아닌 생각을 곧이곧대로 믿는 데서 모든 고통이 시작된다!

모든 고통은 생각의 부산물이다!

이제 우리는 어떤 생각도 진실이 아니라는 걸 안다. 따라서 우리가 겪는 모든 고통의 근본 원인은 '우리의 생각을 그대로 믿기' 때문이다. 우리가 생각을 그대로 믿지 않는다면 고통 받을 이유도 없다.

믿기 어려운 말이겠지만, 나는 거듭해서 말하고 싶다.

우리가 생각을 그대로 믿지 않으면 고통 받을 이유도 없다!

왜 그럴까? 솔직하게 답해보라. 당신이 당신 생각을 그대로 믿지 않으면 무엇이 남겠는가?

우리가 생각을 그대로 믿지 않으면 남는 것은 '실제로 존재하는 것'이다. 실제로 존재하는 것이 현실이다. 현실은 우리가 개념화할 수 없는 것이기 때문에 '좋은 것', '나쁜 것'이라고 규정할 수 없다. 좋은 것도 없고 나쁜 것도 없는데, 우리가 어떻게 고통 받을 수 있겠는가?

모든 고통은 정신적인 것이다. 정신이 이름표를 붙이고, 우리가 생각을 그대로 믿을 때 고통이 얼굴을 내민다. 우리가 무엇인가를 '나쁜 것', '잘못된 것'이라 말하는 순간부터 우리는 그것을 그렇게 경험한다. 물론, 우리가 생각을 믿는 것은 인위적인 개념망을 현실에 덧씌우는 것과 같다고 말하면서 "그래서 어쩌란 말인가?"라고 반박할 사람도 있을 것이다. 요컨대 "그래, 당신 말이 모두 맞지만, 그래서 어쩌란 말인가?"라고 말이다.

우리 생각과 현실이 일치하지 않을 때만 문제가 발생한다. 그 둘이 일치하지 않을 때 우리는 고통 받는다. 그 순간, 즉 우리 생각이 현실과 일치하지 않을 때 우리는 현실에 저항하는 것이다. 실제로 존재하는 것에 저항하는 것이다. 세상에 돌아가는 이치에 저항하는 것이다. 이런 저항에서 우리는 언제나 패한다. '현실은 지금 이 순간에 존재하는 것'이기 때문이다! 우리는 지금 이 순간에 아무런 발언권도 갖지 못한다. 지금 존재하는 것을 이길 힘이 우리에게는 없다. 지금 이 순간에 존재하는 것은 이미 존재해 있는 것이기 때문이다. '지금'은 이미 우리 눈앞에 주어졌고, 완성된 형태로 지금 여기에 존재한다. 다시 말하지만, 지금은 '좋은 것'이나 '나쁜 것', '옳은 것'이나 '잘못된 것'으로 규정할 대상이 아니다. '지금'은 지금 존재하는 것일 뿐이다.

되풀이해 말하지만, **현실에 저항하는 것은 고통의 원인일 뿐이다. 이 순간에 저항하는 것은 고통의 원인일 뿐이다.** 과거의 고통은 우리 머릿속에 남은 생각일 뿐이다. 과거는 이미 끝나고 존재하지 않기 때문이다. 미래의 고통도 우리 머릿속에 웅크린 생각일 뿐이다. 미래도 생각일 뿐이기 때문이다.

따라서 우리의 생각, 즉 우리가 덧붙인 인위적 개념망과 이 순간이라는 현실이 일치하지 않을 때 우리는 고통 받는다. 우리의 생각과 현실이 완전히 다른 것으로 드러날 때 우리는 고통 받는다. 여기에는 예외가 없다.

이 관계를 이해하면, 완벽하게 이해하면, 누구나 행복한 삶을 살 수 있다. 지금 어떤 삶을 살더라도 외부 환경에 구애받지 않고 행복하게 살 수 있다. 현인들의 비밀이 바로 여기에 있다. 그들은 현실을 그대로 '보았고', 현실이 그들의 생각과는 '다르다'는 것을 알았다. 따라서 그들은 머릿속을 지배하는 생각을 믿지 않았다. 그들의 생각을 믿지 않았다. 어떤 생각도 진실이 아니라는 걸 알았다!

* * *

그러나 우리가 현실을 개념화할 수 없지만, 현실을 직접 몸으로 '경험'할 수는 있다.

왜 그럴까?

현실이 지금 이 순간에 존재하는 것이고, 지금 우리가 차지하는 위치기 때문이다. 말로는 설명되지 않고 머리로도 이해되지 않는 것이다. 한마디로 생각할 수도 없는 것이다. **현실은 그저 우리 눈앞에 존재하는 것일 뿐이다. 더도 덜도 아니다.**

결론을
대신해서

1부에서 배운 내용을 정리해보자.

1. 생각은 나타났다가 사라진다. 그것이 정신의 속성이다.

2. 현실과 우리의 생각이 일치하지 않는 경우가 비일비재하다.

3. 생각과 경험 사이에는 원인과 결과의 관계가 있다. 생각이 원인이
   고, 경험은 결과다.

4. 생각이 현실과 일치하지 않을 때 불행과 고통이 시작된다. 달리
   말하면, 생각과 현실이 불화를 이룰 때 우리는 고통 받는다.

5. 따라서 우리 생각을 현실과 일치시킴으로써 고통과 불행을 종식
   시킬 수 있다. 그때부터 마음의 평화와 행복을 누릴 수 있다.

그러나 '어떻게'라는 중요한 문제가 제기된다. 어떻게 해야 우리는 생각과 현실을 일치시킬 수 있을까? '생각과 현실을 일치시킨다'는 것이 무슨 뜻이고, 어떻게 해야 그런 일치가 가능할까? 구체적이고 실질적인 방법이 없을까? 이제부터 그 방법을 본격적으로 살펴보자.

2부 **실천**

정신의 힘을
현명하게 사용하기 위한
실질적 방법들

The Awakening
Human Being

정신의
무궁무진한
힘

이제 우리는 모든 경험이 정신적 경험에 불과하다는 걸 알고 있다. 이쯤이면 정신이 무궁무진한 힘을 지녔다는 사실을 다들 짐작할 수 있을 것이다. 따라서 지금부터 정신의 힘을 더 현명하게 사용할 수 있는 방법에 대해 살펴보기로 하자. 이것이 내가 이 책을 쓴 목적이기도 하다. 우리가 현실과 다른 경험을 스스로 만들어내느냐 그렇지 않느냐 하는 것은 이제 문제가 아니다. 우리는 분명히 우리 생각대로 현실을 만들어가고 있기 때문이다. 오히려 문제는 우리가 현실을 어떻게 우리 나름으로 경험하느냐, 즉 우리가 '어떤 경험'을 만들어내느냐 하는 것이다. 인정하든 인정하지 않든 간에 우리는 매일 매순간 우리의 경험을 만들어내고 있다.

이 과정, 즉 생각이 경험을 만들어가는 과정은 우리 대부분에게 지금까지 무의식적인 과정이었다. 그러나 이제 우리는 눈을 뜨기 시작했다. 그 과정이 어떻게 일어나는 건지 어렴풋이나마 깨닫고 알게 됐다. 그 메커니즘을 알아가기 시작했다. 이런 깨달음은 뜻밖의 것이기도 하지만 우리에게 용기를 북돋워주기 때문에 무척 매력적인 깨달음이다. 이런 새로운 깨달음 덕분에 우리는 선택권이 궁극적으로 우리에게 있다는 것도 깨닫기 시작한다. 우리에게 주어진 정신이라는 무궁무진한 힘을 사용하는 방향을 매순간 실질적으로 선택하는 주체는 바로 우리 자신이다. 그런데 우리는 과거에 우리 머릿속에 프로그램된 생각들에 습관적으로 빠지지 않는가? 부정적이고 파멸적인 생각과 사고방식을 되풀이하고 있지 않는가? 아니면, 마음의 눈을 크게 뜨고 우리 머릿속에서 일어나는 현상을 면밀하게 관찰하며, 우리에게 주어진 힘을 최대한 활용해서 머릿속을 지배하는 생각들에 반발하고 그 생각들에 의문을 제기하는가? 우리 머릿속에 맴도는 생각들이 정말 맞는지 의문을 갖는가? 이제 우리는 확실하다고 생각하며 믿는 것을 그대로 우리 삶에서, 또 우리 삶의 일부로서 경험한다는 걸 알고 있다.

이 책을 읽은 사람이라면 '당신의 생각에 의문을 제기하는가?'라는 질문에 '그렇다!'라고 대답할 것이다. 또 이미 마음의 준비를 끝냈다고도 대답할 것이다. 세상 최고의 훈련을 시작할 준비가 됐다고 대답할 것이다. 세상 최고의 훈련이 뭐냐고? 정신을 조절하는 훈련이다. 우리 삶의 미래를 위한 훈련이다. 이런 훈련보다 중요하고 흥분되는 게 있겠는가! 정신을 조절하는 요령을 깨우치면 그보다 보람 있는 것은 없다고 해도 과언이 아니다. 우리의 정신이 작동하는 원리를 깨닫고, 그런 깨달음이 우리에게 무엇을 의미하는지 알게 된다면 더 이상 무엇을 바라겠는가!

우리의 삶이 바뀌기 때문이다! 그때부터 '어떤 상황에서나 행복한 삶'을 살 수 있기 때문이다! 도발적인 발언처럼 들리겠지만 틀림없는 사실이다. 그러나 내 말을 그대로 믿지 말고, 내가 이 책에서 말하는 것을 직접 실험해보고 사실인지 확인해보기 바란다. 그래도 내 경험에 따르면, 정신의 작동 원리를 알면 행복하게 살 수 있다는 건 누구도 부인할 수 없는 사실이다.

이 세상을 살아가는 사람이라면 누구나 행복하게 사는 법을 알고 싶을 것이다. 나는 지금까지 많은 곳을 다녔고 많은 사람들과 얘기를 나누었다. 모두가 한입으로 말했다. 모두가 똑같은 걸 바랐다.

우리는 어떤 상황에서 살더라도 행복하게 살기를 바란다.

노인이나 젊은이나, 건강한 사람이나 병든 사람이나, 부자나 가난한 사람이나 모두가 행복하게 살고 싶어 한다. 우리 모두가 지금 이 순간에 행복하기를 바란다. 모든 사람의 가장 큰 바람이다. 행복한 삶은 모두가 원하는 것이다. 당신과 나만이 아니라 모두의 바람이다. 이 점에서는 우리 모두가 똑같다. 우리 모두가 똑같은 걸 바란다. 행복하고 편안하게 살기를 바란다. 우리가 알기에 행복은 우리 모두의 생득권이다.

이제 우리는 행복한 삶을 누릴 수 있다. 이제 우리 손에는 행복한 삶을 살 수 있는 열쇠가 쥐어져 있다. 우리에게 정신이라는 무궁무진한 힘이 주어졌다. 그 힘을 어떻게 사용할 것인가에 대한 결정은 순전히 우리의 몫이다.

엄청나게 중요한 말이다. 우리가 결정권자라는 걸 알든 모르든 우리가 결정권자다. 우리가 우리 정신의 주인이다! 멋지고 놀랍지 않은가? 우리 삶, 모든 사람의 삶이 놀라운 모험이란 뜻이 아닌가? 다음에 무엇을 할 것인가? 다음에 무엇을 선택할 것인가? 이에 대한 결정을 내릴 때까지 우리는 아무것도 모른다.

이런 점에서 우리의 선택을 더 자세히 살펴보자.

우리가 정신의 힘을 더 현명하게 사용하기 위해 선택할 수 있는 많은 방법들을 하나씩 자세히 살펴보자.

정신의
도구

나는 여기에서 언급되는 훈련 기법들과 중심 개념들을 '정신의 도구 mind tool'라 부르려 한다. 정확히 말하면, 정신의 도구는 우리가 생각에 의문을 제기하고 생각의 방향을 조절할 수 있도록 하는 방법과 수단을 뜻한다. 요컨대 우리의 생각을 현실에 더 가깝게 일치시키기 위한 수단을 뜻한다. 궁극적 실재, 즉 사물이 존재하는 방법은 우리가 추구하는 '행복'과 일치한다. 우리가 염원하는 행복한 삶을 우리 것으로 만드는 것이 여기에서 소개되는 훈련들의 목표다. 복잡하게 들리지만 실제로는 무척 간단하다. 너무 간단해서 대부분의 사람이 의심할 정도다. 하지만 내 말을 믿더라도 그런 깨달음을 실천하기는 쉽지 않다. 여기에서 소개하는 기법들을 실천하려면 상당한 자제력과 끈기가 필요하기 때문이다. 또 매순간 더 나은 선택을 하기 위해서는 잠시도 방심하지 말아야 한다. 현명한 선택을 하기 위해서 우리는 항상 눈을 크게 뜨고 있어야 한다.

훈련이 필요하다

따라서 앞으로 소개되는 모든 기법에는 훈련이 필요하다는 사실을 기억해야 한다. 훈련 없이 얻어지는 것은 없다. 소수만이 훈련에 매진할 뿐, 대부분의 사람이 정신 훈련의 필요성을 알지도 못하고 이해하지도 못하는 게 현실이다. 많은 사람이 몸을 관리하는 데는 익숙하지만 정신을 다루는 데는 그렇지 못한 게 사실이다. 예컨대 날씬한 몸매를 가꾸기 위해 체중을 줄이려면 자제력을 발휘해 몸을 관리해야 한다는 것은 누구나 인정하는 사실이다. 무용수가 되기 위해서, 체육인이 되기 위해서, 심지어 평범한 사람이라도 튼튼하고 건강한 삶을 살기 위해서는 몸을 관리하는 자제력이 필요하다는 것은 누구나 알고, 누구나 인정하는 사실이다. 몸을 관리하는 데는 노력과 자제력이 필요하다는 건 누구나 인정한다. 그러나 정신의 경우도 똑같다고 말하면 몇 사람이나 이해할까? 안타깝게도 극소수에 불과하다. 하지만 행복한 삶을 살고 싶다면 정신을 관리해야 한다! 정신의 힘은 저절로 생기는 게 아니다. 적어도 내가 아는 사람들 중에는 아무도 없었다.

정신의 무궁무진한 힘을 깨닫기 시작했다면, 정신의 관리가 우리 삶에서 무엇보다 중요하다는 사실도 자연스레 이해할 수 있을 것이다. 행복한 삶을 살고 싶다면 정신의 관리가 무엇보다 중요하다. 더구나 이 책을 쓴 목적이 '정신의 작동 원리를 깨닫고, 정신의 힘을 활용해 행복하게 살아보자'는 것이기 때문에 자제력을 발휘해 훈련을 거듭해서 '정신의 도구'들을 우리에게 길들여가야 한다. 여기에서 소개되는 기법들을 읽고 아는 것만으로 충분하지 않다. 원하는 결과를 얻고 싶다면 그 기법들을 매일 반복적으로 훈련해야 한다.

내가 굳이 이렇게 말하는 이유가 무엇이겠는가? 많은 사람을 상대로 강연을 해보았지만 훈련을 일상화하는 사람은 거의 없었기 때문이다. 내가 '일상적으로 어떤 훈련을 하십니까?'라고 물으면, 많은 사람들이 놀란 표정으로 쳐다본다. 그들은 많은 책을 읽고, 강연장과 워크숍을 번질나게 다니는 사람들이었다. 하지만 구체적으로 어떤 훈련을 매일 반복하느냐고 물으면, 대부분의 사람이 고개를 설레설레 저을 뿐이다. 우리가 많은 책을 읽고 강연을 찾아다니는 이유가 무엇인가? 지금보다 조금이라도 나은 삶을 기대하기 때문이지만, 우리는 이론만 알고 있을 뿐 직접적으로 실천하지 않는다. 그렇게 해서는 아무런 효과도 기대할 수 없다. 구체적인 변화를 위해서는 노력과 훈련이 필요하다. 진정한 변화를 위해서는 원인을 해결하겠다는 피눈물 나는 노력이 필요하다. 자제력과 훈련이 있어야만 변화가 가능하다. 첫째도 훈련, 둘째도 훈련 이다(일일 훈련계획에서 대해서는 225쪽을 참조할 것).

행복한 삶을 살고 싶다면,
몸의 관리보다 정신의 관리가 훨씬 중요하다.

두 가지
유형의
'정신의 도구'

정신법칙들, 다시 말해 정신이 작동하는 원리를 이해할 때 우리가 사용할 수 있는 기법들, 즉 정신의 도구에는 많은 유형이 있다. 하지만 나는 그 도구들을 크게 두 유형으로 나누었다. 하나는 '집중의 도구'고, 다른 하나는 '조사의 도구'다.

나는 이 두 유형의 도구를 새의 두 날개로 생각하고 싶다. 새는 한 날개로만은 날지 못한다. 하늘을 훨훨 날려면 두 날개 모두 있어야 한다. 정신의 도구들도 마찬가지다. 하나의 유형으로만은 바람직한 결과를 얻기 힘들다. 우리가 원하는 결과를 얻으려면 두 유형을 적절히 결합시켜야 한다. 먼저, 도구의 두 유형에 대해 간략하게 살펴보자.

집중의 도구 Focus tools는 '법칙6 관심의 법칙'에 근거한 기법이다. 관심의 법칙에 따르면, 우리는 관심을 쏟는 것을 경험하기 마련이다. 따라서 '집중의 도구'에 속하는 기법들은 관심의 방향을 현명하게 선택하는 데 도움을 준다. 지금 이 순간, 실재하는 것에 집중하는 힘을 키워준다. 지금 우리 눈앞에 있는 현실을 긍정적인 방향으로 집중하고, 우리의 생득권인 행복에 집중하는 데 도움을 준다. 요컨대 우리가 추구하는 무한한 사랑과 행복이라 할 수 있는 궁극적 실재에 집중하는 힘을 키워준다.

조사의 도구 Investigation tools는 부정적인 생각과 믿음을 찾아내서 의문을 제기하고, 궁극적으로 그런 생각들을 떨쳐내기 위한 기법들이다. 앞에서도 말했듯이, 부정적인 생각과 믿음은 지금 이 순간 삶을 바람직한 방향에서 경험할 수 있는 가능성을 방해하는 근본적인 요인이다. 조사의 도구를 활용하면 우리가 어린 시절부터 받아들인 프로그램들을 면밀하게 조사하고 검토해서 부정적인 생각의 악몽에서 벗어날 수 있다.

따라서 두 유형의 기법을 최대한 활용하면 우리가 바람직한 방향으로 삶을 경험하는 걸 방해하는 부정적인 생각과 믿음에 의문을 제기하고, 그런 생각에서 해방되는 동시에 우리가 더 자주 경험하고 싶은 행복한 삶에 집중하는 일상의 훈련방법을 구축해갈 수 있다.

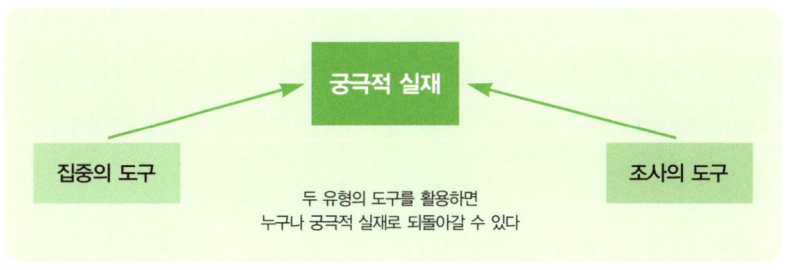

궁극적 실재

집중의 도구

조사의 도구

두 유형의 도구를 활용하면
누구나 궁극적 실재로 되돌아갈 수 있다

집중의
도구

모든 생각이 확신이다

이제 우리는 정신이 어떻게 작동하는지 알고 있고, 생각과 경험 사이에는 인과관계가 있다는 사실도 알고 있다. 그렇다면, 우리가 믿는 모든 생각은 일종의 확신이기도 하다. 특히 우리가 확실하다고 생각하며 믿는 생각들은 강력한 확신이다. 따라서 우리가 삶에 대한 생각을 얘기할 때 삶이란 그런 것이라는 확신을 얘기하는 셈이다. 예컨대 '삶은 그런 것이다'라고 말하면 우리는 그런 삶을 살고 있다는 뜻이다. '그것은 나쁜 것이다'라고 말하면 그것을 나쁜 것으로 경험하기 마련이다. 또 '그 여자라면 그 일을 하지 않을 거야'라고 말하면, 그 생각에서 비롯되는 스트레스를 피하기 어렵다.

달리 말하면, 우리 모두가 확신의 대가라는 뜻이다. 확신을 말하는 데는 누가 누구보다 낫다고 말할 수 없을 지경이다. 우리가 생각과 믿음대로 경험한다는 점에서도 우리 모두가 똑같다. 이런 상관관계는 어떤 미스터리도 없다. 따라서 확신이 우리 삶을 변화시킬 수 있는 마법의 열쇠라고 믿었다면, 그런 믿음이 잘못됐고 순진한 착각에 불과했다는 사실을 이제 깨달았을 것이다. 우리가 지금까지 살아오면서 확신을 줄곧 말했고, 믿음의 결과를 경험했다는 것은 사실이다. 다른 경우는 없었다. 따라서 당신이 무엇을 확신하는지 알고 싶다면, 당신이 어떤 생각을 하고 무엇을 반복해서 확실하게 말하는지 눈여겨보기만 하면 된다. 그 결과가 당신이 확신하는 것이다. 따라서 우리는 이렇게 자신에게 물어야 한다. 지금 당신이 확신하는 것은 무엇인가? 당신이 지금 확실하게 믿고 말하는 것이 정말로 당신이 경험하고 싶은 것인가? 당신이 지금 확신하는 것이 현실과 어떤 관계가 있는가? 달리 말하면, 당신의 생각과 믿음이 현실과 맞아 떨어지는가? 당신의 생각이 지금 당신이 누리는 삶의 모습과 일치하는가? 당신의 생각이 지금 당신 눈앞에 펼쳐진 상황과 일치하는가? 아니면 환상의 세계에 동떨어져 있는 것은 아닌가? 아무런 이유도 없이 당신에게 고통을 주는 무서운 얘기에 빠져 있는 것은 아닌가?

당신의 생각과 믿음을 자세히 분석해본 후에 당신의 생각이 완전히 빗나가 불필요한 고통의 원인이라는 결과에 이르면, 여기에서 소개하는 집중의 도구들이 당신의 생각과 믿음을 현실과 일치하도록 고쳐가는 데 도움을 줄 수 있을 것이다. 그렇게 될 때, 당신은 삶을 긍정적인 방향으로 생각하면서 지금 이 순간을 즐길 수 있을 것이다.

감사하는 마음

집중의 도구에서 가장 중요한 도구라면 감사gratitude하는 마음이다. 그 이유는 간단하다. 감사한다는 생각이 최고의 생각이기 때문이다. 왜 감사라는 생각이 최고의 생각일까? 삶은 선물이기 때문이다! 감사하는 마음을 가질 때 우리는 삶의 진리에 가까이 다가갈 수 있다. 우리가 삶이라 부르는 멋진 선물은 우리에게 그저 주어진 것이다. 우리의 삶이다! 삶이라는 선물이 우리에게 그저 주어졌다. 우리는 그런 멋진 선물을 받을 만한 행동을 한 것이 없다. 우리에게 삶이란 선물이 주어진 이유는 도무지 이해되지 않는다. 그러나 우리의 삶이고, 우리는 분명히 살아서 숨을 쉰다. 오늘 이 순간, 바로 이 순간에 우리는 살아서 숨을 쉬며 존재하고 있다.

안타깝게도 대부분의 사람이 머리가 없는 닭처럼 분주하게 돌아다니지만, 삶이 선물로 우리에게 주어졌다는 사실을 아는 사람은 거의 없다.

우리가 삶이란 선물을 받을 만한 일을 했는가?
당신은 삶이란 선물을 받을 만한 일을 했는가?
나는 삶이란 선물을 받을 만한 일을 했는가?
우리가 삶이란 선물을 떳떳하게 받을 만한 자격이 있을까?
삶이란 선물은 우리 행동의 대가가 아니다.
삶이란 선물이 우리에게 주어진 이유는 무엇으로도 설명되지 않는다.

여하튼 나는 여기에 존재한다. 당신도 이 땅에서 살아간다. 나는 분명히 여기에 앉아 있다. 몸도 있고 정신도 있다. 몸과 정신이 있기에 나는 손가락으로 키보드를 두드린다. 이 책을 읽는 당신이 누구든 간에 당신에게 내 생각을 전하려고…. 삶은 도무지 이해되지 않는다. 삶은 우리 이해의 한계를 넘어설 뿐 아니라 멋진 모험이기도 하다. 당신의 눈에는 그런 삶이 보이는가? 삶의 향기를 느낄 수 있는가? 당신의 깊은 내면에서 삶의 숨결이 느껴지는가? 삶이 우리를 위해 얼마나 멋지게 전개되는지 보이는가? 우리는 삶이란 선물을 받을 만한 어떤 일도 하지 않았다. 삶이 무엇이고, 삶이 어떤 방향으로 가는지도 모른다. 1분 후에 어떤 일이 일어날지도 모른다. 우리는 미래를 짐작할 수 있다고 생각하고 싶어 하지만, 현실은 어떤가? 정말 미래를 알 수 있는가? 그래서 삶은 우리에게 모험이다. 우리는 매순간 멋진 모험의 세계에 있다. 삶은 끊임없이 변한다…. 따라서 감사하는 생각, 감사의 기도, 감사의 노래가 있어야 한다. 당신이 삶을 어떻게 생각하고, 삶을 어떤 식으로 노래하고 표현하든 감사할 줄 알아야 한다. 감사하는 마음은 당신에게 주어진 생득권이다. 당신이 살아가야 할 이유이며, 당신의 심장을 두근대게 하는 것이다. 감사하는 마음은 미스터리고 마법이며, 사랑이고 기쁨이다. 감사하는 마음은 모든 것으로 통하는 열린 문이다. 감사하라! 당신만이 당신을 위한 감사의 문을 통과할 수 있다.

집중의 도구 1
감사의
목록을 작성하라
우리의 기운을 북돋워주고 기분을 좋게 해주는 가장 쉬운 방법은 감사의 목록을 작성하는 것이다. 아침에 일어나 기분이 울적하면 종이 한 장을 꺼내, 당신이 삶에서 감사해야 할 것들을 모두 적어보라. 사소한 것부터 시작하라. 종이 위에 '내가 감사하는 것들'이라 쓰고 다음과 같은 것들을 써보라.

나는 살아있다

냉장고에 먹을 것이 있다

나는 걸을 수 있다

나는 볼 수 있다

나는 들을 수 있다

나는 말할 수 있다

내게는 잠을 잘 수 있는 집이 있다

내 침대는 편안하다

내게는 좋은 아파트가 있다

밖으로 나무가 보이는 예쁜 창문이 있다

내 아파트는 따뜻하다

욕실에서 기분 좋게 샤워를 즐길 수 있다

내게는 그럴 듯한 일자리가 있다

나는 약간의 돈이나마 저축하고 있다

내게는 입을 옷이 있다

내 옷장에는 더 많은 옷이 있다

구두가 여러 켤레 있어 골라 신을 수 있다

나는 평화롭고 부유한 나라에서 살고 있다

내게는 전화와 텔레비전과 휴대폰이 있다

내게는 언제라도 대화를 나눌 수 있는 친구가 있다

창밖으로 아름다운 경치가 보인다

오늘은 날씨가 화창하다

봄이어서 집 밖에서 새들이 지저귄다

꽃들이 예쁘다

저기에 멋진 나무가 보인다

내 강아지가 꼬리를 흔든다

나만의 컴퓨터가 있다

내게는 함께 놀 수 있는 예쁜 아이들이 있다

내게는 좋은 여자 친구가 있다

그녀는 내게 무척 헌신적이다

말동무가 필요할 때는 언제라도 그녀에게 전화를 할 수 있고, 그녀는 조용히 내 말을 들어준다

내게는 다른 친구들도 있다

앤은 무척 이해심이 깊다

…

이런 식으로 작성하기 시작하면 감사의 목록이 얼마든지 길어질 수 있다. 이렇게 매일 감사의 목록을 작성하면 당신의 하루, 더 나아가 당신의 '삶의 색깔'이 달라지기 시작할 것이다. 그러나 거듭 말하지만, 감사의 목록을 작성하겠다고 생각하는 데 그쳐서는 안 된다. 너무 단순

하고 어리석은 짓처럼 여겨지지만 실제로 작성해야 한다. 중요한 것은 행동이다. 따라서 어디에서라도 차분히 앉아 종이에 감사할 일들을 직접 써보라.

집중의 도구 2
5가지 강력한 질문

감사하는 마음을 계발하고 삶에서 좋은 점에 집중하는 데 도움을 주는 간단하면서 효과적인 또 하나의 기법은 우리에게 기운을 북돋워주는 질문을 하는 방법이다. 당신만의 질문을 작성할 수도 있겠지만, 앤서니 라빈스 Anthony Robbins 가 제시한 5가지 강력한 질문을 바탕으로 질문의 실타래를 풀어보자.

하루를 기분 좋게 시작하고 싶다면 종이에 다음의 질문을 써두고 침대 옆에 놓아두라. 그리고 아침에 자명종 소리에 잠을 깨면 5가지 질문에 대답하는 것으로 하루를 시작하는 것이다. 각 질문에 3가지 이상으로 답해보라.

앤서니 라빈스의 5가지 아침 질문은 다음과 같다.

1. 내 삶에서 자랑스레 여기는 것이 무엇인가?

2. 나는 무엇에 감사하는가?

3. 누가 나를 사랑하고, 나는 누구를 사랑하는가?

4. 현재 상황에서 좋은 점은 무엇인가?

5. 내 삶을 더 낫게 만들어가기 위해 오늘 나는 무엇을 할 수 있는가?

이런 질문에 답하면서 아침을 시작하는 게 좋은 이유가 무엇일까? 아침은 하루의 '색깔'을 결정하는 시간이기 때문이다. 이런 이유에서 아침은 마음의 상태를 엿보기에 좋은 때이기도 하다. 내 말이 이해되지 않으면, 앞으로 닷새 동안만 매일 아침 눈을 뜨자마자 처음 머릿속에 떠오르는 생각을 기록해보라. 내가 이렇게 말하는 이유가 무엇이겠는가? 아침에 눈을 뜨자마자 처음 떠오르는 생각을 그렇게 기록해두면 당신이 매일 똑같은 생각을 한다는 사실을 확인할 수 있기 때문이다. 우리는 그런 식으로 하루의 '색깔'을 결정한다. 따라서 아침에 일어나 떠오르는 첫 생각들을 긍정적인 방향으로 가질 때 어떤 변화가 있는지 확인해볼 필요가 있다. 닷새 동안 아침에 눈을 뜨자마자 떠오른 생각들을 기록하면서 당신이 어떤 생각을 하는지, 또 매일 아침 똑같은 생각을 하는지 실제로 확인해보라. 당신에게 상당히 많은 것을 깨닫게 해주는 실험이 될 것이다.

가령 당신이 아침에 눈을 뜨고 머릿속에 떠올리는 생각이 다음과 같다고 해보자.

- 정말 멋진 날이야! 살아있다는 것만으로도 감사해. 삶은 정말 흥미진진한 모험이야!
- 오늘이 오기를 얼마나 기다렸던가! 오늘은 꼭 좋은 일이 생길 것만 같아.
- 제기랄! 자명종 소리도 듣지 못하고 잠을 잤잖아. 잠을 잤는데도 더 피곤해. 아이쿠, 오늘 하루를 어떻게 또 견뎌야 할지 모르겠네.

- 그 빌어먹을 곳에서 또 하루를 보내야 하다니. 내 직업이 정말 싫어. 나는 내 삶과 내 재능을 썩히고 있는 거야.
- 빌어먹을! 모든 게 엉망이군…. 왜 내 삶은 이 모양 이 꼴일까?
- 살아있는 것만으로도 행운이야! 아내에게 사랑한다고 말해줘야지. 아이들도 안아주고. 나는 정말 복 받은 사람이야.

첫 생각들이 당신의 하루를 좋은 방향으로 끌어가지 못하면, 닷새를 열흘 이상으로 연장해서라도 아침에 긍정적인 생각을 갖는 것을 습관화하도록 노력해보라. 그리고 당신의 삶이 어떻게 변하는지 지켜보라.

친구들과 '전화연결망'을 구축하면 이런 힘 있는 질문들을 더 효과적으로 사용할 수 있다. 하루를 활기차게 지내기 위해 전화를 이용해 5가지 강력한 질문을 주고받으려는 네다섯 사람을 모아라. 전화 연결은 다음과 같은 식으로 하면 된다. 예컨대 제인이 톰에게 전화를 걸어 5가지 질문을 던지고 톰은 그 질문들에 대답한다. 이번에는 톰이 메리에게 전화를 걸어 5가지 질문을 던지고 메리가 그 질문들에 대답한다. 그 후엔 메리가 수전에게 전화를 걸어 5가지 질문을 던지고 수전이 대답을 한다. 그 후에는 수전이 제인에게 전화를 걸어 5가지 질문을 차례로 던지고 제인이 그 질문들에 대답하는 형식이다. 매일 특정한 시간에 이 훈련을 거듭하면 분명한 효과를 볼 수 있다. 예컨대 아침 10시를 정해 똑같은 시간에 훈련을 하는 것이 바람직한 방법이다. 일주일 동안 이렇게 해보고, 당신과 친구들이 어떻게 변하는지 지켜보라. 무척 흥미진진할 것이다.

집중의 도구 3

기댈 곳을 찾아라

내가 바이런 케이티Byron Katie에게 배운 효과적인 방법 하나가 있다. 케이티는 이 방법을 '기댈 곳 찾기'라고 부른다. 기댈 곳을 찾는 것도 긴장을 풀고 활력을 회복하며 세상을 편안하게 느끼는 데 도움이 되는 좋은 방법이다.

편안한 의자에 조용히 앉아 두 눈을 감는다. 지금 이 순간에 모든 것이 어떻게 당신을 도와주는지 눈여겨보기 시작한다. 의자부터 시작해보라. 의자는 어떻게 당신의 몸을 지탱해주는가? 당신의 몸무게를 느껴보며 의자가 당신의 몸을 얼마나 편안하고 튼튼하게 받쳐주는지 살펴보라. 이번에는 바닥이 의자를 어떻게 떠받쳐주고, 당신의 두 발이 얼마나 편하게 바닥에 올려져 있으며, 바닥이 당신의 두 발과 의자를 얼마나 튼튼하게 지탱해주는지 생각해보라. 또 당신이 앉아 있는 방은 지금 당신에게 어떤 역할을 하는가? 바닥과 벽과 가구 등 모든 것이 당신을 위해 존재하는 것이다. 당신이 지금 편안하게 앉아 있는 이 방을 지탱해주는 건물은 어떤가? 이 모든 것이 당신을 지탱해준다. 당신의 몸도 당신을 위해 존재하는 것이다. 심장과 폐, 팔과 다리, 소화기관도 마찬가지다. 경이롭게 짜 맞춰진 피부와 뼈와 신체기관 등 모든 것이 당신을 위해 존재한다. 당신을 지탱해주려고, 당신에게 생명을 주려고 존재하는 것이다. 심장은 당신을 위해 어떻게 운동하는가? 피를 당신의 몸에 골고루 퍼지게 하면서 당신을 지켜준다. 지금 이 순간에 당신의 생명을 완벽하게 지켜준다. 손과 팔은 어떤가? 손과 팔은 당신을 위해 쉬지 않고 움직이며, 당신이 뭔가를 하도록 해주며 당신의 삶을 한층 흥미롭게 가꾸어간다. 다리와 발은 무슨 역할을 하는가? 당신이 이 땅에서 발을 딛고 여기에서 저기로 움직이게 해준다. 모든 것이 당신에게 도움을 주지 않는가? 당신의 몸은 물론이고 주변의 것까지 모든 것이 당신의 편이다. 당신의 몸, 의자와 바닥, 방과 건물, 모든 것이 당신을 위해 갖추어진 것이다. 모든 것이 당신을 떠받쳐준다. 당신이 살고 있는 도시와 창밖의 길은 어떤가? 그것들이 당신에게 어떤 도움을 주는지 생각해보라. 밖에서 일하는 사람들 모두가 이 경이로운 도시에서 각자의 역할을 하고 있다. 슈퍼마켓에 식품을 배달하는 사람, 당신에게 뉴스를 전달해주는 신문배달원, 병원에서 당신을 돌보아주는 의사와 간호사, 교통의 흐름을 조절하는 교통경찰관…. 당신에게 도움이 되지 않는 사람이 있는가? 모두가 당신에게 도움이 되는 사람들이다.

이런 방향으로 생각을 거듭할수록 이 세상에 존재하는 모든 것, 모든 사람이 당신에게 도움이 된다는 사실을 실감할 수 있을 것이다. 정말이다. 세상의 모든 것이 당신을 위해 존재한다. 이 지구, 이 태양계, 이 은하계, 이 우주도 당신을 지탱해주는 한 부분이다. 모든 것이 당신을 위해 존재한다. 이 순간을 가능하게 해주는 모든 것이 당신을 위해 존재한다. 놀랍지 않은가? 잠시 짬을 내어 당신을 위해 존재하는 것들, 당신이 기댈 수 있는 것들을 찾아보라. 매일 그렇게 훈련하면 마음이 놀라울 정도로 차분해질 것이다. 이 세상이 당신에게 너무나 편안하게 느껴질 것이다.

집중의 도구4

아침식사를
준비하는 데 필요한 것들

앞의 방법을 약간 변형시
켜 내가 개발한 방법이다. '아침식사를 준비하는 데 필요한 것들'이란
방법으로 다음과 같은 식으로 하면 된다.

나는 지금 식탁에 앉아 있다. 내 앞에는 달걀 프라이와 토마토 몇 조
각이 담긴 접시가 놓여 있다. 베이글과 크림치즈, 살구잼과 오렌지주
스, 녹차도 준비돼 있다. 이렇게 멋진 아침식사를 앞에 놓고 앉으면 때
때로 나는 이 음식들이 오늘 아침 나에게 오기 위해 거쳤을 과정들을
생각해보곤 한다. 먼저, 알을 낳았을 암탉들과 양계장을 운영하는 농부
들을 생각한다. 또 토마토를 재배하는 농부들과, 베이글을 만드는 데
필요한 곡물의 씨를 뿌리고 수확했을 농부들도 생각한다. 그 후에는 그
농장들이 자리 잡은 기름진 땅들을 생각하고, 닭들과 토마토와 곡물을
기르고 재배하기 위해 들였을 정성과 노력을 생각한다. 더 나아가, 모
든 것이 자라는 기름진 땅, 해와 달, 하늘과 흙, 비까지 생각한다. 내가
먹을 달걀과 토마토와 베이글을 만드는 데 필요한 온갖 것을 떠올린다.
그 후에는 농장과 건물과 농기구, 농장에서 일하는 사람들, 그리고 나
를 위해 달걀과 토마토와 곡물을 수확하고 다루는 기업들을 생각한다.
농기구와 건물을 설계하고 개발하며 제작하는 데 관련된 사람들도 생
각한다. 다음 단계로는 이 상품들을 도매점까지 운반하고 다시 슈퍼마
켓까지 전달하는 사람들의 조직망, 또 슈퍼마켓에서 일하는 사람들을
생각한다. 심지어 그들을 낳고 키워준 그들의 부모들과 가족까지 생각

한다. 이런 식으로 생각의 꼬리를 이어가면, 결국에는 내가 달걀을 조리하고 베이글을 굽는 부엌에 관련된 것들까지 생각하기에 이른다. 음식이 담긴 하얀 접시들, 포크와 나이프, 예쁜 찻잔은 물론이고, 그 식기들을 만드는 데 필요한 재료들, 그 식기들이 내게 전달될 때까지 관련된 과정들과 사람들까지 생각한다. 이런 식으로 생각에 생각을 이어가면, 결국 이 세상에 존재하는 모든 것이 모인 덕분에 내가 아침식사를 준비할 수 있었다는 걸 깨닫게 된다. 그중에 하나라도 없었다면 내가 이런 아침식사를 앞에 두고 앉을 수 있었을까? 내가 간단한 아침식사를 준비하는 데도 우주 전체가 관련됐다고 생각하면 정말 놀랍지 않겠는가? 따라서 '모든 것이 서로 연결돼 있다'라는 놀라운 결론에 이르게 된다. 이 세상에 독불장군은 없다. 이 세상에 무엇과도 관계없는 독립된 것은 없다. 혼자 고고히 존재하는 것은 없다. 어떤 것도 혼자 존재할 수 없다. 우리 인간을 비롯해 모든 것이 전체의 부분일 뿐이다. 이런 사실을 인식할 때 우리는 궁극적 실재인 아무것도 구분되지 않은 세계, 즉 본래의 우리로 되돌아간다.

'아침식사를 준비하는 데 필요한 것들'은 아주 단순한 훈련법이지만, 고도로 영적인 훈련법이기도 하다. 우리를 궁극적 실재, 즉 삶의 진실로 인도하는 점에서 그렇다.

그러나 거듭 말하지만, 이 단순한 훈련법도 실천할 때만 효과가 있을 뿐이다. 여기에서 읽고 끝나면 아무런 효과도 기대할 수 없다. 시간을 투자해 정신의 수레바퀴가 돌아가는 속도를 늦추어야 한다. 그래야 우리가 지나온 삶을 반성하면서 삶의 진실한 모습을 엿볼 수 있다. 그렇게 해야만, 이 세상의 모든 것이 우리를 위해 존재하며 거미줄처럼 긴밀하게 연결돼 있다는 사실을 점점 더 깊이 깨달아갈 수 있을 것이다.

크게 눈을 뜨고 현실을 직시해야 한다!

| 명상　명상은 우리가 언제 어디서든 활용할 수 있는 가장 중요한 도구 중 하나다. 따라서 명상이 무엇이고, 왜 명상이 중요한지 살펴보기로 하자.

대체 명상이 무엇일까?

앞에서 우리는 정신의 작동 원리와 의식에 대해 살펴보았다. 그 결과로 우리가 알아낸 가장 중요한 원칙 중 하나는 "생각은 나타났다가 사라진다"라는 것이며, 여기에는 어떤 예외도 없다. 우리가 내면을 들여다보면, 요컨대 머릿속에서 일어나는 현상을 세심히 관찰해보면, 깜짝 놀랄 정도로 온갖 생각이 순식간에 떠올랐다가 순식간에 사라지는 걸 깨닫게 된다. 게다가 우리가 머릿속으로 터무니없는 생각들을 끊임없이 떠올린다는 것까지 확인할 수 있다. 한마디로 우리 정신은 온갖 곳을 헤매고 다닌다. 따라서 당신이 자신의 내면을 들여다보며 "머릿속이 완전히 뒤죽박죽이다!"라고 말한다면 제대로 본 것이다. 머릿속은 그야말로 뒤죽박죽이다. 그러나 머릿속을 관찰할 때 또 하나 확연히 눈에 띄는 현상이 있다. 과거나 미래에 있는 꿈나라 어딘가에서 불쑥 나타났다가 다시 어딘가로 홀연히 사라지는 무수한 생각들에 매달려 우리가 대부분의 시간을 보낸다는 점이다. 따라서 우리가 무엇을 하고 있는지 꾸준히 관찰해보면, 우리가 현재의 순간에는 쥐꼬리만 한 시간만을 할애한다는 충격적인 진실을 깨닫게 된다. 달리 말하면, 우리가 대부분의 시간을 꿈나라 어딘가에서 보내고 있다는 뜻이다. 잠을 잘 때는 물론이고 눈을 뜨고 있을 때도 마찬가지다. 놀라우면서도 무척 중요한 깨달음이다. 우리는 여기에 있지 않다! 우리는 이 순간에도 깨어있지 않다! 적어도 머릿속에서는 대부분의 시간을 다른 곳에서, 이런 생각에 잠기고 저런 것을 걱정하며 보낸다. 지금 이 순간, 여기에 우리가 없는 셈이다. 우리가 현재의 순간을 의식하지 않는다는 것은, 엄격히 말하면 우리가 의식 없는 존재처럼 살아간다는 뜻이다. 우리는 우리가 지어낸 헛된 이야기 속에서 헤매고 있을 뿐이다. (그렇다. 우리는 분명히 의식을 지닌 존재다. 그러나 우리가 지어낸 허망한 이야기 속에서 헤맬 때 우리가 의식을 지닌 존재라는 사실조차 의식하지 못한다. 우리가 지금 이 순간에 존재한다는 것조차 알지 못한다.)

현재에 있고 지금 이 순간을 의식한다는 것은 현실에 눈을 뜬다는 뜻이다. 현실은 이 순간이기 때문이다. 현실은 지금 우리 코앞에 있다. 현실은 '이것'이다. 현실은 '지금'이다. 현실은 '여기'이다. 현실은 지금 존재하는 유일한 순간이다.

그런데 왜 '지금'에 충실해야 할까? 당신이 추구하는 행복을 경험할 수 있는 유일한 공간, 당신의 본질인 행복이 숨을 쉬는 유일한 공간이 지금 이곳이기 때문이다. 모든 것의 출발점이 '지금'이며, 모든 것의 출발점이 우리 '자신'이다.

지금은 명상의 지향점이다. 기본적으로 명상은 이 순간에 되돌아오는 것이기 때문이다. 명상은 그 이상도, 그 이하도 아니다. 명상은 지금

이 순간을 자각하기 위한 것이다. 명상은 여기에 있는 것이며, 지금 이 순간 현재에 있는 것이다. 명상은 차분히 앉아 아무것도 하지 않고 지켜보기만 하는 것이다. 깨어있는 것이다. 자각하는 것이다. 우리 정신이 흩어지는 걸 지켜보고, 다시 우리 자신을 이 순간으로 되돌리는 것이다. 명상은 그런 것이다. 그런 것이 명상이다. 그보다 간단할 수 없고, 그보다 까다로울 수 없다. 따라서 명상은 이 세상에서 가장 쉬우면서도 가장 어려운 일이다. 내 말이 믿기지 않으면, 당장이라도 조용히 앉아 하얀 벽을 10분만 지켜보며 지금 이 순간에 있으려고 해보라. 거의 불가능한 일이다! 자리에 앉는 순간, 당신의 정신은 어딘가로 훌쩍 날아가 버린다. 따라서 조용히 앉아 당신을 이 순간으로 되돌리기 위해서는 많은 노력과 자기수양이 필요하다. 항상 깨어있고, 지금, 즉 현실로 되돌아오기 위해서는 많은 노력과 자기수양이 필요하다.

그렇다. 명상하라!

그렇다. 명상하겠다고 결심하라. 명상을 목표로 삼고 매일 매일 훈련해보라.

그러나 처음에는 작게 시작하고 꾸준히 하는 것이 중요하다. 큰 목표를 세웠다가는 며칠 만에 포기하기 십상이다. 매일 똑같은 시간에 명상하라. 처음에는 하루에 10분이면 충분하다. 익숙해지면 15분까지 늘린다. 그렇게 매일 반복하면, 곧 한 번에 20분 정도를 조용히 앉아 아무것도 하지 않을 수 있다.

그러나 "그래 봐야 무슨 소용이야?"라는 의문을 가질 수 있다.

왜 내가 명상을 해야만 하는가? 그렇잖아도 할 일이 많은데, 조용히 앉아 아무것도 하지 않으면서 소중한 시간을 보내야 하는가?

이런 질문에 대해 나는 다시 정신이 산만해지는 증거라고 말할 수밖에 없다. 정신은 계획을 세우며 우리 눈을 딴 데로 돌리기에 바빠, 이 순간에 충실하는 것은 별로 중요하지 않다고 끊임없이 말한다. '삶이란 것이 무엇인가?'라는 근본적인 질문이 다시 제기된다. 대체 삶이란 무엇일까? 우리는 커다란 성과를 거두면 미래의 어느 순간에 행복을 얻을 수 있을 거라 생각한다. 따라서 우리 내면이 아닌 바깥 세계에서 행복을 끊임없이 찾으려 한다. 따라서 우리는 잔혹하기 이를 데 없는 삶을 살아가야 한다. 뭔가를 이루어내지 못하면, 대단한 인물이 되지 못하면, 어딘가로 가지 못하면, 뭔가를 해내지 못하면 우리는 행복할 수 없다고 생각한다. 따라서 지금 이 순간의 절대적인 즐거움과 절대적인 희열을 경험하지 못한다. 그리고 우리는 짧은 생을 끝낸다. 너무 잔혹한 삶이 아닌가!

따라서 우리는 명상을 해야 한다!

우리 자신에게 명상이란 선물을 주어야 한다.

지금 이 순간에 있어야 한다.

이 순간에 충실해야 한다. 우리 자신을 위해서라도!

조용히 앉아 호흡하며, 모든 것을 있는 그대로 받아들이겠다고 다짐하라. 그렇게 하겠다고 결심하라. 뒤로 물러서서 모든 것을 그대로 허락하라. 현재에 충실하면서 지켜보기만 하라.

이 순간에 충실하겠다는 결정은 명상하기 위해 차분히 앉은 때만이 아니라 '지금'이라는 매순간 우리가 결정을 내리겠다는 뜻이다. 그렇다, 맞는 말이다. 우리는 지금이라는 매순간 현재에 충실하겠다는 결정을 내릴 수 있다. 그러나 대부분의 사람은 현재에 충실하지 못하고, 충실하지도 않다. 우리 삶, 결국 우리 정신이 너무 바빠 현재에 충실하기가 너무 어렵다. 이런 점에서 명상의 수련이 도움을 줄 수 있다. 명상은 우리가 자기 자신에게 '좋아, 이제부터 10~20분 동안 가만히 앉아서 현재의 순간에 집중하겠어. 이 순간을 의식하는 데 집중하겠어'라고 말하는 공식적인 순간이며, 공식적인 결정이다. 명상은 공식적인 행위기도 하다. 매일 정해진 시간에 명상을 수련하면, 현재에 충실하는 능력을 키워갈 수 있다. 따라서 시간이 지나면 명상의 효과가 삶 전체에 영향을 미치기 시작한다.

그렇다, 명상하라! 지금 이 순간을 자각하는 능력을 함양시켜라! 명상은 이 순간을 의식하기 위한 훈련이다. 명상을 훈련이라 말하는 이유는 훈련이 필요하기 때문이다. 명상은 저절로 되는 것이 아니다. 따라서 지금 우리 눈앞에서 어떤 일이 일어나는지 정확히 관찰하겠다는 결정이 흔들려서는 안 된다. 그런 결정을 끊임없이 반복해야 한다. 자리에 앉아 이 순간으로 되돌아오는 훈련을 거듭해야 한다. 끊임없이 지금으로 돌아와 이 순간을 경험해야 한다.

그렇게 될 때 어딘가에 앉아있든 그렇지 않든 간에 우리는 명상을 하고 있는 것이다.

우리를 이 순간에 되돌려 놓겠다는 결정은 우리만이 할 수 있다.

지금만이 가능하다

이런 점에서 명상은 무척 간단하다. 현실에 충실할 수 있는 공간은 하나뿐이다. 바로 '여기'이다. 현실에 충실할 수 있는 때는 바로 '지금' 이다. 왜 그럴까? 그 밖의 것은 모두 우리 머릿속의 생각에 불과하기 때문이다.

현실에 충실하기는 지금에만 가능하다. 지금이 현실에서는 모든 것이기 때문이다. 그 밖의 것은 꿈이고 환상이며, 덧없는 생각이다. 지금, 이 순간이 전부다. 이 순간이 현실이다.

명상은 '지금'으로 되돌아간다는 뜻이다. 명상은 지금을 자각한다는 뜻이다. '지금 여기에 있겠다'는 뜻이다.

다른 기법들에 대하여

'명상meditation'이란 단어는 많은 뜻으로 쓰인다. 따라서 여기에서 말하는 '명상'의 뜻을 분명히 해두고 싶다. 내가 말하는 명상은 긴장을 풀기 위한 긴장완화훈련도 아니며, 특정한 목표를 성취하기 위해 목표를 시각화해보는 시각화훈련도 아니다. '채널링'이라 일컬어지는 영적교감도 아니다. 불상佛像, 꽃이나 양초 등과 같은 특별한 대상에 집중하는 것도 아니며, 사랑이나 동정 등과 같은 특정한 개념을 깊이 생각하는 것도 아니다. 내가 말하는 명상은 가장 전통적이고 가장 엄격한 의미에서의 명상이다. 한마디로 말하면, 자각훈련awareness이다. 지금 이 순간에 조용히 앉아 현재에 있기 위한 훈련이다. 여기에서 언급되는 명상은 모두 이런 의미에서 쓰인 것이다.

앉는 자세

여기에서 말하는 명상은 '좌식座式' 명상이기 때문에 어떻게 앉느냐가 중요한 문제다. 바닥에 엉덩이를 붙이고 반듯하고 안정된 자세로 앉는다. 편하게 앉을 수 있는 곳을 찾아야 한다. 불편하고 시끄러운 장소는 바람직하지 않다. 안정된 자세로 앉기 위해서는 바닥에 담요를 깔고 책상다리로 앉아 작은 베개를 등받이로 받치거나, 똑바른 등받이가 있는 의자에 앉으면 된다. 올바른 자세가 무엇보다 중요하다. 따라서 바닥에 앉을 때나 책상에 앉을 때나 등을 곧게 펴야 한다. 자세가 곧고 편안해야 옆으로 쓰러지지 않는다. 머리는 몸이 편안하게 떠받쳐주는 기분으로 약간 치켜든다. 의자에 앉을 때는 두 발로 바닥에 굳게 딛어야 한다. 굳이 책상다리를 할 필요가 없다.

다음으로는 어깨의 힘을 풀고 두 손을 모아 무릎 위에 살짝 올려놓는다. 이때 오른손이 아래, 왼손이 위에 위치하며, 두 손 모두 바닥이 위쪽을 향하도록 한다. 또 두 손을 동그랗게 오므려 엄지들이 서로 가볍게 맞닿도록 한다. 이 자세가 편하게 느껴져야 한다. 만약 이 자세가 너무 어렵게 여겨지면 양 손을 각각 넓적다리에 올려놓는 자세부터 시작해도 상관없다. 손바닥의 방향도 편한 대로 하라.

이제 우리는 명상할 준비가 끝났다.

명상 기법들

명상에는 많은 기법이 있다. 하지만 누구나 활용할 수 있는 몇 가지 기본적인 기법이 있다.

집중의 도구 5

호흡에
집중하라
모든 명상 기법 중 가장 기본적인 기법에 속한다. 편하게 앉아 호흡에 집중하는 방법이다. 그것이 전부다. 쉽게 들리지만 직접 해보면 상당히 까다롭다.

그럼 어떻게 해야 할까?

바닥이나 의자에 앉아 호흡을 면밀하게 추적한다. 숨을 들이마시고 내쉬는 걸 유심히 관찰한다. 왜 하필이면 호흡일까? 호흡은 누구나 하는 것이고, 언제나 지금 이 순간에 진행되는 것이기 때문이다.

따라서 바닥이나 의자에 앉아 당신의 호흡을 추적해보라. 1, 2분쯤 지나면 당신은 십중팔구 어떤 생각에 빠져든다. 예컨대 슈퍼마켓에서 깜빡 잊고 사지 않은 것이나, 어젯밤에 텔레비전에서 보았던 장면 등에 사로잡힌다. 이런 잡생각이 떠오르면 즉시 호흡으로 돌아가야 한다. 호흡을 다시 유심히 지켜본다. 호흡을 정상대로 하면서 호흡 과정을 지켜본다. 숨을 들이마시고 내뱉는다. 결국 당신은 지금 이 순간에 벌어지는 일을 지켜보고 있는 것이다. 당신은 이 순간에 어딘가에 앉아 숨을 쉬고 있을 뿐이다. 잠시 후 당신은 딴 곳에 정신을 판다. 어떤 생각에 사로잡힌다. 여자 친구가 오늘 전화로 말했던 내용이나 상사의 말이 머릿속에서 맴돈다. 그런 잡생각이 떠올랐다고 느껴지면 다시 호흡에 집중하라. 편안하게 하라. 당신이 딴 데 정신을 팔았다고 자책할 것도 없다. 호흡에 집중하지 못했다고 당신 자신을 매섭게 비판할 것도 없다. 정신의 속성이 워낙에 그런 것이다. 누구나 오랫동안 한 곳에 집중하지 못한다. 다만 대부분의 사람이 그런 사실을 깨닫지 못하고 있을 뿐이다. 어딘가에 앉아 명상을 해봐야 우리 정신이 얼마나 산만한가를 확인할 수 있다. 명상을 해봐야 우리가 좀처럼 현재에 집중하지 못하고, 이 순간에 충실하지 못하다는 사실을 새삼스레 깨닫는다. 따라서 당신이 산만하다는 걸 깨달은 것만으로도 현실에 눈을 뜨기 시작했다는 뜻으로 받아들이면 된다. 정신이 어떻게 작동하는가를 깨달은 것만으로도 당신이 예전보다 현실에 충실해졌다는 증거이기 때문이다. 당신이 딴 곳에 정신을 판다는 사실을 깨달을 정도로 현실에 가까워졌다는 뜻이기 때문이다.

호흡에 집중하는 명상의 목적도 여기에 있다. 앉아서, 정신이 오락가락한다는 걸 확인하는 것만으로도 충분하다.

그것이 전부다.

간단하게 들리지 않는가?

그렇다면 직접 시도하고 확인해보라.

호흡의 수를 헤아린다

처음에는 누구나 그렇지만, 호흡에 집중하기 어려우면 명상을 시작하면서 잠깐 동안이라도 호흡의 수를 헤아려보라. 그럼 호흡에 집중하기가 한결 쉬워진다. 호흡의 수를 헤아리는 방법도 적지 않지만, 가장 간단한 방법은 숨을 들이마실 때 '하나', 숨을 내뱉을 때 '둘', 다시 숨을 들이마실 때 '셋', 이렇게 '열'까지 속으로 헤아리는 방법이다. 요컨대 '하나'부터 '열'까지를 반복해서 센다. 이때도 정신을 딴 데 팔아 횟

수를 세는 걸 잊으면, 딴 생각을 했다는 걸 깨닫는 순간부터 다시 '하나'부터 시작하면 된다.

이렇게 호흡의 횟수를 헤아리는 방법은 명상을 처음 시작한 사람에게는 마음을 차분하게 가라앉히고 호흡에 집중하는 데 도움을 주지만, 일단 호흡이 안정되고 호흡을 관찰하는 데 익숙해지면 이 방법을 구태여 동원한 필요는 없다.

집중의 도구 6
서훔 만트라에 집중하라

마음을 가라앉히고 호흡에 집중하기 위해서 처음에는 '서훔' 만트라so-hum mantra를 사용할 수도 있다. 서훔은 공기가 우리의 폐를 들락거릴 때 내는 소리와 비슷하기 때문에 서훔 만트라는 호흡 만트라라 불리기도 한다. 호흡하는 소리에 유심히 귀를 기울이면 비슷한 소리가 들린다. 따라서 명상할 때 이 만트라를 사용하면, 숨을 들이마실 때는 머리에서 '서'라는 소리를 느낄 수 있고, 숨을 내쉴 때는 머리에서 '훔'이란 소리를 느낄 수 있다. 명상의 기본이지만, 숨은 코로 들이마시고 내쉬도록 한다. 요컨대 입으로 호흡하지 마라. 서훔 만트라 기법은 자연스러우면서도 상대적으로 쉬운 훈련법이다. '서훔'은 우리 호흡의 자연스런 소리기 때문에 마음을 진정시키는 데 도움을 준다.

정신이 산란해진다는 느낌이 들면 즉시 만트라에 되돌아와야 한다. 서훔 만트라가 순간적으로 사라지는 것이 자연스레 느껴질 때까지 이런 훈련을 반복한다.

관찰에 집중하라

관찰에 집중하는 것도 기본적인 명상 기법 중 하나다. 관찰에 집중한다는 것은 현재의 생각과 경험에 관련된 것들에 관심을 집중한다는 뜻이다. 다음과 같이 시작하면 된다. 먼저 조용히 앉아 1, 2분 동안 호흡에 집중하면서 마음을 차분히 가라앉힌다. 마음이 차분해지면, 이 순간에 관찰할 수 있는 모든 것을 유심히 관찰하며 1, 2분을 보낸다. 내 몸을 관찰할 수도 있고, 감정이나 느낌을 관찰할 수도 있다. 또 나의 생각, 방의 주변 등을 관찰할 수도 있다. 여하튼 이런 것들을 잠깐씩 살펴본 후에 이 모든 것을 관찰하는 주체가 누구고, 이 모든 것을 경험하는 주체가 누구인지 생각해보라. 그러면 이 모든 것을 경험하며 이름 붙이는 현재와 의식에 되돌아올 수 있다. 이런 식의 관찰을 계속해보라. 현재의 순간에 있으면서 현재에 존재하는 것들을 빠짐없이 관찰하고, 경험해보라. 무엇이든! 현재에 존재하는 것을 경험해보라. 그렇게 할 때, 현재에 존재하는 것을 관찰하고 인식할 때 우리는 '목격자witness'가 된다. 목격자라는 위치를 최대한 유지하라. 정신이 딴 데로 흘러가면, 깨닫는 순간 즉시 목격자의 위치로 돌아가라.

관찰에 집중해서 목격자의 위치에 들어서면 우리는 우리의 진정한 자아를 어렴풋이나마 볼 수 있다. 진정한 자아는 기하학적으로 말하자면 '점'이 아니라 '면'이다. 생각과 사건 등 모든 내용물이 전개되는 용기, 즉 맥락이다.

정신이 다시 산만해지면 목격자, 관찰자의 위치로 돌아가면 된다. 관찰자는 모든 내용물을 포함하는 맥락이다. 현재의 순간으로 돌아가라. 눈에 보이는 모든 것으로 돌아가라. 생각과 생각하는 사람을 구분하는 사람, 즉 당신 자신을 눈여겨보라. 당신이 인식하는 모든 것을 인식하는 사람, 즉 당신 자신을 면밀히 관찰해보라. 누가 혹은 무엇이 관찰하는지 눈여겨보라. 그런 관찰을 반복하라. 그 관찰자를 꾸준히 관찰하면 현재라는 순간을 얼핏 볼 수 있을 것이다. 삶이 펼쳐지는 공간이 바로 현재이며, 그 현재가 바로 당신이다. 진정한 당신이다. 생각과 덧없는 형태라는 세계 뒤에 감추어진 현재라는 존재와 그 빛이다.

나의 현실 check __ 구도자는 자신을 추적하는 사람이다

'나는 누구인가?'라는 의문을 제외하고는 모든 의문을 버려라. 우리가 확신할 수 있는 단 하나의 것은 '우리가 존재한다'라는 것이다. '나는 존재한다'라는 명제는 누구도 부인할 수 없지만, '나는 이것이다'라는 명제는 그렇지 않다. 우리가 현실에서 어떤 존재인지 알아내려 애써야 한다. 우리가 어떤 존재인지 알려면, 우리가 어떤 존재가 아닌지 먼저 조사해서 알아내야 한다. 우리가 아닌 것, 예컨대 몸의 느낌, 생각, 시간, 공간 등 모든 것을 찾아내야 한다. 구체적인 것이든 추상적인 것이든 우리가 인식하는 것은 우리일 수 없다. 인식이란 행위 자체에서, 우리는 우리가 인식하는 존재가 아니라는 게 밝혀진다. 우리가 정신의 차원에서 부정적으로 묘사될 수 있다는 걸 확실히 깨닫는다면 우리는 조금이라도 빨리 탐색을 끝내고 우리가 무한한 존재라는 걸 깨닫게 될 것이다. - 니사르가다타 마하라지

맥락과 내용물

관찰자 혹은 목격자를 관찰하는 훈련법과 관련해서, 이 책에서는 기본적으로 두 가지 관점, 즉 우리 경험을 관찰하는 두 시각에 대해 다루고 있다는 점을 분명히 밝혀두고 싶다. 하나는 '내용물content'이고, 다른 하나는 '맥락context'이다.

우리가 내용물에 집중한다는 것은 일상의 생각과 경험에 집중한다는 뜻이다. 반면 우리가 맥락에 집중한다면, 그런 일상의 생각과 경험이 나타났다가 사라지는 의식이라는 공간에 집중하는 것이 된다.

내용물에 집중할 때 우리는 그 내용물, 즉 생각을 더 현명하게 관리하는 법을 배울 수 있다. 달리 말하면, 정신관리mind management다. 정신관리는 우리가 경험하길 바라는 긍정적인 면에 관심을 집중하는 법을 배움으로써 정신의 힘을 더 현명하게 활용하는 법을 터득해간다는 뜻이다. 우리는 삶을 긍정적으로 경험할 가능성을 차단하는 부정적이고 파멸적인 생각을 조사하는 방법을 터득함으로써 정신을 현명하게 관리할 수 있다. 우리가 지금보다 더 현명하게 관심을 집중하는 법을 터득해가든, 아니면 부정적인 생각에 의문을 제기하든, 두 경우 모두에서 우리는 정신의 내용물, 즉 생각을 현명하게 관리하는 법을 배우는 셈이다. 따라서 이런 훈련들이 곧 정신관리고 '내용물' 관리다. 생각들과 생각들로 인한 경험을 처리하기 때문에 결국 내용물, 곧 삶의 경험을 처리하는 것이기도 하다.

그러나 다른 관점, 즉 '맥락'이란 더 큰 관점이 있다. 우리가 현실에 눈을 뜨기 시작할 때 우리는 관심의 초점을 내용물에서, 내용물이 펼쳐지는 맥락으로 바꿔갈 수 있다. 달리 말하면, 우리는 생각과 말과 행동 등과 같은 내용물을 관심의 대상으로 삼지 않고, 그런 생각들과 경험들이 나타났다가 사라지는 맥락에 관심을 집중시킬 수 있다. 예컨대 앞에서 언급한 명상에서 목격자에게 집중하는 경우다. 이때 우리는 생각에서 관심을 거둬들이고, 생각과 경험이 펼쳐지는 궁극적 실재, 즉 현재의 순간에 관심을 집중시킨다. 이렇게 할 때 우리는 내용물에 연연하지 않는다. 다시 말하면, 생각을 중요하게 생각하지 않는다. 어떤 생각이 떠오르는 것을 알지만, 그 생각에 공감하거나 그 생각에 애착을 갖지 않는다. 그 생각이 나타났다가 사라지도록 내버려두고, 그 생각이 나타나는 맥락, 현재의 순간에 관심을 돌린다. 그렇게 함으로써 우리는 현재의 순간, 즉 우리의 존재 자체인 궁극적 실재에 집중하게 된다. 요컨대 현재의 순간이 우리의 진정한 속성이다.

현명한 삶을 위해서는 내용물과 맥락에 집중하는 정도에서 적절한 균형을 유지해야 한다. 달리 말하면, 내용물을 관리하면서도 우리의 진정한 속성은 맥락, 현재의 순간, 궁극적 실재라는 사실을 기억해야 한다는 뜻이다.

앞에서도 말했지만 현명한 삶은 새의 두 날개와 같다. 새가 균형 있게 날기 위해서는 두 날개가 필요하다. 우리의 일상적인 삶도 마찬가지다. 우리의 진정한 속성을 이해하는 동시에, 우리의 생각과 말과 행동을 확실하게 관리해야 한다. 모든 생각과 경험을 초월하는 현재의 순간을 이해하는 동시에, 우리 일상의 삶을 이해해야 우리가 진정으로 만들어가고 싶은 행복한 삶을 만들어갈 수 있다.

현명한 사람은 이 땅의 삶에 원인과 결과의 법칙이 끊임없이 작동한다는 걸 안다. 따라서 우리 자신만이 아니라 모두에게 가장 적은 피해를 주는 말과 행동, 거꾸로 말하면 가장 큰 이익을 주는 말과 행동을 선택하기 위해 노력해야 하며, 그렇게 하기 위해서는 우리가 좀 더 현명해져야 한다.

우리가 찾는 것은 올바른 관찰을 위한 도구다.

집중의 도구 8
어떤 것에도 간섭하지 마라

어딘가에 앉아 현재에 있기 위해 명상할 때 내가 개인적으로 가장 좋아하는 기법은 '나는 이 순간에 저항하지 않겠다!'라고 나 자신에게 다짐하는 것이다. 그 순간, 즉 현재의 순간에 나는 어떤 것에도 간섭하지 않고 모든 것을 그대로 내버려두겠다는 뜻이다. 어떤 것에도 저항하지 않겠다는 뜻이다.

이 훈련법은 나에게 놀라울 정도로 큰 효과가 있다.

'모든 것을 그대로 내버려두겠다'라는 생각만으로도 나는 한없이 행복해진다.

나는 이 훈련법을 무척 좋아한다. 모든 것을 그대로 내버려두기만 하면 되니까.

당신도 이 훈련법을 시도해보기 바란다.

모든 것을 있는 그대로 내버려둘 때 당신에게 무슨 변화가 일어날까? 당신이 어떤 것에도 저항하지 않을 때, 당신이 그저 존재하기만 할 때 어떤 변화가 일어날까?

내가 어떻게 말할 수 있겠는가?

왜 당신이 직접 시도해보고 어떤 변화가 있는지 확인해보지 않는가?

이 책을 당장 내려놓고 직접 시도해보라.

해방감을 맛볼 수 있다. 모든 것을 그대로 내버려두고 이 순간에만 충실할 때는 어떤 비교도 하지 않기 때문이다.

저항이 무엇이라 생각하는가? 이 순간에 있는 무엇을 다른 무엇과 비교할 때 저항이 있는 법이다. 이 순간을 다른 무엇과 비교할 때 이 순간이 충분히 좋지 않을 뿐이다. 비교가 없다면 모든 것이 그 자체로 만족스럽다. 비교할 게 없는데 어떻게 만족스럽지 않겠는가? 또 비교가 없다면 우리는 한없이 자유롭다. 비교가 없다면 그것만 존재한다. 그것만이! 저것을 생각하지 않는데 어떻게 그것이 잘못일 수 있겠는가? 이제 이해가 되는가? 다른 것을 생각하지 않으면 그것에 어떤 잘못도 있을 수 없다는 말이 이해되는가? '만약 …라면'을 생각하지 않으면 그것은 '언제나 완벽'하다. 내가 모든 것을 그대로 내버려둘 때마다 항상 깨닫는 진리다.

나를 완전히 자유롭게 해주는 명상법이다. 언제나!

그것은 이것일 뿐이기 때문이다.

직접 시도해보라. 자리에 앉아 모든 것을 그대로 내버려두겠다는 생각으로 계속해 돌아가라.

묵상

자각력을 높이고 삶의 질을 향상시키는 가장 확실하고 과학적인 방법은 궁극적 실재의 본질을 매일 묵상contemplation하는 것이다. 삶의 질을 깊이 생각하고, 삶의 속성을 묵상한다는 것은 궁극적 실재에 관심을 집중한다는 뜻이기도 하다. 궁극적 실재가 무엇인가? 우리 모두를 창조해냈고, 우리 하나하나를 지금 이 순간에 유지해주고 지탱해주는 근원이다. 과거에는 이런 식의 묵상을 '기도prayer'라 불렀다. 요즘에는 달라이 라마를 비롯한 위대한 스승들이 이런 유형의 묵상을 '명상적 성찰meditative reflection'이라 칭한다. 그러나 명칭은 중요하지 않다. 우리가 내면의 평화와 행복을 원한다면, 영원한 진리에 대한 깊은 사색은 일상의 훈련에서 반드시 필요한 부분이다.

묵상을 통해 우리는 영원한 행복을 향해 한 걸음씩 나아갈 수 있다.

왜 그럴까? 우리에게 생명을 준 궁극적 실재의 속성을 묵상하고 성찰할 때 우리가 영원히 변치 않는 품에 안전하게 보호받는 완벽한 존재라는 사실을 깨닫기 때문이다. 이보다 더 좋을 수가 있겠는가?

묵상은 어떻게 해야 효과적일까? 뭔가를 묵상할 때는 15~20분의 여유를 두고 특정한 대상에 관심을 집중하겠다고 다짐하고 정확히 그렇게 해내야 한다. 당신이 직접 선택한 대상, 예컨대 사랑의 속성이나 궁극적 실재의 속성 등에 정신을 집중하고, 그 대상에 대해 깊이 생각하며 여러 관점에서 접근한다. 처음에는 산만한 정신을 올곧게 잡아주는 주제를 다룬 종교서적을 읽는 것으로 묵상을 시작해도 괜찮다. 그 후에 편하게 앉아 그 주제에 대해 깊이 생각해보라. 정기적으로 이런 훈련을 거듭하면, 특정한 주제를 이런 방향으로 깊이 생각할 때마다 당신이 집중하는 대상을 더 깊이 이해하고 경험할 수 있을 것이다.

집중의 도구 9
궁극적 실재의 속성을 묵상하라

궁극적 실재의 속성을 묵상하기 위해서는 아래의 글을 천천히 읽고 나서, 자리에 조용히 앉아 그 내용 전체를 한동안 깊이 생각해보라.

인류의 역사에서 위대한 사상가들과 선각자들은 모든 창조물 뒤에 하나의 힘, 초월적 존재, 무소불위한 신이 존재한다고 한 목소리로 말했다. 이 궁극적 실재는 종교와 문화권에 따라서 하느님, 신, 창조주, 전능자, 알라, 브라만 등 각기 다른 이름으로 불린다. 이름이야 어떻든 모두가 궁극적 실재를 하나의 힘이고, 모든 창조의 출발점이라고 생각하는 데는 동의한다. 요컨대 궁극적 실재는 창조의 모든 것이다.

편의상 모든 창조의 뒤에 있는 힘을 '유일자'라 부르기로 하고, 그에 관련된 모든 말과 생각을 그대로 받아들여보자.

유일자가 지금 존재하는 모든 것을 창조했다면 유일자는 존재하는 모든 것이어야 한다는 추론이 가능하다. 달리 말하면, 유일자는 존재 자체, 즉 '삶'의 모든 것이어야 한다. 유일자가 없이는 어떤 것도 존재할 수 없기 때문에 유일자는 창조된 모든 것이기도 하다.

따라서 유일자가 존재하는 유일한 생명이기 때문에 유일자는 어디에나, 또 모든 것, 모든 사람에게 있어야 한다는 결론이 내려진다. 요컨대 많은 사람이 하느님, 임재자, 궁극적 실재라 칭하는 이 유일자는 창조된 모든 것을 움직이는 힘이다. 달리 말하면, 유일자는 제1원인, 즉 모든 창조물을 만든 조물주이다. 그 이상의 존재는 있을 수 없다.

유일자

이 유일자는 제1원인이고, 조물주이며, 존재하는 모든 것이다. 달리 말하면, 유일자에 대항하는 힘은 없다는 뜻이다. 유일자의 개입 없이는 어떤 것도 존재할 수 없다. 이 점을 분명히 이해해야 한다. 모든 것이 여기에서 출발되기 때문이다. 노파심에서 다시 말하자면, **제1원인과 조물주는 유일하기 때문에, 창조주와 임재자는 유일한 힘이기 때문에 거기에 대립하는 힘은 없다.** 대립하는 힘이 있다면, 두 힘이 있다는 뜻이 아닌가!

물리적인 세계에서도 유일자란 개념은 양자물리학과 통일장이론으로 확인된다. 최근의 과학이론에 따르면, 물리적인 형태를 띤 창조물 전체는 하나의 거대한 에너지장이다. 물리학자들의 말을 빌면, 나와 당신만이 아니라 이 세상에 존재하는 모든 것은 원자로 이루어지고 원자는 모두 똑같아서 서로 교환가능하다. 이처럼 교환가능한 원자들은 역시 똑같고 교환가능한 소립자로 이루어지며, 소립자는 다시 파동 에너지로 분해될 수 있다. 이 파동 에너지가 하나의 통일장을 형성하며, 통일장은 내부적으로 긴밀히 연결돼 있어 물리적 형태를 띤 모든 창조물을 만들어낸다. 따라서 통일장이 물리적 형태를 띤 창조물 자체라 할 수 있다.

존재하는 모든 것이기 때문에 '유일한 생명'이라 칭할 수 있는 유일자인 통일 에너지장의 특징에 대해 잠시 살펴보자.

전능하다 : 유일자는 존재하는 모든 것이기 때문에 '유명한 생명'은 전능해야만 한다. 달리 말하면, 유일자만이 존재하기 때문에 대항하는 힘은 있을 수 없다. 유일자에 저항하는 힘은 없다. 따라서 유일자, 즉 유일한 생명은 전능하다.

어디에나 존재한다 : 유일자는 존재하는 모든 것이기 때문에 어디에나 존재해야만 한다. 달리 말하면, 유일자는 모든 창조물에게 빠짐없이 존재해야 한다. 따라서 유일자는 당신과 나를 비롯해 이 땅에 존재하는 모든 것, 즉 모든 창조물에 생명을 주는 유일한 생명이기도 하다.

모든 것을 안다 : 존재하는 모든 것이며 우리 자신이기도 한 유일자는 모든 것을 알고 있다. 우리는 의식을 지닌 존재라는 걸 알고 있다. 우리는 의식체이며 자각체이다. 우리라는 존재가 그렇다. 우리는 우리 자신을 통해 유일자를 알기 때문에 우리가 유일자이고 유일한 생명이다. 우리는 그런 것을 아는 존재이며 자각체이다. 우리는 존재하는 모든 것인 유일한 생명의 무한의식Infinite Mind이다.

유일자는 모든 창조물을 잉태하고 창조했기 때문에 모든 창조물을 포용한다. 따라서 무한의식은 유일한 생명의 전지한 지력智力이다. 무한의식보다 더 큰 지력을 지닌 존재가 있을 수 있겠는가? 무엇이 모든 창조물보다 더 많이 알 수 있겠는가? 우리 상상력을 뛰어넘는 창조물의 현란한 춤을 창조해낸 무한의식보다 무엇이 더 많이 알겠는가? 무수한 은하계, 복잡하기 이를 데 없는 우리 몸, 차원을 넘나드는 생명의 망으로 무한한 공간을 창조해낸 무한의식은 우리 자신이다. 우리는 무한의식, 즉 모든 창조물을 포용하는 의식이다. 이것이 우리 인간의 진정한 속성이다.

따라서 유일자는 모든 것이기 때문에 유일자에게 이해되지 않는 것은 없다. 당신과 나를 비롯해 누구도 생각해낼 수 없는 것은 유일한 생명, 무한의식도 생각해내지 못한다. 우리는 그 유일한 생명 안에서 살아서 움직이며 생각하고 호흡하기 때문이다.

진리 : 진리는 존재하는 그 자체다. 진리는 결코 변하지 않는 것이다. 따라서 유일자는 존재하는 모든 것이기 때문에 당연히 진리여야 한다. 유일한 생명은 우리가 확실하게 아는 유일한 것이다. 우리가 존재하기 때문에 유일자도 존재하는 걸 우리는 안다. 유일한 생명이 존재한다는 것을 알 수 있는 이유는 당신이 실제로 존재하기 때문이다. 요컨대 당신이 당신 존재의 증거라고 말할 수 있다. 당신이 존재하지 않았던 때를 기억이라도 하는가? 따라서 존재 자체는 진리다. 당신이 진리다. 삶과 진리는 하나이며 똑같다. 삶과 진리는 바로 당신이다.

평화와 조화 : 유일한 생명의 또 다른 특징은 조화다. 유일자이기 때문에 그렇다. 유일한 생명, 유일한 장, 유일한 의식이다. 앞에서도 말했듯이 당신에게 하나의 유일자만 있다는 것은 대항하고 저항하는 힘이 없다는 뜻이다. 대항하는 힘이 없을 때는 불화와 갈등도 없다. 따라서 유일한 생명은 평화와 조화의 동의어다.

사랑 : 평화와 조화는 사랑을 표현한 다른 말이다. 갈등도 없고 부조

화도 없는 상태이기 때문이다. 우리 모두가 알고 있듯이, 두려움은 사랑의 역逆이다. 산스크리트에서 두려움을 뜻하는 단어가 '둘two'이란 게 흥미롭지 않은가? 유일자는 존재하는 모든 것이기 때문에, 유일자는 그 자체로 안전하고 편안하다. 존재하는 모든 것인 유일한 생명보다 안전하고 편안한 게 또 있겠는가? 유일자는 바로 우리 자신이다. 따라서 우리 자신인 유일자는 영원히 변하지 않는 두 팔로 항상 우리를 껴안아주는 최고의 안전망이다. 지금, 그리고 영원히 모든 것을 무조건 보듬어주는 것이다.

무한하다 : 과학에서 밝혀졌듯이 통일장, 즉 유일한 생명은 무한하다. 무한은 시작도 없고 끝도 없다는 뜻이다. 따라서 유일한 생명은 무한까지 뻗어간다.

풍요 : 유일한 생명, 하나의 통일장은 존재하는 모든 것이기 때문에 창조된 모든 것이 그 안에 포함된다. 통일장에서 모든 것이 생성되고 무한히 생성된다.

파괴되지 않는다 : 유일한 생명의 또 다른 특징은 결코 파괴되지 않는 불멸의 존재라는 것이다. 어떤 것도 파괴될 수 없고 모든 것이 형태를 바꿀 뿐이라는 사실은 과학으로도 밝혀졌다. 따라서 유일한 생명은 형태를 바꿔가며 영원히 계속된다. 무한까지! 결코 사라지지 않는다. 또한 대항하는 힘이 없기 때문에 어떤 것도 통일장을 해치거나 파괴할 수 없다. 당신과 나, 우리는 그런 통일장이다.

영원하다 : 통일장, 즉 유일한 생명은 파괴되지 않기 때문에 영원하다. 달리 말하면, 유일한 생명은 영원히 계속된다. 시작도 없고 끝도 없기

때문이다. 이런 맥락에서 당신이 존재하지 않았던 때를 기억할 수 있는지 생각해보라.

불멸하다 : 영원하다는 말은 불멸하다는 뜻이다. 유일자는 결코 죽지 않는다. 다른 말로 하면, 유일자는 태어나지도 않았다는 뜻으로 받아들일 수도 있다.

원칙 : 유일자는 영원하고 불멸하다. 시작도 없고 끝도 없기 때문에 유일자는 그 자체로 원칙이고 법이어야 한다. 이 책의 앞에서도 확인했듯이, 법칙과 원칙은 결코 변하지 않고 언제나 진실이다. 유일자는 영원하고 불멸이기 때문에 결코 변하지 않고 언제나 진실이다. 따라서 유일자는 변하지 않는 법이며 원칙이다.

완벽한 행복 : 이 모든 것에서, 유일자는 존재하는 모든 것이기 때문에 완벽한 행복의 변하지 않는 원칙이란 추론이 가능하다. 당신은 행복을 무엇이라 정의하는가? 행복이 무엇인가? 행복에 대한 당신의 고결한 정의는 다른 사람들의 고결한 정의와 다를 바가 없다. 당신이 추구하는 행복, 모두가 추구하는 행복은 무한한 삶, 무한한 사랑, 무한한 평화와 조화, 무한한 풍요다. 행복에 대한 이런 정의들은 유일자, 유일한 생명의 특징이다. 따라서 유일자는 완벽한 행복의 변하지 않는 원칙이다! 바로 우리 자신이다!

유일자의 특징들을 반복해서 묵상하라

이런 특징들은 우리가 궁극적 실재의 본질을 묵상할 때 활용할 수 있는 중요한 개념들, 즉 진실한 명제들이다. 2부의 앞부분에서 말했듯이 이런 식의 생각은 우리 삶을 변화시킬 수 있기 때문에 무척 중요하다.

왜 이런 식의 생각이 우리 삶을 변화시킬 수 있을까? 모든 생각이 창조적인 특성을 띠기 때문이다. 우리가 생각과 잠재된 믿음대로 현실, 즉 삶을 경험하기 때문이다. 달리 말하면, 우리가 위에서 나열한 진실한 명제들을 묵상할 때 생각과 잠재된 믿음을 진실에 가깝게 변화시킬 수 있고, 궁극적 실재에 일치시켜갈 수 있기 때문이다. 우리는 삶에 대해 지금까지 품었던 잘못되고 제한적인 생각들에서 벗어나, 우리 생각을 유일자의 속성에 일치시켜갈 수 있다. 달리 말하면, 과거의 편협한 사고방식에서 벗어나 그 잘못된 생각들을 진실한 생각들로 교체해갈 수 있다('치환의 법칙'을 참조할 것).

우리가 관심을 쏟는 것은 경험에서도 성장하기 마련이기 때문에 관점의 변화는 우리 삶을 변화시킬 수 있다. 따라서 우리 생각을 전능한 유일자에 일치시켜갈 때, 우리가 알기에 유일자는 무안한 지능, 무한한 생명, 무한한 사랑, 무한한 평화와 조화, 무한한 풍요, 한마디로 무한한 행복이기 때문에 우리는 일상의 삶에서 그런 긍정적인 면들을 누리기 시작할 것이다.

묵상의 놀라운 힘이 여기에 있다. 묵상의 놀라운 힘 뒤에 감추어진 비밀은 '우리가 관심을 기울이는 것은 커가기 마련이다'라는 것이다.

묵상을 위해 읽어볼 만한 책들

묵상에 활용할 수 있는 좋은 책은 얼마든지 있다. 내가 특별히 즐겨 읽는 책들을 소개하면 아래와 같다. 이 책들에서 특별히 마음에 드는 부분을 조용히, 혹은 소리 내어 읽고 나서, 차분히 앉아 그 내용을 15~20분 동안 묵상해보라.

- 디팩 초프라Deepak Chopra가 통일장의 25가지 특징에 대해 설명한《디팩 초프라가 들려주는 풍요로운 삶》의 4장
- 에멧 폭스Emmet Fox가《건설적인 사고에서 얻는 힘》의 마지막 장 '마음의 평정'에서 무소불위의 임재자에 대해 설명한 부분
- 《바가바드 기타》2장의 끝 부분에 크리슈나가 해탈로 이어지는 고결한 의식 상태를 설명하는 부분
- '주는 나의 목자'라는 제목이 붙여진 시편 23장
- 《법구경法句經》1장부터 부처의 모든 가르침

황금 열쇠

위대한 영적 지도자인 에멧 폭스는 그의 저서《황금 열쇠The Golden Key》에서 마음의 혼돈을 가장 빠르고 효과적으로 다스리는 방법은 "어떤 어려움이 닥쳐도 그 어려움에 대한 생각을 멈추고, 대신 하느님을 생각하는 것이다. 이 말은 절대적인 원칙이다. 이렇게만 하면 걱정거리가 순식간에 사라진다. 어떤 유형의 걱정거리나 마찬가지다. 건강, 돈, 소송, 말다툼, 사고 등 어떤 걱정거리가 닥쳐도 그 걱정거리에 대한 생각을 멈추고 하느님을 생각하라. 그럼 걱정거리가 곧바로 사라진다"라고 말했다.

이 땅에서 알았던 거의 모든 영적 지도자가 이런 방법을 적극 권했

다. 자각능력을 향상시키면 고민거리가 사라진다. 자각능력을 높인다는 것은 진리를 생각하고, 진리를 묵상한다는 뜻이다. 또 존재하는 모든 것인 유일자에게 관심을 돌린다는 뜻이다. 자각능력을 높인다는 것은 당신의 문젯거리에서 벗어나 절대적인 것에 관심을 집중한다는 뜻이다. 궁극적 실재의 속성을 탐구한다는 뜻이다. '하느님은 모든 것이고, 하느님은 선하시다'라고 묵상한다는 뜻이다.

위대한 영적 스승들은 한결같이 집중력을 강조했다. 예수는 "눈은 몸의 등불이니 그러므로 네 눈이 성하면 온 몸이 밝을 것이요"(마태복음 6:22)라고 말했다. 크리스천 사이언스 교파의 창시자, 메리 베이커 에디Mary Baker Eddy는 "생각의 문 앞에 문지기를 세워라!"고 말했다. 또 예언자 이사야는 "땅의 모든 끝이여 내게로 돌이켜 구원을 받으라 나는 하나님이라 다른 이가 없느니라"(이사야 45:22)라고 말했다.

앞으로 심각한 문제가 닥치면, 진리의 말씀에 관심을 집중함으로써 자각능력을 높이는 편이 낫다. 예컨대 시편에서 '주님은 나의 목자시다'와 같은 성경 구절을 읽고 또 읽어라. 또 머릿속에서 그 구절을 천천히 암송하라. 각 구절에 담긴 의미를 깊이 생각해보라. 그 구절의 힘이 머리와 마음에 스며들게 하라. 그리고 어떤 변화가 일어나는지 지켜보라. 에멧 폭스는 이런 방법이 마음의 조화와 행복으로 가는 황금 열쇠라고 말했다.

집중의 도구 10
사랑을 묵상하라

사랑도 묵상을 위한 좋은 대상이다. 규칙적으로

사랑을 묵상하면 삶의 질이 현격하게 달라진다. 인간관계와 업무만이 아니라 건강마저 크게 향상된다. 사랑은 모든 부분에 평온과 평화를 주며 아픈 곳을 치유해준다. 특히 우리가 삶 자체의 무조건적 사랑과 지원에 집중하며, 모든 인류를 향한 선의의 마음을 쌓아갈 때 더더욱 그러하다.

사랑의 묵상은 어떻게 해야 할까? 당신이 좋아하는 사랑에 대한 구절을 읽는 것으로 시작하면 된다. 당신의 생각을 올바른 방향으로 인도해주는 구절이어야 할 것이다. 차분히 앉아, 당신이 선택한 구절을 천천히 읽어라. 큰소리로 읽어도 되고, 속으로 읽어도 상관없다. 당신의 기호대로 읽으면 된다. 그 구절에 담긴 뜻을 생각하면서 신중하게 읽은 후에는 마음속으로 그 뜻을 곱씹어보며, 그 뜻을 당신 삶의 일부로 승화시킨다. 이런 묵상은 지적인 훈련만이 아니다. 당신의 마음을 사랑으로 채우기 위한 방법이기도 하다.

사랑의 묵상을 위해 내가 즐겨 읽는 구절 중 둘을 소개하면, 하나는 에멧 폭스가 쓴 《건설적인 사고에서 얻는 힘》 중 '황금문'이란 장에서 발췌한 구절이다.

넉넉한 사랑으로 이겨내지 못할 어려움은 없다. 넉넉한 사랑으로 치유하지 못할 질병은 없다. 넉넉한 사랑으로 열지 못할 문은 없다. 넉넉한 사랑으로 건너지 못할 골짜기는 없다. 넉넉한 사랑으로 무너뜨리지 못할 벽은 없다. 넉넉한 사랑으로 구하지 못할 죄는 없다.

걱정을 한다고 달라질 것은 없다. 외견상 희망이 없어 보여도, 문제가 실타래처럼 얽혀 있어도, 아무리 큰 실수를 저질렀더라도 달라지는 것은 없다. 넉넉한 사랑이 있다면 어떤 어려움이라도 해결할 수 있다. 넉넉히 사랑한다면 누구나 세상에서 가장 행복하고 가장 유능한 사람이 될 수 있다.

나는 이 구절을 무척 좋아해서 항상 마음에 담고 다닌다.
다른 하나는 신약성서 고린도전서 13장이다.

> 내가 사람의 방언과 천사의 말을 할지라도
>
> 사랑이 없으면 소리 나는 구리와 울리는 꽹과리가 되고
>
> 내가 예언하는 능력이 있어 모든 비밀과 모든 지식을 알고
>
> 또 산을 옮길 만한 모든 믿음이 있을지라도
>
> 사랑이 없으면 내가 아무것도 아니요
>
> 내가 내게 있는 모든 것으로 구제하고
>
> 또 내 몸을 불사르게 내줄지라도 사랑이 없으면
>
> 내게 아무 유익이 없느니라
>
> 사랑은 오래 참고 사랑은 온유하며 시기하지 아니하며
>
> 사랑은 자랑하지 아니하며 교만하지 아니하며
>
> 무례히 행하지 아니하며 자기의 유익을 구하지 아니하며
>
> 성내지 아니하며 악한 것을 생각하지 아니하며
>
> 불의를 기뻐하지 아니하며 진리와 함께 기뻐하고
>
> 모든 것을 참으며 모든 것을 믿으며

모든 것을 바라며 모든 것을 견디느니라

사랑은 언제까지나 떨어지지 아니하되

예언도 폐하고 방언도 그치고 지식도 폐하리라

우리는 부분적으로 알고 부분적으로 예언하니

온전한 것이 올 때에는 부분적으로 하던 것이 폐하리라

내가 어렸을 때에는 말하는 것이 어린 아이와 같고

깨닫는 것이 어린 아이와 같고

생각하는 것이 어린 아이와 같다가

장성한 사람이 되어서는 어린 아이의 일을 버렸노라

우리가 지금은 거울로 보는 것 같이 희미하나

그 때에는 얼굴과 얼굴을 대하여 볼 것이요

지금은 내가 부분적으로 아나

그때에는 주께서 나를 아신 것 같이 내가 온전히 알리라

그런즉 믿음, 소망, 사랑, 이 세 가지는 항상 있을 것인데

그중의 제일은 사랑이라

집중의 도구 11

정신요법 혹은
과학적 기도

정신요법mental treatment, 혹은 과학적 기도도 효과적인 묵상의 한 형태다.

정신요법은 정신을 일정한 방향으로 움직여가는 훈련법이다. 요컨대 생각이 궁극적 실재의 속성과 일치할 때까지 생각을 조절해가는 훈련

법이다. 과학적 기도scientific prayer라고도 불리는 정신요법은 정신력을 이용해, 삶과 상황에 대한 진실에 집중하는 방법이다. 일반적인 묵상과 정신요법의 차이라면, 정신요법에서는 관심의 초점을 보편적인 진리와 원칙에서부터 우리 자신이나 다른 사람의 특정한 상황으로 옮겨 간다는 점이 다르다.

예컨대 당신 자신을 위한 정신요법을 시도한다면, 유일자의 보편적 특징에 대한 묵상에서 조금씩 벗어나 당신의 삶에서 똑같은 특징을 찾아내야 한다. 당신은 유일한 생명 안에서 살고 호흡하며 움직이고 당신이라는 존재를 지니기 때문에, 또 당신이 실제로 그 유일한 생명이기 때문에, 유일한 생명에게 진실인 것은 당연히 당신에게도 진실이다. 따라서 이런 정신요법을 시도할 때는 유일한 생명에게 진실인 것은 언제나 당신의 개인적인 삶에서도 진실이라고 확신할 수 있어야 한다. 이런 확신을 갖는 데 성공한다면, 즉 유일한 생명에게 진실인 것은 당신과 당신의 삶에서도 진실이라고 정말로 확신하게 된다면 당신은 정신요법을 완벽하게 시도한 것이다.

우리는 이런 단계를 '깨달음의 성취'라고 부른다. 유일한 생명에게 진실인 것은 나의 삶에서도 진실이라는 기분은 실제로 만끽하기 때문에 그렇게 부른다. 이런 기분은 우리의 깨달음에서 비롯된다. 이런 깨달음의 경지에 이르면, 요컨대 유일한 생명에게 진실인 것은 당신의 삶에서도 진실이라고 확신하는 단계에 이르면, 당신은 완전한 경지에 이른 것이다. 따라서 조용한 곳을 찾아가 차분히 앉아 감사하고, 일상의 업무를 시작하라. 낮에 일하는 동안 정신요법에 반하는 생각이 꿈틀거

리면, 즉시 정신요법을 떠올리면 된다. 효과가 있다고 생각되면 하루에
도 몇 번씩 정신요법을 반복해도 상관없다. 특히, 힘든 상황에 빠졌을
때는 정신요법을 시도하며 어떤 변화가 일어나는지 지켜보라.

당신의 삶과 업무에서 건강과 조화를 도모할 수 있는 요법을 표본으
로 제시해보려 한다. 이 요법을 큰소리로 천천히 읽어도 되지만, 소리
내지 않고 머릿속에서 천천히 읽어도 상관없다. 이 요법이 당신에게 효
과가 있다면, 내 이름 대신에 당신의 이름을 사용하면 된다. 또 다른 사
람을 위해 이 요법을 시도할 경우에는 당신 이름 대신에 그 사람의 이
름을 넣으면 된다.

이 요법은 나, 바바라 버거를 위한 것입니다. 내 입에서 나오는 말은 모두 나,
바바라 버거의 진실입니다. 그 말들은 위대한 보편정신을 향한 것이며, 내게
도 무익한 것이 아닙니다. 그 말들은 내가 수학처럼 정확히 말한 것들입니다.
유일한 생명만이 존재합니다. 유일한 생명은 완벽한 행복이고 완벽한 사랑
이며 완벽한 조화입니다. 유일한 생명은 이제 나의 삶입니다. 그 유일하게
완벽한 생명은 전능하고 전지하며 완전한 사랑인 까닭에 나를 창조했고, 이
제는 존재하는 모든 것과 완벽하게 조화를 이루도록 나를 지탱하고 유지해
줍니다.
나는 그 유일한 생명에게 감사합니다. 나는 그 유일자를 믿습니다. 나는 그
유일자에게 모든 것을 맡깁니다. 나는 그 유일자에게 경의를 표하며 감사합
니다…. 그 유일자가 나를 위해 세운 완벽한 계획이 지금 펼쳐지고 있다는 걸

알기 때문입니다. 그 완벽한 계획이 내 머리와 몸에서, 또 나의 모든 일에서 영원히 계속되며 완벽한 균형과 조화를 이루려는 것임을 알기 때문입니다.

또 그 유일한 생명이 완벽한 사랑이고, 지금 나의 삶을 끌어가는 유일한 힘이라는 걸 알기 때문에도 감사합니다. 유일한 생명이 유일한 힘인 까닭에 유일자에게 저항하거나 대항할 것은 없습니다. 따라서 나는 그 완벽한 유일자의 사랑 안에서 긴장을 풀고 편히 쉬며, 그 완벽한 유일자와 그 완벽한 사랑이 내 안에서, 또 나를 통해 일하는 걸 지켜봅니다. 유일자가 나의 삶, 나의 일을 인도하고 끌어갑니다. 내게 무엇을 해야 하는지 정확히 알려줍니다. 나를 치유하고 위로하며, 내게 용기를 북돋워줍니다. 내가 균형을 잡도록 도와주며 나를 편히 쉬게 해줍니다. 내 머리와 몸, 또 내 일에서 모든 것을 조화있게 조절해줍니다.

이 모든 것이 진실이기에 내 안에는 어디에도 불화와 갈등, 불안과 방해, 공급의 부족, 고통과 질병, 생명의 결함이 없다는 걸 압니다. 나는 완벽한 유일자의 완벽한 자녀이기 때문입니다.

내 모든 행위가 완벽한 유일자의 선의와 완벽함을 간접적으로 보여줍니다. 유일자가 내 안에서, 또 나를 통해 일하기 때문입니다. 다시 말해 나는 행동하는 사랑입니다. 내 생각, 내 말, 내 행위, 모든 것이 실질적인 사랑이란 뜻입니다. 따라서 나는 완벽한 유일자의 선의를 보여주는 살아있는 증거입니다.

덕분에 나는 완벽한 유일자의 사랑 안에서 긴장을 풀고 편히 지냅니다. 이 사랑, 이 선의가 지금 관련된 모든 것의 창조주를 대신해 내 안에서, 또 나를 통해 일한다는 걸 나는 압니다.

나는 지금 내가 누리는 모든 행복에 대하여 위대한 전능자, 유일한 생명에게 감사합니다.

정말 그렇습니다!

짧고 효과적인 정신요법

내 아들, 팀 레이의 소설 《스타브라우Starbrow》와 《스타워리어Starwarrior》
에 짧지만 무척 효과적인 정신요법, 즉 과학적 기도가 실려 있다. 이 기
도는 위에서 소개한 긴 정신요법의 압축판이라 할 수 있어, 주머니에
갖고 다니면서 필요할 때마다 꺼내보면 궁극적 실재의 속성을 신속하
고 효과적으로 다시 떠올리는 데 도움이 될 것이다. 물론 큰소리로 읽
어도 되고 머릿속으로 조용히 읽어도 된다. 또한 '행복'이란 말 대신에
궁극적 실재의 속성을 가리키는 다른 단어들, 예컨대 '신성한 사랑',
'평화', '신성한 지혜', '완벽한 삶' 등을 사용해도 괜찮다.

처음에 : 행복

여기와 지금 : 행복

끝의 끝에서 : 행복

여기와 저기, 모든 곳에서 : 행복

알파에서부터 오메가까지 : 행복

하늘나라와 이 땅에서 : 행복

가장 큰 것에서나, 가장 작은 것에서나 : 행복

불에서, 물에서, 흙에서, 공기에서 : 행복

내 안에서, 당신 안에서, 모두의 안에서 : 행복

내 위에서, 내 아래에서, 내 주변에서 : 행복

내 안에서, 나를 통하여, 나로부터 : 행복

내 생각에서, 내 말에서, 내 행동에서 : 행복

행복은 모든 것의 모든 것이고

모든 생명, 모든 지혜, 모든 사랑입니다.

행복은 유일한 현실입니다.

정말 그렇습니다!

정신요법에 대해 더 깊이 알고 싶으면 내 다른 책을 참조하거나 어네스트 홈스Ernest Holmes, 에멧 폭스, 엠마 커티스 홉킨스Emma Curtis Hopkins, 캐서린 폰더 Catherine Ponder의 책을 참조해주기 바란다. 그리고 당신만의 과학적인 기도를 작성해보라.

조사의
도구

이제부터는 '조사의 도구 investigation tool'에 대해 자세히 살펴보기로 하자. 우리가 지금 이 순간에 삶의 행복을 경험하는 걸 방해하는 부정적인 생각과 믿음을 찾아내서 의문을 제기하고 조금씩 줄여가는 데 도움을 줄 수 있는 기법들이 '조사의 도구'이다. 부정적인 생각과 사고방식에 의문을 제기하는 법을 터득하면, 결국 우리가 추구하는 행복을 발견해 경험할 수 있기 때문에 '조사의 도구'를 활용하는 법은 우리 삶에서 무척 중요한 위치를 차지한다.

내가 이렇게 말하는 이유가 무엇이겠는가?

처음으로 돌아가, 우리의 모든 경험이 머릿속의 생각에 불과하다는 걸 알면 위의 질문에 어렵지 않게 대답할 수 있다. 경험이 생각에 불과하다는 것을 이제는 더 확실히 알게 됐다. 또 지금 우리 눈앞에서 어떤 일이 일어나든 현실, 실제의 것, 즉 진실이 있고, 그 진실이 무엇이든 간에 그 진실에 우리 생각이 덧씌워진다는 것도 우리는 조금씩 알아가고 있다.

현실은 지금 우리가 여기에 있다는 것이며, 어떤 일이든 일어난다는 것이다. 그것이 현실이다. 상황이 그런 식이어서는 안 된다고 생각하며 지금 우리 눈앞에서 펼쳐지는 현상에 저항하면, 다시 말해서 이 순간에 '안 돼!'라고 반발하면 혼란만 더해질 뿐이고, 그 결과로 불행과 고통을 겪기 마련이다. 이처럼 현실에 저항할 때 우리는 곤경과 스트레스를 자초하는 셈이다. 현실은 현실이고, 이 순간은 이 순간이다. 이 관계에서 우리는 어떤 역할도 할 수 없다. 우리에게는 어떤 선택권도 없다. 삶은 우리의 뜻과 상관없이 진행된다. 우리 삶에서 존재하는 모든 것이 우리 삶이다. 우리 안팎에서 일어나는 사건들도 그저 삶의 일부이고, 사건일 뿐이다. 사건들은 우리 안팎에서 일어나는 일들이다. 그 자체로 어떤 고유한 가치도 갖지 못한다. 그 사건들을 우리가 어떻게 해석하느냐에 따라 좋은 것이나 나쁜 것으로 느껴지고, 그에 따라 우리가 행복해지고 불행해진다.

이런 관계를 이해하자면 현실에 눈을 떠야 한다. 흔히 말하듯이, '현재에 충실해야 한다'.

현실에 눈을 뜬다는 것이 무슨 뜻일까?

현실에 눈을 뜬다는 것은 현실이 있고 거기에 우리가 해석을 덧붙인다는 사실을 이해한다는 것이다. 당신이 지금 지극히 불행하다고 생각되면, 현실과 그에 대한 우리의 해석 사이에 엄청난 차이가 있다는 걸 확실히 알아야 한다. 따라서 현실에 눈을 뜬다는 것은 그 둘이 서로 일치하지 않을 때 우리가 고통 받는다는 사실을 깨닫는 것이다. 고통이란 그런 것이다. 우리의 생각과 현실이 일치하지 않을 때 고통이 뒤따른다. 삶에 대한 우리의 생각이 실제의 삶과 다를 때 고통이 뒤따른다. 사람들에 대한 우리의 생각이 그들의 실제 모습과 다를 때 고통이 생긴다. 우리가 꿈꾸는 우리 자신의 모습과 우리의 실제 모습이 다를 때 고통이 생긴다.

내가 여기에서 무엇이 옳고 무엇이 틀렸다고 말하는 것은 아니다. 현실에 대해 말하고 있을 뿐이다. 삶은 우리 뜻과 상관없이 진행되는 것이라 말하고 있을 뿐이다. 그러나 우리가 현명하게 살고, 더 나은 세계를 만들기 위해 노력하며, 우리 삶의 질을 향상시킬 수 없다는 뜻은 아니다. 이 순간의 현실에 대해 말하고 싶을 뿐이다. 이 순간은 지금 존재하는 것이다. 우리가 무슨 수를 써도 이 순간을 바꿀 수는 없다. 이 순간은 우리에게 이미 주어진 시간이다.

이 순간에 저항할 때 우리는 지치고 불행해진다. 이 순간에 저항하는 까닭에 우리는 마음의 평화를 깨뜨리고, 우리의 진정한 본질인 내면의 행복까지 상실한다. 누구도 우리에게 그런 짓을 하지 않는다. 우리가 스스로 불행을 자초할 뿐이다. 물론 우리 자신도 모르는 사이에…. 대부분의 사람이 그렇다. 자신이 무슨 짓을 하고 있는지도 모른다. 우리는 그런 메커니즘 자체를 모른다. 우리는 거의 의식 없이 살아간다. 잠을 자는 거나 똑같다. 우리 정신이 어떻게 작동하는지 모른다. 이런 이유에서 내가 당신에게 행복한 삶을 살고 싶다면 눈을 뜨라고 말하는 것이다. 지금 당장! 행복한 삶은 바로 여기, 바로 이 순간에 있다. 당신이 간절히 바라는 마음의 평화는 바로 여기, 바로 이 순간에 있다.

안타깝게도 대부분의 사람이 그렇지 못하다. 어떤 일이 닥치면 우리는 기계적으로 그 사건에 우리 얘기를 덧붙인다. 낡디낡은 사고방식에 물들어 부정적인 방향으로 예측하기 일쑤고, 우리 삶은 어때야만 한다는 믿음에 의문을 제기하지 않는다. 이런 이유에서 현실과의 다툼이 시작되고, 그로 인해 모든 불행과 고통과 고뇌가 뒤따른다.

현실에서는 아무 일도 일어나지 않는데도 우리는 '비극적인' 생각에 빠져들며 비극의 왕이나 여왕이 된다. 비극적인 생각이란 우리가 시도 때도 없이 죽음을 두려워하며 꾸며대는 온갖 방법을 뜻한다. 놀랍게도 우리는 끊임없이 그런 근거 없는 생각들을 만들어낸다. 이런 메커니즘을 조금이라도 꿰뚫어보기 시작하면, 우리가 별 것도 아닌 상황을 터무니없이 굉장한 비극이나 위기적인 상황으로 확대시키는 주역이란 사실을 깨닫게 될 것이다. 우리는 항상 그런 식이다. 열쇠를 잃어버리면 세상이 끝난 것처럼 호들갑을 떨고, 남자 친구가 깜빡 잊고 전화를 하지 않으면 다른 여자와 바람을 피우는 거라고 상상한다. 배가 살살 아프면 죽음을 떠올리고, 일자리를 잃으면 집 없는 노숙자로 전락해 길거리를 헤매는 모습을 상상한다. 우리 모두가 머릿속에 공포제작 기계를 담고 있어 텔레비전이 필요 없을 지경이다.

그러나 현실은 지극히 단순하다. 현실은 우리 눈앞에 존재하는 것일 뿐이다. 더도 덜도 아니다. 이런 생각을 해본 적이 있는가?

현실을 직시하라

현실을 직시하겠다고 다짐하면 어떤 변화가 있을까? 그래, 이제부터 지금 눈앞에서 벌어지는 현상이 어떤 의미를 가질까 생각하지 않고, 현재의 순간에 충실하면서 현실을 직시하겠다고 결심하면 어떤 일이 벌어질까? 그러면 우리에게 어떤 변화가 일어날까? 거듭 말하지만, 나는 여기에서 옳고 그름을 따지자는 것이 아니다. 우리 앞에서 실제로 일어나는 일에 대해 말하고 있을 뿐이다.

이와 관련된 훈련을 할 때, 즉 어떤 생각도 덧붙이지 않고 현재에만 충실하겠다고 다짐할 때마다 내가 가장 먼저 느끼는 것은 갑작스레 마음이 무척 평화로워진다는 것이다. 모든 것이 넉넉해지고 여유롭게 변한다. 그 순간이 너무도 편안하고 즐겁다. 그 이유는 간단하다. 내가 저항하지 않기 때문이다. 나는 현재라는 순간에 무조건 순응한다. 현재 존재하는 것에 맞서지 않고, 현재의 순간을 그대로 내버려둔다. 모든 것이 자유롭게 펼쳐진다. 내가 거기에 간섭할 필요가 없다. 그렇다고 내가 뭔가를 할 수 있는 것도 아니다. 무척 간단하다. 모든 것이 나를 위해 저절로 굴러간다.

이처럼 현실에 저항하지 않을 때 눈에 띄는 또 하나의 변화는 내가 현재의 순간에 존재한다는 강렬한 기분이다. 이 순간이 우리에게 안겨주는 본질적 속성이라 할 수 있는 느낌, 요컨대 내가 살아있다는 벅찬 감정이다. 마치 감춰져 있던 빛이 환히 비추는 것 같다. 그런 빛이 정말로 보이는 듯한 기분이다. 현재의 순간이 어떤 상황에 있더라도 현재의 충만함과 단순함이 그대로 다가온다. 내 앞에 놓인 컴퓨터, 창문을 통해 들어오는 햇살, 벽에서 째깍거리는 시계, 저물어가는 태양, 꽃병에 꽂혀있는 꽃….

너무도 평화로운 풍경이다. 나도 한없이 편안하다.

삶은 그런 것이다.

복잡한 고민거리는 내 머릿속에만 있었을 뿐이다.

따라서 이런 훈련은 시도해볼 만하다. 생각을 지워버리는 그런 상태에 들어가볼 만하다. 우리가 근거 없이 꾸며낸 얘기와 예측, 사건들에 대한 해석을 떨쳐낼 때 인간의 이해범위를 넘어서는 마음의 평화를 얻을 수 있기 때문이다. 그런 평화는 전에도 있었지만, 우리가 스스로 꾸며낸 얘기에 완전히 사로잡혀 지낸 탓에 전혀 눈치 채지 못했을 뿐이다. 우리는 현실이 우리 편이라는 걸 잊고 지냈다. 아니, 현실이 우리 편이라는 걸 배우지도 못했고 경험하지도 못했다. 또한 현실이 언제나 우리 곁에 있고, 우리가 상상하는 것보다 훨씬 단순하다는 것도 잊은 채 지냈다.

내 말이 너무 놀랍고 이상하게 들려서 마법의 주문처럼 들릴 수도 있겠지만, 그렇지 않다. 현재는 언제나 우리 곁에 분명히 있었다. 아름다운 삶이 우리 곁에서 펼쳐지고 있을 때 우리가 다른 엉뚱한 생각에 사로잡혀 지냈을 뿐이다.

따라서 이 장에서는 우리 눈앞에서 펼쳐지는 아름다운 현실을 만끽하는 걸 집요하게 방해하는 덧없는 얘기와 생각과 예측을 조사하는 방법에 대해 자세히 살펴보려 한다.

내 말을 믿고 그대로 받아들이기 바란다. 결코 후회하지는 않을 테니까.

이 책에서 내가 사용하는 '행복'이란 단어는 무조건적인 행복을 뜻한다. 정확히 말하면, 외적인 조건과 상황에 조금도 구애받지 않는 행복, 다른 사람에게 의존하지 않는 행복이다. 무조건적인 행복이란 그런 것이다. 무조건적인 행복은 직업, 은행 잔고, 사랑하는 연인, 정신적 지도자, 성공, 명성 등에서는 우리가 얻을 수 없는 행복이다. 다른 사람이나 외적인 상황과 조건 때문에 행복하다면 그 행복은 조건적인 행복이다. 우리가 지어낸 얘기와 가치판단과 믿음에 따라 달라지는 사건들과 사람들에게 의존하는 행복이기 때문이다. 조건적인 행복이 나쁜 것은 아니지만, 행복을 결정하는 외적인 사건과 상황 및 사람들이 변할 수 있기 때문에, 또 거의 필연적으로 변하기 때문에 조건적인 행복은 하루아침에 사라질 수도 있다.

우리가 현실에 충실할 때 특별한 이유도 없이 현재의 순간에 경험하는 행복이 우리의 진정한 속성이다. 그런 행복은 누구에게도 의지하지 않고, 무엇에도 영향을 받지 않기 때문에 무조건적인 행복이다. 이런 의미에서 무조건적인 행복은 우리 본연의 속성이다.

조사의 도구1
비교하지 마라
(명상 혹은 묵상)
우리가 현실을 직시하는 걸 확실하게 도와줄 수 있는 방법이 있다.

이 순간을 다른 순간들과 비교하지 않는다면 우리가 어떤 사람으로 변할까? 이 순간을 다른 순간들과 비교하지 않는다면 이 순간이 우리에게 어떻게 보일까?

어떤 사건이 완전히 홀로 존재한다면, 그래서 그 사건이 다른 어떤 것과도 비교되지 않는다면 그 사건이 어떻게 될까? 그 사건이 우리에게 어떤 느낌으로 다가올까? 잠깐만이라도 웃지 말고 내 말을 들어주기 바란다(웃어도 좋지만 여하튼 참고 내 말을 들어주기 바란다). 아주 흥미진진한 실험이기 때문이다.

시작해보자.

'비교할 것이 아무것도 없는 순간'을 상상해보자.

'그 순간'을.

당신이 가진 거라곤 지금이란 시간밖에 없다면 어떻게 될까? 당신이 아무것도 기억하지 못한다면 어떻게 될까? 당신이 이 순간만을 안다면 어떻게 될까? 그냥 실험이라 생각하고 그런 순간을 상상해보라. 아주 흥미진진한 실험이다. 아무것도 기억하지 못한다면 당신은 어떻게 될까? 또 이 순간은 당신에게 어떻게 여겨질까? 잠깐이라도 좋으니 그런 순간을 상상해보자.

이런 실험을 제안하는 내 의도가 무엇이라 생각하는가?

우리가 이 순간을 어떤 다른 순간과도 비교할 수 없다면 이 순간이 절대적으로 완벽하게 여겨질 것이기 때문이다. 어떤 상황이 닥쳐도 이 순간이 우리에게는 완벽하게 여겨질 것이다.

그 이유는 간단하다. 우리가 이 순간을 어떤 순간과도 비교할 수 없다면, 이 순간을 어떻게 나쁘다고 생각할 수 있겠는가?

그렇지 않은가?

'나쁜 것'은 비교에서 비롯되는 평가다.

'나쁜 것'은 다른 것을 기준으로 한 상대적 위치일 뿐이다.

'이것'은 '저것'과 비교될 때만 나쁜 것이 될 수 있다. '이 순간은 지금과는 다른 것이어야만 한다'라는 생각은 다른 순간과의 비교에서 비롯된다. '이것'이 그 자체로는 나쁜 것일 수 없다. '이것'은 그저 존재할 뿐이다. 그 밖의 것, 즉 비교는 우리 머릿속의 생각에 불과하다. 비교는 현실이 아니다. 이 점을 우리는 명심해야 한다. 현실은 '이것'이다. 더도 덜도 아니다. 그 이외의 것은 현실이 아니다.

내 말을 금방 이해하기는 힘들겠지만 엄연한 사실이다. 지금 이외에는 어떤 것도 없다. 우리는 과거도 있고 미래도 있다고 생각하지만 실제로는 그렇지 않다. 과거는 없었고 앞으로의 미래라는 것도 없다. 과거와 미래는 우리가 지어낸 얘기에 불과하다. 물론 그 얘기 자체는 문제가 아니다. 그러나 그 얘기가 우리 머릿속에서 사실로 자리 잡을 때 우리는 '이것'을 놓치면서 '이것'을 나쁜 것으로 생각하고 경험하게 된다. 따라서 '이것'을 멀리하고 다른 것을 찾게 된다. 특히 그 '나쁜' 생각 때문에 우리가 고통 받고 불행하고 신경을 곤두세우게 되면 더더욱 그렇다.

따라서, 가능하면 이 순간을 다른 어떤 순간에도 비교하지 말고 그저 이 순간에 충실하려고 노력하면서 어떤 변화가 일어나는지 눈여겨봐야 한다.

내 경험에 따르면 이 실험은 힘들기는 하지만 흥미로운 경험을 맛볼 수 있는 탁월한 방법이다. 어떤 것에도 비교하지 않는 삶의 세계를 살겠다고 다짐하고 실천한다면, 그 후에 일어나는 변화에 당신은 깜짝 놀랄 것이다. 나도 그랬으니까!

심리적인 시간과 실제의 시간

그러나 우리는 시간과 공간 속에서 살고 있기 때문에 비교할 수밖에 없지 않을까? 시간이 무엇인가? 우리에게 시간이 필요하지 않을까? 물론이다. 시간은 이 세계에서 살아가는 데 무척 유용한 개념이다. 기억도 마찬가지다. 시간과 기억이 있어 우리는 이 세상에서 효율적으로 살아간다. 매일 아침에 일어나 부엌에 가더라도 커피 끓이는 법을 굳이 배우려는 사람은 없다. 하지만, 우리가 시간을 어떻게 사용하는지는 되짚어볼 필요가 있다.

에크하르트 톨레 Eckhart Tolle 는 《지금 이 순간을 살아라》에서 두 유형의 시간에 대해 말했다. 하나는 '시계의 시간'이고, 다른 하나는 '심리적인 시간'이다. 내 생각에 이런 구분은 무척 타당하다. 시계의 시간, 즉 실제의 시간은 우리가 항공권을 구입하거나 뭔가를 배울 때, 또 약속을 정하거나 출근할 때 사용하는 시간이다. 이런 점에서 시계의 시간은 시간을 계획하고 활용하는 데 무척 유용한 방법이다. 우리 모두가 시간을 관리하는 법을 배워야 한다. 그런데 톨레의 용어대로 심리적인 시간에 우리가 매몰되면 문제가 발생한다. 심리적인 시간이란, 우리가 과거를 회상하며 되새겨보고 미래를 걱정할 때 사용하는 시간을 뜻한다. 시간을 이런 방향에서 사용할 때 우리는 현실에서 멀어지고, 이때 우리는 흔히 고통을 받는다.

따라서 우리가 시간을 어떻게 사용하는지 눈여겨보는 것이 무척 중요하다. 당신이 이 세상에서 살아가기 위해 시간을 효과적으로 사용하고 있는가, 아니면 과거와 미래를 생각하는 데 많은 에너지를 허비하고 있는가? 후자의 경우라면, 이 시간으로 되돌아와야 한다. 그 결정은 전적으로 당신의 몫이다. 지금부터라도 이것과 저것의 비교를 중단하라.

우리가 꾸민 이야기

그러나 이 순간에 충실할 수 있느냐 하는 것도 문제지만, 현재에 충실하려는 우리의 욕망과 행복을 방해하는 것은 우리의 믿음과 꾸민 이야기도 문제라고 지적할 사람도 있을 것이다. 맞는 말이다. 우리가 지금 무엇을 하는지 면밀히 살펴보면, 온갖 믿음과 꾸민 이야기를 현재의 순간으로 끌어온다는 지적이 사실이란 걸 확인할 수 있다. 따라서 우리는 숲(꾸민 이야기) 때문에 나무(지금 이 순간)를 보지 못한다. 우리가 꾸민 이야기에 완전히 매몰돼 그 이야기를 현실처럼 믿어버린다. 따라서 실제로 존재하는 것을 보지 못한다.

우리가 꾸민 이야기가 지금 이 순간의 아름다움을 완전히 가려버린다. 건강과 행복에 관련된 것부터, 인간관계와 돈 문제와 미래에 관련된 부분까지 모든 것에 우리는 근거 없는 이야기를 덧씌운다. 우리가 머릿속으로 하는 것을 조용히 들여다보면, 우리 머릿속은 동물원이 무색할 지경이다. 온갖 이야기가 우리의 머릿속에서 끊임없이 맴돈다. 여기에는 예외가 없다. 이 점에서는 누구도 특별하지 않다. 우리 모두의 머릿속에서 똑같은 이야기들이 빙글빙글 돌아간다. 근본에서는 똑같은 이야기들에 개인적인 성향이 더해질 뿐이다. 우리 모두가 똑같은 처지다. 우리 모두가 똑같은 이야기를 듣고 살아왔기 때문이다. 큰 방향에서는 약간 다를 수 있지만 기본적으로는 우리 모두가 똑같은 이야기에 사로잡혀 지낸다.

우리가 흔히 꾸미는 이야기의 주제는 몸과 건강이다. 대부분의 사람이 물리적인 몸의 수명에 대해 걱정한다. 따라서 몸의 건강을 유지하고 지키려고 애쓴다. 이런 이야기는 공포심을 조장할 때 가장 극적인 효과를 얻는다. 우리는 다른 사람에게 어떻게 보이고 어떤 느낌을 줄까 걱정하고, 조그만 통증이 있어도 최악의 상황을 떠올린다. 그렇다, 비극적이고 파멸적인 생각을 하는 데는 우리 모두가 도사급이다. 나이가 들어가면 늙어서 제 앞가림도 하지 못할까 걱정한다. 죽음까지도 걱정한다. 당신은 그런 걱정을 하지 않는 사람을 본 적이 있는가? 나는 없다. 물론, 몸의 상태가 전부는 아니라고 생각하며 주변 이야기에 귀를 기울이지 않는 현명한 사람이 간혹 있다는 말은 들어보았다. 그러나 대부분의 사람은 자신의 몸에 대해 온갖 이야기, 그것도 대부분 섬뜩한 이야기를 꾸민다. 당신은 그렇지 않은가? 당신의 친구들은 어떤가? 그들도 당신과 똑같은 이야기로 걱정하지 않는가? 당신의 부모와 가족들은 어떤가? 그들도 당신과 똑같은 이야기로 걱정하지 않는가? 자세히 관찰해보면, 우리 대부분이 비슷한 이야기에 짓눌려 두려워하고, 그 섬뜩한 이야기가 주로 몸과 밀접한 관계가 있다는 걸 확인할 수 있을 것이다. 몸이 없다면 우리가 무슨 걱정을 할까? 돈과 생존에 관한 이야기와 걱정도 따지고 보면 몸이 원인이다. 하기야 우리에게 돌볼 몸이 없다면 집세를 걱정할 이유가 있겠는가?

거의 모든 사람의 머릿속에서 맴도는 헛된 생각들을 구체적으로 나열해보면 다음과 같다.

병들면 내 몸도 제대로 건사하지 못할 텐데.

몸이 건강하고 튼튼해야 해.

몸에 무슨 일이 생기면 내 앞가림도 못할 거야.

삶은 위험한 것이다.

세상은 무서운 곳이다.

나한테 뭔가 잘못된 면이 있어.

나는 건강하지 않아.

삶은 공정하지 않다.

나는 나 자신도 제대로 돌보지 못할 거야.

결국엔 혼자 남을 거야.

나쁜 일이 닥치면 다른 사람들에게 기댈 수밖에 없어.

집사람이 죽으면 나는 내 앞가림도 못할 거야.

병들면 위험해.

통증은 견디기 힘들어.

삶은 불공평하다.

고통은 불공평하다.

일이 잘못될 수도 있으니 보험에 들어야 한다.

일이 잘못될 수도 있으니 여윳돈이 있어야 한다.

안전장치를 마련해둬야 한다.

내가 나를 지켜야 한다.

…

솔직히 답해보라. 가끔이라도 이런 생각을 해본 적이 없는가?

생각의 지하세계

위에서 나열한 생각들은 우리 대부분이 갖는 생각과 믿음의 지하세계에서 일부에 불과하다. 이런 생각과 믿음이 시도 때도 없이 고개를 쳐들고 나타나서 우리를 괴롭힌다.

이쯤에서 내가 언급해두고 싶은 또 하나의 흥미로운 사실이 있다. 생각과 믿음의 지하세계와 관련해서 내가 찾아낸 진실이다. 우리가 앞 장에서 다룬 집중의 도구들로 부지런히 훈련하며 현실의 긍정적인 면에 집중해도 우리 머릿속에 잠재된 믿음과 꾸민 이야기가 두려움과 공포에 싸여있다면, 그 때문에 우리가 삶을 긍정적으로 살아가는 데 방해받는다는 것이다. 나는 처절한 경험을 통해 이런 사실을 깨달았다. 내가 수 년 동안 집중의 도구들을 적극적으로 활용했지만, 나를 두렵게 하는 잠재된 믿음과 헛된 이야기를 처리할 방법을 몰랐기 때문이었다.

예를 들어 설명해보자. 당신이 '기댈 곳을 찾아라'라는 집중의 도구를 훈련하며, 매일 당신 주변에서 기댈 곳을 눈여겨보며 시간을 보낸다고 해보자. 물론, 이처럼 주변에서 기댈 곳을 눈여겨보고 거기에 감사하는 훈련을 해서 나쁠 것은 조금도 없다. 뭔가를 눈여겨보고 거기에 집중하면 그 자체가 당신에게 바람직한 경험이 된다. 그러나 여기에 문제가 있다. 만약 당신이 그 기댈 것에 집중하면서도 마음속으로는 삶은 당신의 편이 아니라고 생각한다면 어떻게 되겠는가? 요컨대 당신이 주변에서 기댈 곳을 찾으면서도 당신이 꾸민 이야기에서는 삶이 결코 당신의 편이 아니라고 굳게 믿는다면 어떻게 되겠는가? 또 당신은 이 냉정하고 매몰찬 세계에서 혼자여서 누구도 당신에게 신경 쓰지 않는다고 믿는다면 어떻게 되겠는가? 이런 경우에는 당신이 주변에서 기댈 것에 관심을 집중하더라도 편한 마음으로 삶이 당신 편임을 경험하기 힘들다.

집중의 도구들로 충분할까?

따라서 이 문제는 진지하게 고려해봐야 할 아주 중요한 문제다. 우리가 긍정적인 면에 집중하면 삶을 긍정적인 방향으로 살아갈 수 있을까? 그렇다고 생각할 사람도 적지 않겠지만 내 경험에는 그렇지 않다. 집중의 도구를 부지런히 훈련하면서도 그들이 바라는 행복과 마음의 평화를 얻지 못하는 많은 사람들을 보고, 나는 그 이유를 분석해보았다. 그리고 집중의 도구만으로는 행복을 얻기에 충분하지 않다는 결론에 이르렀다. 집중의 도구들이 초기 단계에는 정신력을 훈련시키기에 적절한 도구여서 한동안 충분하게 여겨질 수 있다. 그러나 내 경험에 따르면, 우리에게 두려움을 안겨주며 불안하게 만드는 잠재된 믿음과 헛된 이야기를 해결하지 못하면, 집중의 도구만으로는 진정한 해방과 자유를 누리기 힘들다.

따라서 우리 머릿속에 잠재된 부정적인 생각과 섬뜩한 이야기를 조사해 찾아내는 것이 무엇보다 중요하다. 우리의 생각을 조사하는 단계는 새의 다른 날개라 할 수 있다. 요컨대 집중의 도구가 새의 왼쪽 날개라면, 조사의 도구는 새의 오른쪽 날개다. 우리가 삶의 세계를 행복하게 날기 위해서는 집중의 도구와 조사의 도구를 적절히 활용할 수 있어야 한다.

머릿속에 잠재된 이야기들을 어떻게 알아낼 수 있을까?

그럼 어떻게 해야 집중의 도구와 조사의 도구를 최적으로 결합시킬 수 있을까? 우리를 괴롭히는 생각들과 섬뜩한 이야기들을 어떻게 해야 찾아낼 수 있을까? 요컨대 그런 생각들을 찾아내기 위해서 어떻게 조사해야 할까?

물론 많은 방법이 있다.

가령 당신은 뇌나 심장에 이상한 징후가 있다는 생각이 들면 의사를 찾아가 점검을 받는다. 그리고 검사 결과에 따라 당신의 생각이 사실인지 아닌지 알게 된다. 만약 당신의 생각이 사실이면 증상에 따른 적절한 치료를 받고, 그렇지 않으면 쓸데없는 생각을 깨끗이 잊고 더 이상 걱정하지 않는다. 우리가 삶에서 겪는 다른 끔찍한 사건들도 마찬가지다. 예컨대 배우자와 문제가 있거나 직장에서 골칫거리가 있으면 우리는 심리학자나 심리치료사를 찾아가 문젯거리를 털어놓는다. 심리학자는 당신의 말에서 진실인 부분을 찾아내서 그 부분을 치유하는 데 도움을 준다. 가령 인지행동요법cognitive behavioral therapy은 우리 생각과 억측을 검사해서, 뒤틀리고 비현실적이며 과장됐음에도 사실처럼 믿고 있는 생각을 찾아내는 데 도움을 준다. 그런 과정을 통해 우리는 삶 자체와 삶에서 부딪치는 문제를 현실적이고 긍정적인 방향으로 접근하는 힘을 키워갈 수 있다. 물론, 친구가 우리 이야기를 흔쾌히 들어주기 때문에 우리는 친구를 상대로 고민을 털어놓을 수도 있다. 하지만 이런 방법은 위험할 수 있다. 친구가 우리 이야기를 들어주기 때문에 친구이기는 하지만, 친구가 우리 이야기에 항상 맞장구만 친다면 위험할 가능성은 더 높아진다. 당신의 이야기에 반론을 제기하는 친구가 진정한 친구다. 당신이 꾸민 이야기가 고민거리의 근원일 때는 더더욱 그런 친구가 필요하다.

바이런 케이티의 '작업'

바이런 케이티의 '작업 The Work'은 4가지 간단한 질문과 하나의 방향 전환으로 이루어진다. 그 질문을 이용해 우리는 두려움과 걱정, 요컨대 우리가 꾸민 이야기가 진실인지 아닌지 판별해낼 수 있다. '작업'은 무엇이든 속전속결로 해결하고 싶어 하는 현대인을 위해 변형시킨 전통적인 질문방법의 현대판이라 할 수 있다. 진실을 알고 싶다면 당장이라도 '작업'을 시도해보라. 우리의 많은 스승들이 말했듯이, 진실만이 우리를 자유롭게 해주기 때문이다. 우리 모두가 그 말에 동의하지만, 문제는 그 말을 실천하는 방법을 아는 사람이 거의 없다는 점이다. 우리는 진실을 찾아내는 법을 모른다. 무엇이 진실인지 아닌지를 판별하기 위해 사용할 수 있는 간단한 방법조차 우리는 지금까지 배우지 못했다. 그러나 내 생각에, 우리가 지금까지 학수고대하며 찾던 그 방법이 바로 바이런 케이티의 4가지 질문이다. 누구나 활용할 수 있는 무척 단순한 질문이다. 단순하지만 문제의 핵심에 신속하게 파고들기 때문에 무척 효과적이다. 4가지 질문을 적절히 활용하면, 고민거리를 털어놓겠다고 심리치료사를 찾아갈 필요도 없다. 또한 그 질문들을 혼자 해내기 위해서 특별한 훈련이 필요한 것도 아니다. 혼자서나 친구와 함께 조용히 앉아 당신을 괴롭히는 생각들과 믿음들을 쓰기만 하면 된다. 그리고 4가지 질문을 차례로 제기하면서, 당신이 써놓은 것들을 점검해보라. 그리고 어떤 변화가 당신에게 일어나는지 살펴보라.

바이런 케이티의 4가지 질문은 다음과 같다.

1. 그것이 진실인가?
2. 그것이 진실이라고 완전히 확신할 수 있는가?
3. 그 생각이 떠오를 때 당신은 어떻게 반응하는가?
4. 그 생각을 머릿속에서 지워버린다면 어떻게 될까?

그리고 하나의 방향전환, 다시 말해 처음의 생각과 정반대인 생각이 더해진다.

위의 4가지 질문은 바이런 케이티의 《지금 존재하는 것을 사랑하라 : 당신의 삶을 변화시킬 수 있는 4가지 질문Loving what is : four questions that can change your life》(우리나라에서는 '네 가지 질문'이란 제목으로 번역돼 출간됐다-

옮긴이)에서 인용했다. '작업' 방법에 대해서는 이 책이나 저자의 웹사이트(www.thework.com)를 참조하면 좋다.

　내 경험에 따르면 '작업'을 시도해 4가지 질문을 나 자신에게 던지면 많은 두려움과 걱정이 연기처럼 흩어지고 사라진다. 나를 괴롭히는 생각들을 써놓고 위의 질문들을 차례로 짚어보면 충분했다. 특별한 노력을 기울일 것도 없었다. 그렇지만 놀라운 효과가 있었다. 내가 진실을 알았을 때, 즉 내가 두려워하던 것이 거짓이란 걸 알게 되자, 나를 그렇게 괴롭히던 생각이 연기처럼 흩어지며 내 삶에서 서서히 사라졌다. 내가 그 생각을 떨쳐내려고 일부러 노력한 때문이 아니었다. 그 생각, 그 믿음에 대한 진실을 알게 되자, 그 생각이 이치에 맞지 않다는 걸 자연스레 깨달았기 때문이다. 그 후로 나는 현실에 눈을 뜨기 시작했다. 지금 내 눈앞에서 펼쳐지는 진실을 보기 시작했다. 삶에 대해 내가 꾸민 이야기로 덧씌워진 현실이 아니라, 현실 자체를 보기 시작했다. 내게 어떤 변화가 있었겠는가? 두려움과 불안이 줄어들었다. 때로는 완전히 사라지기도 했다. 내 진실된 삶, 이 순간의 삶이 환히 빛났다. 솔직히 말해서, 기적 같은 일이 일어났다고 인정하고 싶기는 하다. 여하튼 이제 나는 뭔가에 대한 걱정을 하지 않으려고 일부러 애쓰지 않는다. 불안이나 두려움을 주는 생각을 면밀히 조사하기 시작하면 나는 어느새 아무런 걱정도 하지 않고 있다는 사실을 깨닫게 된다.

　그러나 이런 변화가 하룻밤 새 일어나지는 않는다. 내 경험에 따르면 꾸준한 '작업'이 필요하다. 우리를 괴롭히는 걱정거리와 꾸민 이야기가 의외로 많기 때문이다. 따라서 오늘도 내게는 '작업'이 일상의 습관 중 하나다. 내 삶의 어떤 부문에서 나를 괴롭히는 생각을 '작업'하며 그 진실을 밝혀내면, 다른 부문의 걱정거리가 불현듯 떠오르며 내 관심을 끈다. 따라서 그 작업 과정은 끝없이 계속된다. '작업'을 할 때마다 나는 조금씩 진실에 가까워지는 기분이다. 그때마다 나는 예전보다 눈앞이 맑아지고 정신도 또렷해지는 기분이다. 정말 즐겁고 행복하다.

조사의 도구 2
'작업'을 하라

예를 들어 '작업'의 진행 과정을 설명해보자. 그러면 그 과정에 대해 더 분명히 알 수 있을 테니까. 앞에서 언급한 생각, 즉 '삶은 내 편이 아니다'라는 생각에 '작업'을 시도해보자.

질문 : 바바라, 삶은 당신 편이 아니다. 당신은 그 말이 진실이라 믿는가?(질문 1)

바바라 : 그렇게 생각한다. 삶은 투쟁이다. 따라서 나 자신을 돌보고 뭔가를 이루기 위해서는 열심히 일해야만 한다. ('나 자신을 돌보기 위해 열심히 일해야만 한다', '뭔가를 성취하기 위해서 열심히 일해야만 한다'라는 생각은 처음의 생각에 '작업'을 시도한 후에 조사해야 할 부가적인 생각들이다.)

질문: 바바라, 삶은 당신 편이 아니라는 게 진실인가? 삶은 당신 편이 아니라는 게 진실이라고 완전히 확신할 수 있는가? 무엇이 현실인가? 당신은 지금 여기에 있지 않은가? 당신은 지금 호흡하고 있지

않은가? 당신 몸이 제 기능을 하고 있지 않는가? 세상이 지금 여기에 있지 않은가? 땅과 나무와 하늘이 지금 여기에 있지 않은가? 냉장고에 먹을 것도 있지 않은가? 통장에 돈도 있지 않은가? 바바라, 대체 무엇이 현실인가? 그런데도 삶이 당신 편이 아닌가?

바바라 : 그렇게 생각하니 삶이 내 편이다.

질문 : 여전히 삶이 당신 편이 아니라는 게 진실이라고 온전히 확신하는가?(질문 2)

바바라 : 그렇지 않다.

질문 : 좋다, 바바라. 그렇다면 삶이 당신 편이 아니라는 생각이 떠오르면 어떤 기분인가?(질문 3)

바바라 : 두렵고 외롭다. 황량한 세계에 혼자 동떨어진 기분이다. 누구도 내게는 신경 쓰지 않는 것 같다. 나 혼자 모든 일을 처리해야 한다는 기분이다. 그래서 삶은 위험한 거라는 생각마저 든다. ('삶은 위험하다'라는 생각도 조사의 대상이 된다.)

질문 : 그 때문에 스트레스가 많겠다.

바바라 : 그렇다, 정말 그렇다.

질문 : 그런데 당신은 조금 전에, 삶이 당신 편이 아니라는 게 진실이라고 완전히 확신하지 않는다고 말했다. 삶은 당신 편이 아니라고 생각하면 마음이 편안한가?

바바라 : 그렇지 않다, 끔찍할 뿐이다. 그런 생각을 하면 무섭다. 온몸이 떨리고 외롭다.

질문 : 바바라, 삶이 당신 편은 아니라는 생각을 머릿속에서 지워버

린다면 어떻게 될까?(질문 4) 당신이 그런 생각을 전혀 믿지 않는다면 어떻게 될까?

바바라 : 마음이 지금보다 훨씬 편할 거다. 아마 세상에서 가장 행복한 사람일 거다. 안전하다는 생각에 삶의 질도 훨씬 나아질 거다.

질문 : 그런 생각을 당신의 머릿속에서 깨끗이 지워버리면 어떤 삶을 살게 될까?

바바라 : 지금보다 훨씬 재밌게 살고 있을 거다.

질문 : 멋지게 살 수 있을 것 같다. 그럼 생각을 완전히 바꿔보자. 처음 생각과 정반대인 생각이 뭘까?(방향전환)

바바라 : 삶은 내 편이다!

질문 : 그 말이 처음 생각만큼, 아니 처음 생각보다 진실에 더 가까울까?

바바라 : 그럴 것 같은데.

질문 : 삶이 당신 편이라는 증거를 3가지만 대보자.

바바라 : 좋아, 첫째는 나한테는 몸이 있어 어디에나 갈 수 있어.

질문 : 맞는 말이다.

바바라 : 또 냉장고에는 먹을 게 있지.

질문 : 그 말도 맞는 말이고.

바바라 : 셋째로는 통장에 돈도 좀 있어.

질문 : 그 말도 맞다.

바바라 : 또 나를 도와주는 친구들도 있고, 자식들도 있고….

질문 : 보라고, 삶이 당신 편이라는 증거를 얼마든지 찾을 수 있잖아.

바바라 : 맞아.

질문 : 이제 기분이 어떤가?

바바라 : 아주 좋아.

질문 : 그래, 삶은 내 편이 아니라는 생각이 또 떠오르더라도 그 때문에 충격을 받을 것 같지는 않아 보인다. 한동안은 그런 생각이 떠오르면 웃어넘길 것 같아.

바바라 : 물론, 그럴 수 있을 거야. 여하튼 지금은 기분이 아주 좋아.

질문 : 방향전환을 해야 할 게 또 있을 텐데….

바바라 : 그래…. '나 자신이 내 편이 아니다….' 아니, '내 생각은 내 편이 아니다!'라는 생각일 거야.

질문 : 그 말이 진실일까?

바바라 : 그 말은 정말 맞아! 내 생각이 나를 미치게 한다고!

질문 : 그걸 알았다니 다행이군. 삶은 당신 편이지만 당신 생각은 당신 편이 아니야!

'삶은 내 편이 아니다'라는 생각에 '작업'을 시도함으로써 나는 삶이 진정으로 내 편이란 걸 깨닫게 됐다. 이때 나는 '집중의 도구3'으로 되돌아가 '기댈 곳을 찾아라'라는 방법을 집중적으로 훈련한다. 삶이 내 편이란 게 진실인 줄 알기 때문에 그 말을 진심으로 믿는다. 따라서 '기댈 곳을 찾아라'라는 집중의 도구는 나에게 무척 강력한 효과를 낳는 명상이 된다. 또한 내가 그 말을 진심으로 믿기 때문에 내 편인 것들을 사랑하게 된다.

이런 이유에서, 집중의 도구를 훈련할 때 집중의 도구와 모순되는 믿음들, 결국 우리가 삶을 긍정적인 방향으로 경험하는 걸 방해하는 믿음들을 면밀하게 조사할 필요가 있는 것이다.

몸을 조사하면

이번에는 다른 문제를 조사해보자. 재밌으면서도 많은 것을 깨닫게 해줄 것이다. 몸에 관련된 '작업'이다. 이 과정을 읽을 때는 당신의 내면을 들여다보며, 몸에 대한 당신의 생각을 점검하고 질문들에도 직접 답해보라.

시작해보자. 몸에 관련해서 나를 괴롭히는 생각 하나가 있다. '내 몸은 아프거나 다쳐서는 안 된다'라는 생각이다. 아마 당신도 이 생각 때문에 골치가 적잖게 아팠을 것이다.

다음과 같이 '내 몸은 아프거나 다쳐서는 안 된다'라는 생각에 '작업'을 시도해보자.

질문 : 바바라, 당신 몸은 아프거나 다쳐서는 안 된다는 말이 진실이라 생각하는가?(질문 1)

바바라 : 그렇다, 맞는 말이라고 생각한다. 나는 내 몸이 아프거나 다치는 걸 바라지 않는다. 내 몸이 아프거나 다치지 않으면 더 나은 삶을 살 수 있을 테니까. (이 대답도 조사해볼 만한 생각이다.)

질문 : 그렇군. 그래서 당신 몸은 아프거나 다쳐서는 안 된다는 말이 진실이라고 완전히 확신할 수 있는가?(질문 2) 그런데 현실은 어떤

가? 당신 몸은 아프거나 다치지 않는가?

바바라 : 그렇지는 않다. 내 몸도 아프거나 다친다. 그래서 그 질문에는 '아니다'라고 대답할 수밖에 없다. 내 몸도 아프거나 다치는 게 현실이기 때문에 그 말이 진실이라고 완전히 확신하지는 않는다.

질문 : 그래서 당신 몸은 아프거나 다쳐서는 안 된다는 생각을 곧이곧대로 믿을 때 기분이 어떤가?(질문 3)

바바라 : 끔찍하다. 나한테 심각한 잘못이 있을까 걱정스럽다. 내 몸이 제대로 기능하지 못하고, 돈을 벌지 못할 거라는 걱정에 밤잠을 이루지 못할 지경이다. 내 몸이 아프거나 다칠 수 있다는 사실에 밥맛이 없을 정도다. (이런 생각도 조사해볼 만한 대상이다.)

질문 : 그 때문에 스트레스가 많겠군.

바바라 : 그렇다, 정말 그렇다. 생각만 해도 무섭다. 그래서 조금만 아파도 신경이 곤두선다.

질문 : '내 몸은 아프거나 다쳐서는 안 된다'는 말을 믿지 않으면 어떻게 될까?

바바라 : 내 몸도 아프거나 다칠 수 있다는 사실을 받아들이면 마음이 훨씬 편안해질 거다. 그럼 내가 그렇게 생각하는 이유를 찾아내고, 그런 생각을 떨쳐낼 수 있으리라 생각한다.

질문 : 그럼 스트레스를 덜 받고 살 수 있겠지?

바바라 : 그렇다, 정말 그렇게 될 거다.

질문 : 그럼 생각을 바꿔보자.

바바라 : '내 몸이 아프고 다치는 건 당연하다'고?

질문 : 그렇다. 그 말이 처음 생각만큼, 아니, 처음 생각보다 진실에 더 가까울까?

바바라 : 그렇다. 내 몸도 아프거나 다칠 수 있으니까.

질문 : 그게 현실이기도 하지.

바바라 : 그렇다.

질문 : 그럼, 당신 몸이 아프거나 다치는 게 당연한 이유를 3가지만 대보자.

바바라 : 첫째는 내 몸이 나한테 나 자신을 더 조심스레 돌보라고 말하니까.

질문 : 그럴 듯하군. 그럼, 그렇게 해야지!

바바라 : 나도 나 자신을 더 조심스레 돌봐야 한다고는 생각해.

질문 : 좋았어. 당신 몸이 아프거나 다치는 게 당연한 이유로 또 뭐가 있을까?

바바라 : 요즘 몸이 아파서 나 자신을 돌보지 않을 수 없으니까.

질문 : 정말? 그럼, 당신 몸이 아프지 않으면 당신 자신을 정성스레 돌보지 않을 거라는 뜻인가? 별로 바람직하지 않은데!

바바라 : 맞아, 그랬을 거야. 전에는 그런 생각을 해본 적이 없거든.

질문 : 대단한 몸이군.

바바라 : 맞아.

질문 : 여하튼 당신 몸이 아프거나 다치는 게 당연한 이유로 또 뭐가 있을까?

바바라 : 몸이 아파서 일하는 속도를 늦출 수밖에 없어. 그렇게 하는

게 나한테도 좋으니까.

질문 : 그렇군. 몸이 아프지 않으면 일하는 속도를 늦추기 않았을 거라는 뜻인가?

바바라 : 아마 그랬을 거야.

질문 : 재밌군.

바바라 : 그렇지. 일하는 속도를 늦추니까 현재의 순간을 즐길 수 있더군.

질문 : 그렇군. 결국 몸이 아프지 않으면 현재의 순간을 놓칠 수도 있다는 뜻인가?

바바라 : 아마도.

질문 : 당신의 몸이 아픈 걸 오히려 감사해야겠군! 아프지 않으면 현재의 순간을 눈여겨보지 않을 테니까 말이야.

바바라 : 그랬겠지! 당혹스럽기는 하지만 사실이야.

질문 : 그밖에 또 다른 증거가 있나?

바바라 : 내 몸이 아프니까 잠자리에 들면서 영성개발에 관련된 책을 갖고 들어가게 되더군. 몸이 건강하기만 했다면 그런 책을 읽을 생각도 하지 않았을 거야. 그런 책들을 읽은 덕분에 현실의 본질을 확실히 깨닫게 됐어. 그런 깨달음 덕분에 삶도 행복해지고!

질문 : 좋겠군! 그런데 바바라, 당신이 지금 무슨 말을 하고 있는 줄은 알고 있겠지?

바바라 : 물론!

질문 : 그럼 이렇게 물어볼까? 삶의 행복을 깨닫는 유일한 통로가 몸

이 아플 때라고 한다면… 그래도 몸이 아프지 않기를 바라겠어?

바바라 : 그럴 리가!

현실에 저항하면 상처만 남는다

생각의 습관을 조사할 때, 요컨대 우리를 괴롭히는 생각들을 천천히 주의 깊게 조사할 때 놀라운 깨달음을 얻는다는 사실이 '작업' 과정에서 확인됐다. 결국 우리 생각의 습관을 조사하는 데 시간을 투자하며, 우리 삶이 생각보다 훨씬 나은 이유를 얼마든지 찾아낼 수 있다.

그러나 어떤 형태로든 우리 생각을 조사해보면, 현실에의 저항은 상처만 남긴다는 사실을 확인할 수 있다. 현실에 저항하면 고통스럽기만 한 이유는 우리가 현실을 바꿀 수 없기 때문이다. 현실은 지금 존재하는 상황이다. 삶은 지금 눈에 보이는 모습이다. 따라서 현실이 지금 존재하는 모습과 달라야 한다고 생각하면 불행을 자초하는 것과 다를 바가 없다. 이런 인과관계는 자연법칙이다. 우리 생각이 현실과 불일치할 때 고통이 뒤따르기 마련이다. 반면에 우리 생각이 현실의 존재 방식과 일치하면 마음의 평화가 찾아온다. 아주 간단한 논리다. 여기에는 어떤 비밀도 없다. 그야말로 기계적인 법칙이다.

그러나 대부분의 사람이 이런 인과관계를 알지 못한다. 그래서 우리는 어떻게 하고 있는가? 우리는 현실과 다투면서 불행을 자초한다. 우리가 어떤 짓을 하고 있는지 모르기 때문에 우리는 삶이 우리를 괴롭히는 것이라 생각한다. 그러나 그렇지 않다. 우리가 우리 자신을 괴롭히고 있는 것이다. 우리를 불행하게 만드는 장본인은 바로 우리 자신이다. 대부분의 사람이 그렇게 살아간다. 또 우리는 주변 사람들이 현재의 모습과 달라야 한다고 생각한다. 게다가 그들과 어울려 지내는 게 힘든 이유를 궁금해 한다. 또 삶이 지금의 모습과 달라야 한다고 생각하고, 삶이 전쟁처럼 느껴지는 이유를 의아해 한다. 우리 몸도 현재의 모습과는 달라 보이고 건강 상태도 현재의 상태와 달라야 한다고 생각하며, 우리 자신을 돌보거나 사랑하지 않고 거꾸로 우리 자신을 학대한다. 부모와 자식이 지금의 모습과 달라야 한다고 생각하며, 그들과 함께 지내면서 상처받는 이유를 궁금해 한다. 배우자도 지금의 모습과는 달라야 한다고 생각하며… 그래서 마음에 상처를 받는다.

현실에 저항하면 남는 것은 상처뿐이다!

현실과 싸우면 상처만이 남는다!

누구도 부인할 수 없는 진실이다.

그런 다툼으로 누가 상처를 받는가?

바로 당신과 나다!

우리다!

이런 이유에서, 행복하게 살고 싶으면 현실과 일치하지 않는 생각들과 믿음들을 면밀하게 조사해야 한다고 말하는 것이다. 당신의 생각을 빠짐없이 써보고, 그 생각들에 의문을 제기해보라. 그 생각들이 진실인지 따져보라. 그 생각들이 현실과 일치하는지 따져보라. 당신이 삶의 어떤 부문에서 저항하고 있는지 살펴보라. 당신의 생각이 어떤 부문에서 현실과 일치하지 않는지 살펴보라. 그리고 그렇게 찾아낸 것들을 분석해보고, 당신의 삶에 어떤 변화가 일어나는지 눈여겨보라.

조사의 도구 3

실재하는 것에 집중하라

명상과 집중은 비극적인 생각을 떨쳐내고 현실로 되돌아가는 데 도움을 준다. 비극적인 생각이 밀려올 때 우리는 미래를 생각하며, 일어날 가능성도 없는 끔찍한 시나리오를 상상하며 지레 겁을 먹는다. 정신이 '만약 …라면'이란 가정을 무차별적으로 쏟아내고, 우리는 그런 가정을 사실처럼 믿어버리기 때문에 당혹감에 휩싸이며 공황 상태에 빠진다. 미래에 가공할 사건이 터져 삶이 갑자기 전쟁상태로 돌변할 거라는 두려움이 밀려온다. 이런 상태에 빠지면 우리 몸은 부정적인 생각에 반응하며 온갖 징후를 나타낸다. 심장박동이 빨라지고 식은땀이 흐른다. 온몸이 떨리고 현기증이 밀려온다. 우리 몸은 투쟁이냐 도주냐 하는 생리적 반응을 일으킨다.

이런 비극적인 생각과 그로 인한 불쾌한 몸의 반응을 극복할 수 있는 단순하면서도 효과적인 방법이 없는 것은 아니다. 그야말로 실재하는 것에만 정신을 집중하면 충분하다. 달리 말하면, 우리가 어디에 있고 무엇을 하든 간에 지금 우리 눈앞에 있는 것만 보면 된다. 비극적인 생각에서 관심을 돌려, 우리의 인식 범위 내에 있는 사물이나 사람의 이름을 불러보면 된다. 나중에 집에 돌아가 마음이 차분해지면 우리를 두렵게 하는 생각들을 하나씩 적어놓고, 위에서 다룬 4가지 질문을 사용해 그 생각들을 조사하면 그런 부정적인 생각들을 효과적으로 떨쳐낼 수 있다. 그러나 지금 닥친 위기의 상황에서는 이 순간에 집중하는 것이 가장 효과적인 방법이다.

예를 들어 설명해보자. 당신이 지금 치과 대기실에 앉아 있다고 해보자. 치아를 충전해야 한다는 걸 알기 때문에 무척 두렵다. 워낙에 치과 치료 받는 걸 무서워한다. 따라서 진료의자에 꼼짝없이 누워 있어야 한다는 생각에, 또 치료가 무척 아플 거라는 생각에 심장이 두근대기 시작한다. 물론, 당신이 통증을 느끼지 못하게 치과의사가 마취주사를 놓아줄 거라는 것을 안다. 하지만 당신은 주사 바늘이 무섭기 때문에 그런 생각도 크게 도움이 되지 않는다. 더구나 치과의사가 커다란 주사를 들고 당신에게 다가올 거라고 생각하면 혼절할 것만 같다. 진료의자에 누운 채 기절하면 어떻게 될까? 그런 생각에 식은땀이 솟기 시작하고, 심장은 더 빨리 뛴다. 그런 생각이 깊어질수록 두려움은 더 커진다. 하지만 지금까지 아무런 일도 일어나지 않았다. 당신은 지금 대기실에 조용히 앉아 있을 뿐이다. 그것이 현실이다. 그러나 당신은 머릿속에서 지옥을 향해 치닫고 있다.

이처럼 비극적인 생각이 꼬리를 물고 이어져 공황상태에 빠지면 그런 걱정을 끊고 그런 생각을 중단하겠다고 다짐하는 것이 거의 불가능할 정도로 무척 어렵다. 걱정하지 않겠다고 속으로 다짐해도 머릿속에서는 그런 생각이 계속 떠올라 그다지 효과가 없다. 하기야 누가 일부러 자신을 학대하고 싶겠는가! 앞에서도 말했듯이 우리는 차분히 앉아, 비극적인 생각에 의문을 제기하는 여유조차 갖지 못한다. 그러나 어떤 경우에나 우리는 정신의 힘을 현명하게 사용해서, 지금 우리가 있는 곳에서 실제로 진행되는 현상에 관심을 돌리겠다는 결정을 의식적으로 할 수 있다. 이 방법은 무척 간단해서 누구나 해낼 수 있다.

지금 당신이 있는 곳에서 눈에 들어오는 것들의 이름을 하나씩 천천히 불러보기만 하면 된다. 다시 치과 대기실로 돌아가서 구체적으로 예를 들어보자. 대기실에 있는 것들의 이름을 하나씩 빠짐없이 말해보라. 예컨대 당신이 앉아있는 의자 옆에 놓인 작은 탁자부터 시작해보자. 그 탁자를 유심히 관찰하라. '흠, 탁자가 작지만 멋있군'이라고 속으로 말한다. 탁자 위에는 잡지 3권이 놓여 있다. 하나는 〈보그〉, 하나는 〈코스모폴리턴〉, 나머지 하나는 여행 안내책. 하나씩 집어 들었다가 들춰본 후에 내려놓을 수도 있다. 이런 식으로 대기실에 지금 있는 것들을 하나씩 조사하라. 탁자 옆에는 커다란 어항이 있다. 어항에는 일곱 마리의 금붕어가 헤엄친다. 두 마리는 크고 뚱뚱한데, 다섯 마리는 상당히 작은 편이다. 한 마리의 꼬리는 유난히 길다. 금붕어 이외에 거무튀튀한 물고기 세 마리가 어항에서 예쁘게 하늘거리는 수초 사이를 헤집고 다닌다. 어항의 한쪽 끝에서는 물이 거품을 뿜고, 바닥에는 자그마한 돌들이 바위처럼 놓여 있다. 어항 옆으로 한 남자가 앉아 잡지를 읽고 있다. 청바지를 입고 아디다스 운동화를 신었다. 머리칼은 검은색이다. 그의 것인 듯한 배낭이 의자 옆 바닥에 놓여 있다. 마흔 살쯤 먹어 보인다. 그의 옆에는 잡지꽂이가 있고, 〈내셔널 지오그래픽〉 등을 비롯해 많은 잡지가 꽂혀 있다. 이런 식으로 당신의 눈앞에 있는 것들의 이름을 하나씩 불러보고, 그것들 하나하나에 관심을 집중해보라. 실제로 존재하는 것, 지금 당신 눈앞에 존재하는 것에 관심을 집중시킨다. 그럼 상상에서 점점 벗어나, 지금 대기실에만 있게 된다. 그렇게 할 때 마음이 차분해진다. 그렇게 하는 동안에 비극적인 생각이 다시 머릿속에서 꿈틀대면, 곧바로 대기실에서 다음 것으로 관심을 돌린다.

이 방법을 더 효과적으로 해내고 싶다면 여기에 호흡법을 더하면 된다. 주변을 천천히 둘러보며 눈에 띄는 물건과 사람에 이름을 붙이면서, 천천히 4초 동안 넷까지 세면서 숨을 깊이 들이마시고 다시 4초 동안 천천히 숨을 내쉰다. 이런 느린 호흡을 4분 이상, 즉 24번 이상 호흡하면 놀랍게도 마음이 진정되고, 빠르게 뛰던 심장박동도 느려진다. 호흡항진으로 혈액의 화학적 균형이 변할 때 이 호흡법이 혈액의 화학적 균형을 정상화시키며 진정효과를 갖는다는 건 의학적으로도 입증됐다.

조사의 도구 4
지금 내딛는
걸음에 집중하라 – 말뫼 기법

내가 개발한 현재에 충실하는 법을 앞에서 소개했다. 이번에는 이 방법에서 약간 변형된 방법을 살펴보자. 두려움이나 불안이 밀려올 때 이 변형된 방법을 사용하면 효과를 볼 수 있다. 물론, 이 방법도 현재의 순간과 현실에 충실하면서 두려운 생각을 떨쳐내기 위한 훈련법이다. (거듭 당부하지만, 어떤 경우에나 당신에게 두려움을 안겨주는 생각들을 가능하면 즉시 조사하기 바란다.)

나는 이 기법을 '말뫼 기법'이라 부른다. 이 기법도 역시 현재의 순간을 직시하기 위한 방법이다. 예를 들어 설명해보자. 당신이 덴마크의 코펜하겐에서 산다고 해보자. 그런데 중요한 회의 때문에 외레순 해협 맞은편에 있는 스웨덴의 말뫼에 가야 한다. 그 회의에서 중요한 발표를 해야 하기 때문에 불안하고 초조하다. 말뫼 회의장까지 가는 데는 약 1시간 30분이 걸린다. 먼저 기차역에 가서 말뫼행 기차를 타야 한다. 말뫼역에 도착해서는 택시를 타고, 회의가 열리는 회사까지 가야 한다. 당신 사무실부터, 당신이 발표를 해야 할 회의장까지 대략 1시간 30분이 걸린다. 가고 싶지 않지만 이제 와서 취소할 수는 없다. 그러나 발표를 해야 한다는 생각에 너무 불안해서 당장이라도 전화를 걸어 모든 걸 취소하고 싶은 심정이다.

이런 상황에서는 '이 단계에 집중하라'는 훈련법에서 돌파구를 찾을 수 있다. 혼잣말로 이렇게 자신에게 속삭여보라. '나는 자유로운 인간이다. 언제라도 취소할 수 있다. 누구도 나에게 말뫼에 가서 발표를 하라고 강요할 수 없다. 내가 원하는 일이라면 뭐든 할 수 있다. 그래, 지금은 코트를 입고 역까지 걸어가며 내 기분을 확인해보겠다. 지금은 다른 모든 걸 잊고 역까지 걸어가는 데만 집중하겠다. 역에 도착해서도 두려움이 밀려오면 전화를 걸어 취소할 수 있다. 하지만 지금은 역까지 가보겠다. 일단 그 일에만 집중하겠다.' 그리고 역까지 걸어가라. 다른 생각은 완전히 잊고 걷는 데만 집중하라. 역까지 걸어가면서 눈에 띄는 모든 것을 눈여겨보라. 인도와 날씨, 차가운 공기, 역까지 걸어가는 동안 발밑에 와 닿는 땅바닥의 느낌…. 이 순간에 충실하라. 당신 옆을 지나가는 사람들도 눈여겨보라. 그렇게 역에 도착하면, 그때 당신의 기분을 살펴보라. 역에 도착해서도 처음과 똑같은 기분일 가능성이 높다. 기분이 풀린 것도 아니고, 더 두려워진 것도 아니다. 그럼 다시 이렇게 혼잣말로 속삭여보라. '좋아, 나는 자유로운 인간이다. 언제라도 취소할 수 있다. 지금은 표를 끊고 승강장까지 내려가서, 다시 내 기분을 확인해보겠다. 승강장에서 두려움이 밀려오면 발걸음을 돌려 집에 가겠다.' 그리고 표를 끊고 승강장에 내려가라. 다른 모든 것은 잊고 그 일에만 집중하라. 표를 파는 직원과 계산기 등을 최대한 눈여겨보라. 현재의 순간에 충실하라. 표 값을 지불하고, 에스컬레이터를 타고 승강장에 내려가는 당신의 모습까지 눈여겨보라. 마침내 승강장에 도착한다. 그때 당신의 기분을 다시 살펴보라. 승강장에 도착해서도 당신의 기분은 크게 달라지지 않았을 수 있다. 기분이 좋아진 것도 아니고, 두려움이 더 크게 밀려오는 것도 아니다. 따지고 보면 어떤 일도 일어나지 않았다. 당신은 그저 걷기만 했다. 그럼 다시 이렇게 혼잣말로 속삭여보라. '좋아, 기차가 승강장에 들어올 때까지 어떤 일이 벌어지는지 살펴보겠어. 기차가 도착해서도 정말로 무서우면 그때 발걸음을 돌려 집에 가겠어.' 그리고 그 순간에 집중하라. 승강장, 당신과 함께 기차를 기다리는 사람들, 싸늘한 공기에 집중하라. 광고판과 조명 등을 눈여겨보라. 마침내 기차가 멀리서 들어오는 게 보인다. 기분은 여전히 처음과 같을 수 있다. 더도 덜도 아니다. 하지만 아무런 일도 일어나지 않았다. 당신은 그저 승강장에 서 있었을 뿐이다. 회의와 발표에 관련된 생각이 떠오르면 즉시 승강장과, 기차를 기다리는 사람들에게 돌아가라. 지금

이 순간에 집중하라. 기차가 승강장에 멈추어 서면 이렇게 혼잣말로 속삭여보라. '좋아, 기차를 타고 자리에 앉겠어. 기분이 지금보다 나빠지면 다음 역에서 내리면 그만이니까. 지금은 기차를 타고 좌석을 찾는 데 집중하겠어.' 그리고 그렇게 한다. 당면한 문제에만 집중하라. 기차에 올라타 좌석에 앉는 당신 자신을 면밀히 관찰하라. 좌석이 얼마나 깨끗하고, 추운 승강장에서 벌벌 떨었던 까닭에 따뜻한 기차가 얼마나 아늑하게 느껴지는지 생각해보라. 다시 지금 이 순간에 집중하고, 어떤 일도 일어나지 않는다는 걸 눈여겨보라. 조금 전에 당신은 승강장에 서 있었고, 지금은 좌석에 앉아 있다. 그게 전부다. 당신은 여전히 숨 쉬고 있고, 삶은 계속된다. 기차 안과 다른 승객들을 눈여겨보라. 현재의 순간에 충실하라. 회의와 발표에 관련된 생각이 문득 떠오르면 곧바로 관심을 주변에 앉아 있는 사람들에게로 돌려라. 모든 것을 꼼꼼하게 살펴보라. 이 순간에 무슨 일이 일어나고 있는지 관찰하고 또 관찰해보라. 이때쯤이면 마음이 한결 편안해져서, 그때까지 줄곧 겨드랑이에 끼고 있던 잡지를 읽는 데 푹 빠질 수도 있다. 그런데도 회의와 발표에 관련된 생각이 머릿속에 떠오르면 이렇게 혼잣말로 속삭여보라. '여하튼 말뫼까지 가겠어. 거기에 도착해서도 기분이 나쁘면 집에 돌아오는 기차를 타면 되잖아. 하지만 지금은 잡지를 읽는 데 집중하겠어.'

45분 후에 기차가 말뫼에 도착하면, 이렇게 말해보라. '일단 기차에 내려 역까지 올라간 후에 기분을 살펴보겠어. 지금은 걷는 데만 집중하겠어. 역에 올라가서도 두려움이 계속되면, 그때 코펜하겐으로 돌아가는 기차를 타고 오면 되잖아. 그 정도의 수고야 할 수 있는 거니까.' 그리고 좌석에서 일어나 열차 문을 열고 기차에서 내린다. 다른 승객들과 함께 역으로 올라간다. 기차에서 내리자 싸늘한 공기가 당신을 맞아준다. 그 순간에 충실하라. 마침내 역에 올라선다….

전 과정에서 현재의 순간에서 끈을 놓지 말아야 한다. 걸음을 내딛는 순간에 집중해야 한다. 매순간에 집중해야 한다. 그것이 전부다. 무척 간단하게 들리지만, 직접 해보면 엄청나게 어렵다는 것을 실감할 수 있을 것이다. 우리가 오직 머릿속에만 존재하는 미래를 생각하며 의외로 많은 시간을 헛되이 보내고 있기 때문이다.

이 훈련법은 미래에 닥칠 일에 대해 온갖 상상을 떨쳐내고 지금 이 순간에 충실하기 위한 방법이다. 이 방법을 의식적으로 사용한다면, 우리가 지금 뭔가를 두려워하고 걱정하든 걱정하지 않든 간에 삶을 조금이라도 현명하게 살아갈 수 있다.

지금 우리 눈앞에서 실제로 펼쳐지는 상황에 전념하고 집중하는 것이 삶의 기술에서 처음이자 끝이다. 현재에 충실해야 한다. 현실에 눈을 떠야 한다. 현실은 지금 이 순간일 뿐이다!

불안하고 초조할 때 이 방법을 시도해보면, 우리가 현재의 순간, 즉 지금 우리 주변에서 일어나는 일을 얼마나 등한시하는지 실감할 수 있을 것이다.

이 방법을 시도해보라. 그리고 당신의 현재 위치를 파악해보라.

집에 돌아가 마음에 차분해지면, 잊지 말고 그날 당신을 괴롭힌 비극적인 생각들에 의문을 제기해보라. 그 상황에서 정말로 비극적이었던 부분이 무엇이었는가? 당신이 무서워했던 것이 무엇이었는가? 왜 당신은 그렇게 당황했던가? 그 상황에서 당신이 꾸민 이야기는 무엇이었는가? 이런 질문들에 답하고, 당신을 겁나게 했던 생각들을 종이에 써보라. 현실과 당신의 생각 사이에 어떤 차이가 있는가?

인간관계

삶에서 우리가 꾸민 이야기와 예측이 현실과 현격한 차이를 드러내는 또 하나의 부문이 인간관계다. 그 때문에 우리는 끊임없이 두통과 고통에 시달린다. 우리 머릿속은 배우자가 갖추어야 할 기준, 원만한 인간관계를 위해 우리가 지켜야 할 기준으로 가득 채워져 있다. 따라서 그 기준에 맞추어 살려고 하지만 그런 삶은 애초부터 불가능하다. 현실에 저항하고, 현재의 상황을 거부한다는 것은 우리에게 불행과 실패라는 올가미를 씌우는 것과 똑같다. 현실은 지금 존재하는 것이고, 인간은 지금 존재하는 모습이기 때문이다. 그렇다고 이상형에 대한 바람조차 갖지 말라는 것은 아니다. 그러나 현실을 직시해야 한다. 예컨대 당신의 배우자는 지금 당신 앞에 있는 사람일 뿐이다. 그게 현실이다. 결혼서약서에 서명하기 전에 면밀히 관찰했던가? 조금만 노력하면 그 사람을 꿈의 배우자로 만들 수 있으리라 생각했던가?

이런 문제들을 명확히 깨닫는 데 도움을 주기 위해 나는 '기대와 현실'이라는 인간관계 훈련법을 개발했다. 이 방법을 강연과 워크숍에서 활용해본 결과는 무척 고무적이었다. 참가자들은 새롭게 깨달은 사실에 놀라워했고, 그런 사실을 깨닫게 해주어서 고맙다는 말을 직접 전하고 싶다며 나를 찾아오기도 했다. 당신도 이 방법을 시도해보기 바란다.

조사의 도구 5

기대와
현실

이 훈련법은 4부분으로 이루어진다. 혼자서도 할 수 있고, 다른 사람과 함께 할 수도 있다. 하지만 배우자와 함께 하는 방법은 권하고 싶지 않다. 철저하게 솔직해야 하기 때문이다. 따라서 당신이 흉금을 터놓고 말할 수 있는 친구라면 충분하다.

지금 당신이 특별한 관계를 맺고 있는 사람이 없어도 이 훈련법을 통해 많은 것을 배울 수 있다. 정말 한 사람도 없다면 어머니를 대상으로 시도해보라. 그래도 충분한 효과를 얻을 수 있다.

먼저 종이 하나를 준비하라.

단계 1 : 기대와 바람

눈을 감고 당신이 배우자에게 바라는 것을 3가지 이상 생각해보라. 둘의 관계를 향상시키기 위해서 배우자가 지금 해주기를 바라는 것, 혹은 과거에 해주었으면 좋았을 것으로 여겨지는 가장 중요한 3가지를 생각해보라.

예를 들면 다음과 같은 것일 수 있다.

- 아이들과 더 많은 시간을 보내야 한다.
- 술을 끊거나 줄여야 한다.
- 나를 좀 더 이해해주어야 한다.
- 내가 관심을 갖는 것에 관심을 가져야 한다.

정신의 힘을 현명하게 사용하기 위한 실질적 방법들

당신 생각에 둘의 관계를 개선하는 데 정말 중요한 3가지를 생각해 냈다면, 그 3가지를 종이에 써보라. (당신 혼자 이 방법을 시도할 때는 3가지 이상을 써도 상관없다.) 친구와 함께 이 훈련을 시도한다면, 종이에 쓴 3가지를 서로에게 읽어준다. 친구가 쓴 3가지에 대해 맞았다거나 틀렸다고 당신의 의견을 덧붙여서는 안 된다. 그저 듣기만 하라. 그래야 친구가 당신에게 바라는 것을 솔직하게 얘기할 수 있다.

단계 2 : 현실

눈을 감고, 당신이 종이에 쓴 3가지와 비교할 때 현실은 어떤가를 생각해보라. 당신의 기대와 바람에 비교해서 현재의 상황은 어떤가를 정직하게 평가해보라. 당신이 기대하는 항목 하나하나에 대한 현실을 파악했다면, 그 현실을 종이에 써보라.

앞의 단계에서 제시한 예에 대해 현실은 다음과 같을 수 있다.

- 아이들과 많은 시간을 보내지 않는다. (혹은 아이들과 때때로 놀아주기는 하지만 내가 원하는 만큼은 아니다.)
- 술을 많이 마신다. (혹은 술을 너무 많이 마시고 술주정까지 부린다.)
- 나를 좀처럼 이해해주지 않는다. (혹은 아주 가끔씩만 나를 이해해줄 뿐이다.)
- 내가 관심을 갖는 것에 관심을 두지 않는다. (혹은 때로는 관심사가 일치하지만 그렇지 않은 경우도 있다. 경우에 따라 다르다.)

친구와 함께 이 훈련을 한다면, 각자의 기대에 비교해서 평가한 현실을 서로에게 말해준다. 각자의 눈에 비친 현실을 상세하게 말해준다. 그저 듣기만 한다. 그래야 친구가 당신에게 바라는 것을 솔직하게 얘기할 수 있다. 지금은 그 판단의 잘잘못을 따지는 시간이 아니다. 현실이 어떤가를 조사하는 시간이다.

단계 3 : 감정

눈을 감고, 당신이 현실적이라면 현재의 인간관계와 배우자를 어떻게 느낄지 생각해보라. 현실을 있는 그대로 인정할 때 어떤 기분이겠는가? 현실과는 다른 기대나 바람을 버린다면 기분이 어떻겠는가? 그런 기대나 바람이 없다면 어떤 기분이겠는가? 그 기분을 꼼꼼히 살펴보라. 내 개인적인 경험에 따르면, 이 단계에서는 시간이 꽤 걸릴 수도 있다. 현실을 있는 그대로 받아들일 때 당신의 기분을 정확히 알아내기 위해서는 시간이 걸릴 수 있다. 인간관계에 대한 우리 감정이 우리 기대와 밀접한 관계에 있기 때문에 그럴 수밖에 없는 듯하다. 우리는 기대감 때문에 당황하고 슬퍼하며 화가 치미는 것이다. 그런 기대감을 버릴 때 어떤 기분일까? 그런 경우에 어떤 기분일지 살펴보라.

어떤 기분인지 찾아내면 그 기분들을 종이에 써보라. 깜짝 놀랄 정도로 완전히 다른 기분이라는 걸 확인할 수 있을 것이다.

만약 배우자와 함께 이 훈련을 한다면, 배우자의 현재 모습을 그대로 받아들일 때 예상되는 기분들을 서로에게 말해준다. 거듭 말하지만, 잘잘못을 판단하지 말고 듣기만 하라.

단계 4 : 행동

마지막 단계는 이런 기분, 즉 감정에서 비롯된 결과를 살펴보는 단계다. 이번에도 눈을 감고 다음과 같은 질문들에 솔직히 대답해본다. 현실을 그대로 받아들일 때의 기분을 실감나게 느껴보았다면 이제부터 어떻게 행동하겠는가? 현실에 충실하려면 어떻게 행동해야 하겠는가? 현실을 직시하고 바람이나 기대를 깨끗이 잊는다면 지금부터 어떤 면에서 달라져야 하겠는가?

예컨대 이혼한 부인을 상대로 이 훈련을 시도했다면, 그래서 과거로 돌아갔다면, 당시에 현실을 직시하고 그에 따라 행동했다면 전 부인과의 관계에서 당신의 행동이 어떤 면에서 달랐을지 찾아보라. 그랬더라면 당신은 어떤 부분에서 다르게 행동했겠는가?

현실을 직시할 때 당신이 했을 행동, 특히 당신이 지금 하는 행동(혹은 과거에 했던 행동)과 달리 했을 행동에 대해 써보라. 현실에 눈을 뜨는 계기가 될 것이다. 그때부터, 문자 그대로 '현실적인 사람'으로 변신할 수 있을 것이다. 꿈의 세계에서 살지 않고 지금 존재하는 것에 집중할 수 있을 것이다. 눈을 감고 앉아, 이렇게 찾아낸 결과들을 만끽해보라. 어떤 기분인가?

배우자와 함께 이 훈련을 한다면, 당신이 현실을 직시할 때 취했을 행동에 대해 배우자에게 솔직하게 말해주라. 당신이 지금 취해야 할 현실적인 행동은 무엇인가?

* * *

내 경험에 따르면, 이 훈련에서 얻는 결과는 사람에 따라 현격하게 다르다. 배우자에 대해 품고 있던 선입견을 버리고 배우자의 실제 모습을 조사한 결과, 배우자에게 새삼스레 고마워하는 사람이 적지 않았다. 그들은 배우자에게 깊이 감사하면서 앞으로 더 깊이 사랑해야겠다고 말했다. 반면에 어떤 변화도 기대할 수 없다는 게 확실해졌다면 배우자와 완전히 갈라서야겠다고 말하는 사람도 있었다.

당신이 어떤 결과에 이르던 간에 현실로 되돌아온 걸 축하한다! 현실은 언제나 우리 곁에 있었다. 그 현실을 우리가 보지 못하고 있었을 뿐이다.

* * *

인간관계에서 현실과 우리 생각 간의 차이에 대해 더 깊이 알고 싶으면 내 아들, 팀 레이의 《우리를 미치게 하는 인간관계에 대한 101가지 신화101 Myths about Relationships thta Drive Us Crazy》와 우리 모자의 웹사이트 (www.beamteam.com)를 참조하기 바란다.

우리의 생각이나 우리가 꾸민 이야기가 우리는 아니다

결론적으로 '우리 생각이나 우리가 꾸민 이야기가 우리는 아니다!' 라는 점을 잊지 않아야 한다. 우리 머릿속에 맴도는 생각이나 우리가 꾸민 이야기에 지나치게 집착하고, 심지어 우리 자신과 동일시하지만 우리는 그런 사실을 전혀 인식하지 못한다. 분명히 말하지만, 우리가 꾸민 이야기 속의 우리는 우리의 진실된 모습이 아니다. 누구나 자신만의 이야기를 꾸미지만, 그 이야기 속의 우리는 우리의 진정한 모습이 아니다. '법칙2 목격의 법칙'을 기억해보라. 그 법칙에 따르면, 우리는 생각이 나타났다가 사라지는 걸 분명히 볼 수 있다. 달리 말하면, 우리 생각이 나타났다 사라지는 걸 눈앞에서 볼 수 있기 때문에 우리가 우리 생각일 수는 없다! 결국 우리가 꾸민 이야기가 우리 자신일 수도 없다는 뜻이기 때문에 반드시 기억해야 할 중요한 사실이다. 우리가 생각의 그물에서 벗어나면, 우리가 허황되게 꾸민 이야기를 찾아낼 수 있다는 뜻이기도 하다. 따라서 그런 이야기로 인해 우리가 불행하다면, 그 이야기에 의문을 제기해야 한다. 그 이야기를 면밀히 분석하면, 그 이야기가 진실인지 아닌지 확인할 수 있다. 결국, 우리 머릿속을 지배하는 이야기들이 현실과 관계있는지 의문을 제기해야 한다는 뜻이다. 그 이야기들이 현실과 일치하는지, 그저 환상이고 꿈은 아는지 의문을 품어야 한다는 뜻이다. 우리 생각이 우리 자신은 아니라는 사실을 깨닫게 될 때 우리는 생각의 폭정에서 해방될 수 있다. 그때 우리는 정신의 힘을 현명하게 활용하며 우리 생각에 의문을 제기할 수 있다. 중대한 변화, 극적인 변화가 아닐 수 없다. 우리가 생각에 더 이상 지배당하지 않는다는 뜻이기 때문이다. 이제부터 우리는 생각의 폭정에서 해방돼 어떤 것에나 의문을 제기할 수 있다. 이것만으로도 얼마나 큰 위안인가!

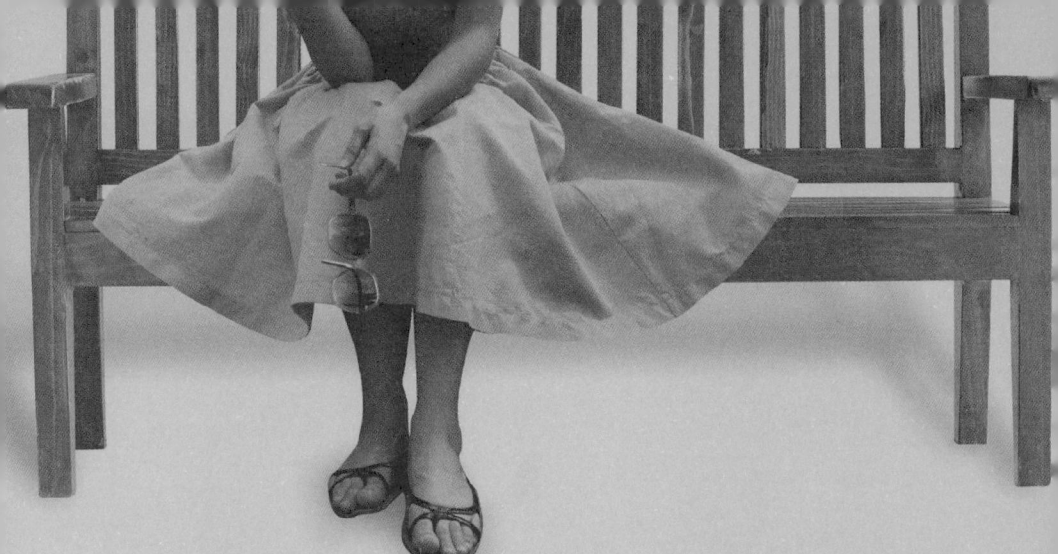

3부 **응용**

실천이
중요하다

The Awakening
Human Being

배운 것을
실천하라

여기에서는 지금까지 배운 원칙과 훈련법을 실생활에 실천하고 응용할 수 있는 방법에 대해 살펴보려 한다.

일일계획

앞에서 거듭해서 말했듯이, 이 책을 읽는 것만으로는 부족하다. 아무리 좋은 책도 마찬가지다. 강연회나 워크숍에 참가한다고 저절로 행복해지는 것은 아니다. 배운 것은 일상의 삶에서 실천해야 한다. 명상에 대한 책을 읽는 것만으로는 부족하다. 직접 명상을 해야 한다. 집중의 도구들에 대해 완벽하게 알고 있다고 해서 충분하지는 않다. 집중의 도구들을 실생활에 활용해야 한다. 집중의 중요성을 아는 것만으로는 충분하지 않다. 항상 현재에 집중하는 훈련을 거듭해야 한다. 우리가 꾸민 이야기를 조사해야 한다는 사실을 아는 것으로

그쳐서는 안 된다. 직접 조사해야 한다.

따라서 당신이 일일계획을 짜는 데 조금이라도 도움을 주고자, 몇 가지 시나리오를 짜보았다. 당신의 생활방식과 필요성에 따라 적절한 수준을 취하면 된다. 실천의 강도가 낮으면 작은 결과밖에 기대할 수 없을 테고, 적당히 실천하면 적당한 결과밖에 기대할 수 없을 것이다. 그러나 혼신을 다해 전심전력으로 실천하면 훨씬 나은 결과를 기대할 수 있을 것이다.

일일계획의 요건들

당신의 상황과 욕구와 기호에 따라 달라지겠지만, 일일계획은 다양한 요소들로 구성될 수 있다. 일일계획에 들어갈 수 있는 요소들을 대략적으로 나열해보면 다음과 같다.

- 감사(강력한 의문을 제기하고, 감사할 대상의 목록을 작성하며, 의지할 것을 눈여겨본다)
- 명상 혹은 정신집중훈련
- 묵상(예컨대 현실의 본질을 묵상한다) 혹은 정신요법
- '작업'의 4가지 질문
- '지금'의 힘을 다룬 책을 읽는다(뒤에 주어진 참고문헌을 참조할 것)
- 자연과 하나가 된다
- 침묵
- 기분을 북돋워주는 노래를 하거나 춤을 춘다

- 봉사(대가를 바라지 않고 남을 돕는다)

일일계획의 실례

우리가 워크숍에 활용하는 일일계획표를 아래에 소개했다. 일일계획은 강도에 따라 라이트light-레귤러regular-터보turbo, 즉 상-중-하, 세 수준으로 나뉜다.

일일계획 : 라이트(하루에 한 번, 20분씩)

'일일계획 : 라이트'에 해당되는 3가지 예를 아래에 소개했다. 당신에게 가장 적합하게 여겨지는 하나를 선택하거나, 위에서 나열한 도구들 중 하나 이상을 더해 새로운 계획을 설계할 수도 있다.

일일계획 A : 10분 명상 + 10분 묵상이나 정신요법

일일계획 B : 10분 침묵 + 10분 감사(강력한 질문을 제기하거나 감사할 대상의 목록을 작성한다)

일일계획 C : 20분 동안 책을 읽고 공부한다.

위의 계획 중 하나에 다음의 방법을 덧붙이면 더욱 효과적이다.

- 1주일에 한 번, 적어도 20분 동안 '작업'의 4가지 질문을 시도한다.
- 1주일에 한 번, 적어도 20분 동안 자연에서 침묵하며 걷는다.

일일계획 : 레귤러(하루에 두 번, 20분씩)

'일일계획 : 레귤러'에 해당되는 3가지 예를 아래에 소개했다. 당신에게 가장 적합하게 여겨지는 하나를 선택하거나, 위에서 나열한 도구들 중 하나 이상을 더해 새로운 계획을 설계할 수도 있다.

일일계획 A : 20분 명상, 10분 묵상/정신요법 + 10분 감사(강력한 질문을 제기하거나 감사할 대상의 목록을 작성한다)

일일계획 B : 20분 명상, 20분 동안 '작업'의 4가지 질문을 시도한다.

일일계획 C : 20분 동안 책을 읽고 공부한다, 20분 명상

위의 계획 중 하나에 다음의 방법을 덧붙이면 더욱 효과적이다.

- 1주일에 한 번, 적어도 1시간 동안 자연에서 침묵하며 걷는다.
- 1주일에 한 번, 적어도 1시간 동안 '작업'의 4가지 질문을 시도한다.
- 1주일에 한 번, 적어도 1시간 동안 봉사한다(대가를 바라지 않고 남을 돕는다).

일일계획 : 터보(하루에 서너 번, 30분씩)

'일일계획 : 터보'에 해당되는 3가지 예를 아래에 소개했다. 당신에게 가장 적합하게 여겨지는 하나를 선택하거나, 위에서 나열한 도구들 중 하나 이상을 더해 새로운 계획을 설계할 수도 있다.

일일계획 A : 20분 명상 + 10분 묵상/정신요법, 30분 독서/공부, 30분 동안 '작업'의 4가지 질문 시도

위의 계획 중 하나에 다음의 방법을 덧붙이면 더욱 효과적이다.

- 1주일에 한 번, 적어도 1시간 동안 자연에서 침묵하며 걷는다.
- 1주일에 한 번, 적어도 1시간 동안 '작업'의 4가지 질문을 시도한다.
- 1주일에 한 번, 적어도 1시간 동안 봉사한다(대가를 바라지 않고 남을 돕는다).

일일계획 B : 30분 묵상, 30분 명상, 30분 동안 '작업'의 4가지 질문 시도, 30분 독서/공부

위의 계획 중 하나에 다음의 방법을 덧붙이면 더욱 효과적이다.

- 1주일에 한 번, 적어도 3시간 동안 자연에서 침묵하며 걷는다.
- 1주일에 한 번, 적어도 3시간 동안 '작업'의 4가지 질문을 시도한다.
- 1주일에 한 번, 적어도 1~3시간 동안 봉사한다(대가를 바라지 않고 남을 돕는다).

주단위로 일일계획을 뒤섞을 수도 있다. 예컨대 시간적 여유가 있는 주말에는 레귤러 계획을 시도하고, 바쁘게 지내는 주중에는 라이트 계

획을 시행해도 상관없다. 물론, 휴일에는 강도 높은 터보 계획을 시도하면 된다.

┃ 반드시
┃ 기억해야 할 사항들
일일계획을 실천할 때 다음과 같은 사항들을 반드시 기억해야 한다.

- 규칙적으로 매일 실천하라
- 한꺼번에 몰아서 가끔 실천하는 것보다 매일 조금씩 실천하는 것이 훨씬 효과적이다
- 절제하라
- 지나치게 많이 하려다가 지쳐 포기하는 것보다 매일 조금씩 실천하면서 성공하는 게 낫다
- 당신의 생활방식과 일상의 삶에 적합한 계획을 설계하는 것이 중요하다
- 융통성 있게 계획을 조절하라. 주 단위로 일일계획을 뒤섞을 수도 있다

변화의
과정

이 훈련을 시작해 현실에 눈을 뜨기 시작하고 정신의 작동 원리를 더 깊이 알게 되면, 우리는 의식과 생활습관을 극적으로 변화시켜, 그 이후로 완전히 다른 삶을 살 수 있다. 이런 변화가 일어나면, 과거처럼 현실에 저항하고 부정적인 생각에 시달리는 상태로 되돌아가지 않을 수 있다. 비교해서 말하면, 이미 튜브에서 빠져 나온 치약을 도로 집어넣기는 힘들지 않은가! 아니, 불가능하다! 이제 우리는 자유와 즐거움을 마음껏 누리는 삶의 길에 들어섰다. 되돌아간다는 것은 꿈도 꿀 수 없다.

축하받아 마땅한 일이다. 그렇다고 앞으로의 여정이 쉽기만 하다는 뜻은 아니다. 현실은 녹록치 않다. 삶의 여정은 도전의 연속이다. 때로는 힘겨운 도전이 될 수도 있다. 물론, 사람마다 삶의 여정도 다르다. 숱한 위기를 겪은 덕분에 극적인 변화를 신속하게 이루어내는 사람도 있지만, 변화의 과정을 천천히 겪는 사람도 있기 마련이다. 또 어떤 사람은 하루가 다르게 발전하면서 수 년 만에 상당한 경지에 오르기도 한다. 따라서 사람마다 다르다는 사실을 명심하고, 당신의 변화 과정을 다른 사람의 경우에 비교하면서 좌절하거나 실망하지 마라. 당신의 변화 과정에 대해 판단하지 마라. 당신은 당신일 뿐이다. 당신의 여정은 오로지 당신의 여정이다. 그 자체로 남다른 가치를 갖는다.

어떤 변화가 생길까

현실에 눈을 뜨기 위해 전심전력으로 노력할 때 기분이 좋아지기도 하지만 동시에 마음이 더 불편해지기도 한다. 새로운 깨달음을 얻고, 삶의 질을 현격하게 바꿔놓을 수 있는 다양한 기법들을 활용한다는 점에서는 기분이 좋아진다. 마음이 한결 편안해지고 눈도 맑아진 것 같다. 새로운 활력도 얻는다. 그러나 마음이 더 불편해지기도 한다. 거북한 기분이 파도처럼 밀려온다.

그 이유가 무엇일까? 현실에 눈을 뜰 때, 그때까지 우리를 사로잡았던 부정적이고 비극적인 생각들과 믿음들을 알게 되기 때문에 마음이 불편해진다. 우리를 옥죄던 프로그램과 사고방식이 표면에 드러나고, 그와 관련된 감정까지 빠짐없이 드러난다. 때로는 이런 상태가 견디기 힘들 정도로 고통스러울 수 있다.

이런 문제를 어떻게 해결해야 할까? 우리가 과거에 흔히 쓰던 전략은 더 이상 최적의 해결책이 아니라는 점을 알아야 한다. 과거의 전략은 우리가 정신의 작동 원리를 제대로 이해하지 못했을 때 쓰던 방법이기 때문이다. 따라서 우리가 두려워하던 생각과 감정을 부인하고 억누르는 방식이었다. 하기야 부정적인 생각과 감정에 대한 이해도 부족했고, 부정적인 생각을 다루기에 적합한 도구도 없었기 때문에 그런 전략을 쓸 수밖에 없었다. 요컨대 고통스런 생각과 감정을 회피하는 식으로 억누르는 방식을 택했다. 이 방법으로도 효과를 얻지 못하면 텔레비전, 술과 마약, 섹스와 쇼핑, 음식과 일 등 좋아하는 것에 탐닉하며 마음을 딴 데로 돌리려고 애썼다. 따라서 우리는 두려움을 떨쳐내려고 일과 섹스, 음식과 술 등과 같은 것에 열중해왔다. 그러나 이제 우리는 새로운 혜안을 얻었다. 덕분에 우리에게 일어나는 일을 분명히 이해하게 됐고, 과거의 전략에서 별다른 도움을 얻을 수 없다는 것도 알게 됐다. 오히려 과거의 전략은 우리 마음을 더 무겁게만 할 뿐이다!

그럼, 어떻게 해야 할까? 그런 과정을 해결하는 가장 현명한 방법은 '이것도 하나의 과정이다'라는 사실을 깨닫는 것이다. 우리 마음을 무겁게 하는 과정마저 결국에는 우리에게 도움이 된다는 사실을 깨닫는 것이다. 우리가 경험하는 모든 것이 현실에 눈을 떠가는 과정의 자연스런 일부라는 걸 알아야 한다. 그럼 마음이 한결 편안해진다. 하루아침에 현실에 눈을 뜨고 완전히 자유로워질 수는 없다. 그런 기적은 일어나지 않는다. 그런 경지에 이르려면 열심히 노력해야 한다. 대부분의 사람에게는 그 결과는 놀랍게만 여겨진다. 현실에 눈을 뜨는 과정이 어떤 결과를 가져오는지 아는 사람이 거의 없기 때문이다.

따라서 '이해하고 받아들이는' 자세가 가장 중요하다. 지금 우리 앞에서 벌어진 상황을 그대로 받아들여야 한다. 모든 일이 항상 쉬운 것은 아니라는 진실을 받아들여야 한다. 기분이 좋을 때도 있지만 때로는 기분이 엉망일 수 있다는 걸 인정해야 한다. 세상살이가 그런 것이다. 기분이 엉망이라고 우리에게 뭔가 잘못이 있다거나, 우리가 부정한 짓을 저질렀다는 뜻은 아니다. 오히려 과거의 잘못된 편견이 표면에 드러난다는 뜻일 수 있다. '우리가 뭔가에 저항할수록 그것의 반발력이 커진다'는 뜻일 수 있다. '우리가 저항하는 것은 끈질기게 버틴다'는 사실을 기억해야만 한다. 우리가 내면에서 진행되는 변화를 거부하면, 또 표면에 드러나는 부정적인 생각과 감정을 억누르면 그 저항이 더욱 강해진다. 저항은 부정적인 생각과 감정에 힘을 더해줄 뿐이다. 따라서 부정적인 생각과 감정을 그대로 내버려두고, 과거의 잘못된 사고방식이 고스란히 드러나도록 하는 것이 최선의 방책이다.

저항이 있으면 반발이 있기 마련이다

가능하면, 물처럼 모든 과정을 그대로 받아들이는 게 가장 안전하고 손쉬운 방법이다. 우리가 저항하지 않는다면, 불쾌한 생각과 감정에 집착하지 않는다면, 그런 생각과 감정은 나타났다가 곧 사라지기 마련이다. 그렇게 될 때 우리는 목격자, 관찰자, 즉 진정한 자아로 관심을 돌려 지금 눈앞에서 펼쳐지는 현상을 그대로 받아들일 수 있다.

어떤 현상이 눈앞에 닥치더라도 그럴 수밖에 없는 거라고 인정하는 게 낫다. 어차피 일어난 일이지 않은가. 모든 것이 당신에게 이익이 된다고, 모든 것이 당신을 위해 주어진 거라고 생각하는 편이 낫다. 당신에게 주어진 도구들, 즉 이 책에서 공부한 기법들을 활용하고, 일일계획을 철저히 실천하라. 연습하고 훈련을 반복하라. 부정적인 생각과 감정이 밀려오면 '작업'의 4가지 질문을 적극적으로 활용하라. 생각을 종이에 직접 써보고 그 생각에 의문을 제기하라. 당신을 괴롭히는 생각들이 눈곱만큼이라도 진실이 있는지 확인해보라. 아침, 점심, 저녁 시간을 이용해 '작업'을 해보라. 마음이 편해지고 눈이 맑아질 때까지!

관련된 책들을 꾸준히 읽고 연구하는 것도 중요하다.

이 책에서 소개된 다른 훈련법들도 꾸준히 연습하라. 뭔가를 이루려면 훈련이 필요하다. 좌절감을 이겨내려면 더더욱 그렇다. 물론, 당신만의 힘으로 문제를 해결할 수 없다면 전문가의 도움을 찾아야 한다. 도움을 구한다고 실패했다는 뜻은 아니다. 삶에 닥친 상황을 혼자 힘으로 이겨내기 힘들 때는 전문가의 도움을 구하는 것이 당신을 위한 가장 확실하고 현명한 방법일 수 있다. 현실에 눈을 뜨고, 그야말로 현실적인 사람이 돼야 하는 이유는 궁극적으로 우리 자신을 돌보기 위한 것이다! 우리 자신을 돌보는 역할은 결국 우리의 몫이다. 우리의 책임이다. 우리가 가장 화급하게 배워야 할 것은 우리 자신을 돌보는 방법이다. 우리가 뭔가를 배우는 이유가 무엇인가? 결국에는 우리 자신을 위한 것이다. 모든 것이 우리 결정에 달렸다. 따라서 도움이 필요하면 도움을 구하라! 친구에게든 전문가에게든.

부정적인 생각과 감정은 그대로 내버려두면 결국 사라지지 마련이다. 결코 영원히 머물지 않는다. 잠시 우리를 괴롭히겠지만, 저항하지 않고 그대로 내버려두면 제풀에 사라진다. 어떤 예외도 없다.

지원팀

도움과 지원을 받기 위해서는 당신이 어떤 일을 하고, 당신이 어떤 곤경을 겪고 있는지 알고 있는 사람이 주변에 있다면 훨씬 편하다. 당신을 지원해줄 사람들이 옆에 있거나, 당신과 비슷한 사고방식으로 그 과정을 겪는 사람들이 주변이 있다면 가장 이상적인 조건이라 할 수 있다. 그런 경우에는 어려움이 닥칠 때 서로 돕고 조언을 해줄 수 있기 때문이다.

그런 조건에 있지 않다면, 당신과 함께 문제를 고민해줄 수 있는 사람을 찾아나서야 한다. 강연장이나 워크숍에 참석하거나 명상단체에 가입하면, 그 과정을 함께 고민해줄 만한 사람을 만날 가능성이 크다. 변화 과정에서 부정적인 생각과 감정이 표면에 나타나면 언제라도 전화를 걸어 얘기를 나눌 수 있는 사람이 있다면 큰 도움이 된다.

변화 과정에서는 도움과 지원을 받는 것이 중요하다. 따라서 나는 워크숍에 참석한 사람들에게 워크숍이 끝난 후에도 서로 연락하면서 '진정한 친구'처럼 지내는 관계를 유지하라고 가르친다. 변화의 과정을 겪는 동안 전화로든 뭐든 서로 연락하면 도움을 주고받으라고 권한다. 실제로 많은 사람이 이 방법을 통해 도움을 받았다고 연락을 해온다. 따라서 당신도 언제든 접촉할 수 있는 사람을 확보해두는 편이 낫고, 그런 사람을 구하려는 노력이 필요하다. 우리가 사회의 한 구성원으로 이 땅에서 살고 있는 것이 현실이기 때문이다. 하지만 많은 사람이 이런 현실을 인식하지 못해, 변화 과정에서 문제가 발생할 때 극복하지 못한다. 세상에 혼자 동떨어진 외로운 사람이라고 느낄 때는 변화가 더더욱 힘들다. 이제라도 마음의 문을 열고, 변화 과정에 대해 허심탄회하게 애기를 나눌 수 있는 사람을 찾는 노력을 해야 한다. 그런 사람이 옆에 있으면 큰 도움이 된다.

봉사

남을 위해 봉사하고 남을 돕는 것도 좋은 방법이다. 다른 사람을 돕는 것은 결국 우리 자신을 돕는 것이다. 다른 사람을 위해 봉사한다는 것은 어떤 대가도 바라지 않은 행위를 뜻한다. 달리 말하면, 남을 위해 무료로 우리 시간과 에너지를 할애하는 행위다.

현실에 눈을 뜰 때 우리는 '모든 생명이 하나'라는 사실을 깨닫게 된다. 요컨대 모든 생명이 거미줄처럼 얽혀있어, 우리 모두가 한 가족이다. 따라서 주변 사람을 돕고 사랑하는 봉사는 지극히 당연한 것이다. 다른 사람을 돕는 것이 결국 우리 자신을 돕는 것이 되는 이유가 무엇일까? 우리 모두가 하나기 때문이다! 어떤 의미에서 '현명한 이기심'이라 할 수 있다. 그러나 현명한 이기심이 행동하는 사랑이며, 우리 마음이 드러나는 사랑이다. 그런 사랑이 우리의 진정한 본질이며, 우리 본연의 모습이다. 우리가 즉각적이고 개인적인 이득을 꾀하지 않고 순수한 사랑으로 다른 사람을 위해 뭔가를 하면 언제나 기분이 좋아진다. 못마땅한 마음으로 시작할 때도 마찬가지다. 남을 위해 시간을 할애함으로써 우리는 우리에게 당면한 문제와 과제를 올바른 관점에서 바라볼 수 있다. 따라서 마음이 심란해 자기 자신을 객관적인 관점에서 관찰할 필요가 있을 때는 남을 위해 봉사하는 시간에서 그런 기회를 얻을 수 있다.

이런 이유에서 봉사가 일일계획에 포함되는 것이다. 남을 위해 정기적으로 뭔가를 하는 행위는 기분을 스스로 북돋는 현명한 방법이다. 내 말을 믿고 시도해보라. 1주일에 적어도 한 번은 남을 위해 좋은 일을 하겠다고 결심해보라. 평상시에도 남을 도와줄 기회가 주어지면 주저없이 나서라. 우리 마음속에 감추어진 선의를 마음껏 분출시켜라! 그것만큼 좋은 명약은 없다.

나의 현실 check __ 어떻게 봉사해야 할까?

어떤 상황에서나 남을 도울 방법을 찾아내기는 쉽다. '여기에서 어떤 이익을 얻을까?'라는 생각을 버리고 '이 상황에서 어떻게 도와줄 수 있을까?'라고 생각해보라.

세상을
변화시켜라

이 책을 읽는 과정에서 '다른 사람들은 어떻게 해야 하나? 현실에 눈을 뜨겠다는 계획은 나만을 위한 계획이 아닐까? 나만이 편하게 살겠다는 이기적인 방법이 아닐까? 주변 세상은 어떻게 해야 하나? 나를 걱정하는 것보다 다른 사람들을 돕는 데 내 삶을 조금이라도 더 투자하는 게 낫지 않을까?'라는 의문을 품은 사람도 적지 않을 것이다.

진지하게 따져봐야 할 의문이다. 우리가 진정으로 세상을 사랑한다면, 주변의 고통을 덜어주기 위해 뭔가를 하고 싶은 마음이 자연스레 생기기 때문이다. 그러나 문제는 '어떻게 하느냐'이다. 어떻게 해야 우리는 주변의 고통을 완화시키고 줄일 수 있을까? 가장 효과적인 방법은 무엇일까?

주변을 눈여겨보면, 세상을 변화시키기 위해 자신의 삶과 에너지를 헌신적으로 쏟아내는 사람이 의외로 많다. 사회단체에서 일하는 사람은 물론이고 정치인과 공무원 및 기업가도 세상을 변화시키기 위해 일하는 사람이라 할 수 있다. 그들의 고결하고 진지한 노력에 박수를 보내고 싶다.

'저기'는 '여기'의 다른 모습이다

그러나 우리 주변의 고통을 완화시키는 데 조그만 역할이라도 하고 싶은 욕심을 다른 관점에서 볼 수도 있다. 현실에 눈을 뜨는 과정을 시작할 때에야 이런 관점이 눈에 띈다. 우리 눈에 주변의 세계는 이 땅에서 살았던 모든 사람들이 남겨놓은 생각과 믿음과 이야기의 종합판으로 보이기 때문이다. '저기'는 우리 머릿속의 '여기'를 정확히 반영한 다른 모습일 뿐이다. 우리가 '저기'에서 보는 고통은 우리 머릿속의 '여기'에 맴도는 고통의 거울상이다. 우리 주변에서 눈에 띄는 분노와 불안, 무지와 혼돈, 두려움과 편협 등 모든 것이 똑같다. 모든 것이 우리 머릿속에 잠재된 '여기'의 거울상이다. 정확히 말하면, '여기'는 우리가 의식하든 의식하지 않든 간에 우리 모두에게 잠재된 생각과 믿음을 뜻한다. 따라서 주변 세계는 우리 머릿속에 프로그램된 믿음과 생각의 결과일 수밖에 없다. 어떻게 그렇지 않을 수 있겠는가?

이런 인과관계가 맞다면, 우리가 변해야 세상이 변한다. 따라서 더 나은 세상, 우리 모두가 바라듯이 평화와 사랑으로 가득한 세상을 만들어가기 위해 진정으로 한몫을 하고 싶다면, 우리 내면을 편하게 유지하

실천이 중요하다

241

는 것부터 시작해야 한다. 그렇지 않으면 어떻게 더 나은 세계가 가능하겠는가? 우리 자신이 두려움과 분노, 혼돈과 불안으로 들끓는 용광로라면 평화와 관용, 자비와 미덕으로 가득한 세상을 어떻게 기대할 수 있겠는가? 어떻게 그런 세상을 만들어갈 수 있겠는가? 우리가 아닌 어디에서 사랑을 기대할 수 있겠는가? 그렇다면 당신은 유일한 사람이다. 세상을 변화시켜야 하는 유일한 사람이다. 그렇다, 당신은 유일한 사람이다. 그러니까 당신에게 투자하라! 놀랍겠지만, 당신이 변할 때 세상도 변하는 걸 확인할 수 있을 테니까.

우리가 '저기'에서 보는 고통은
우리 머릿속의 '여기'에 맴도는 고통의 거울상이다.

당신과 세계 :
물결효과

이른바 물결효과다. 당신이 변할 때, 즉 당신의 내면을 다듬어갈 때, 주변 세계도 당신 내면에서 일어나는 변화를 그대로 반영하기 시작한다. 구체적으로 설명해보자.

우리는 생각과 믿음을 지닌 의식적인 인간이다. 삶에 대해 잠재된 믿음과 생각이 우리의 세계관을 결정한다. 우리의 세계관이 우리의 도덕의식과 윤리의식을 결정한다. 따라서 우리의 세계관이 우리의 도덕의식이고 윤리의식이라고도 말할 수 있다. 도덕의식과 윤리의식이 우리의 행동과 말을 결정한다. 우리가 말하고 행동하는 태도는 인간관계에 영향을 미친다. 가족의 관계, 친구와의 관계, 직장 동료들과의 관계, 공동체 구성원과의 관계가 우리의 말과 행동에 의해 결정된다. 결국, 우리가 말하고 행동하는 태도에 영향을 미치는 생각과 믿음에서 이런 모든 관계가 결정되는 셈이다. 따라서 잠재된 믿음이 인간관계를 비롯한 모든 것의 근원이다.

따라서 내면을 맑게 다듬어 갈 때, 즉 우리 내면에 잠재된 생각과 믿음을 점검해 올바른 방향으로 바꿔갈 때 우리와 주변 세계의 관계가 변하게 된다. 우리가 변할 때, 다시 말해, 우리가 현실에 눈을 뜨고 지금보다 더 친절하고 자상하며 사랑하는 사람으로 변할 때 주변 사람들과의 관계도 변한다. 그때 우리는 그들에게 영향을 미쳐 그들의 생각과 인간관계까지 바꿔갈 수 있으며, 따라서 궁극적으로는 우리가 속한 공동체 역시 변하게 된다.

나의 현실 check __ 물결효과

당신 → 당신의 잠재된 믿음과 생각 → 당신의 도덕의식과 윤리의식(당신의 세계관) → 당신의 말투와 행동 → 가까운 사람들과의 인간관계 → 직장 동료들과의 관계 → 공동체 구성원들과의 관계 → 사회 → 세계

볼룸과
바바라의 대화

이 대화록은 현실에 눈을 뜬 나의 일부와 여전히 혼돈 속에 있는 나의 일부가 내 머릿속에서 나누는 대화를 옮겨쓴 것이다. 《반지의 제왕》에서 스미골과 골룸이 대화를 나누는 식이라 생각하면 편안하게 받아들일 수 있을 것이다.

생산성에 대하어

볼룸 : 바바라, 당장 소파에서 일어나 일을 시작해야지. 책도 써야 하고, 할 일도 많잖아.

바바라 : 하지만 소파에 누워있는 게 너무 편하고 좋아.

볼룸 : 편하다고? 편하고 싶다면 일을 해야지! 생산적인 사람이 되고 돈을 벌어야지. 뭔가 성과를 내야 하는 거야. 이렇게 소파에 누워서는 아무것도 해낼 수 없어!

바바라 : 하지만 여기에 누워있는 게 너무 좋아. 영성의 길이란 것도 그런 것 아니야? 현재에 집중하는 거잖아?

볼룸 : 늙으면 얼마든지 그렇게 쉴 수 있어.

바바라 : 나는 벌써 늙었는데.

볼룸 : 천만에!

바바라 : 그런 식이면, 죽을 때가 돼서야 지금처럼 여기에서 편하게 즐길 수 있을 거야.

볼룸 : 헛소리하지 말고. 빨리 일어나. 생산적인 일을 하지 않으면 살 자격도 없어.

바바라 : 정말? 네가 그렇게 말하니까 괜히 불안하잖아.

볼룸 : 올바른 노동관을 가져야 해. 모두가 너처럼 빈둥대면 세상이 망하고 말 거야.

바바라 : 정말 그럴까?

볼룸 : 당연하지. 이렇게 빈둥대면서 어떻게 해변이 보이는 별장을 마련할 수 있겠어?

바바라 : 바닷가에 있는 별장이 뭐 때문에 필요한데?

볼룸 : 그런 집이 성공과 행복의 상징이니까.

바바라 : 정말? 그런 집이 행복과 무슨 관계가 있어! 나는 지금 이 소파에 누워서도 더없이 행복해.

볼룸 : 정말 희망이 없군. 너는 절대 성공하지 못할 거야.

볼룸과 바바라의 대화
명상에 대하여

볼룸 : 바바라, 뭐하는 거야?

바바라 : 앉아서, 아무런 장식도 없는 벽을 쳐다보고 있어.

볼룸 : 뭐라고?

바바라 : 호흡도 하고….

볼룸 : 그래서 뭘 하는 건데?

바바라 : 명상을 하는 거야.

볼룸 : 명상을 한다고? 내 귀에는 쓸데없이 시간을 보내는 걸로 들리는군. 생산적인 일을 해야지.

바바라 : 그러는 거야.

볼룸 : 가만히 앉아 흰 벽을 쳐다보는 게 생산적인 일을 하는 거라고?

바바라 : 그래.

볼륨 : 어떤 면에서 생산적이라는 거야?

바바라 : 내 마음을 관찰하고 있거든.

볼륨 : 마음을 관찰한다고? 그래서 뭐가 좋은데?

바바라 : 정신의 속성을 이해하고, 삶이란 것을 더 깊이 이해할 수 있어.

볼륨 : 바바라, 뭔가를 이해하려고 애쓸 것 없어. 부지런히 일하면 충분해. 그래야 삶에서 뭔가를 이룰 수 있는 거야.

바바라 : 정말 그렇다고 생각해?

볼륨 : 물론! 유명한 사람들이 어떻게 해서 유명해졌다고 생각해?

바바라 : 왜 내가 유명해져야 하지?

볼륨 : 모두가 유명해지고 싶어 해.

바바라 : 정말? 유명해진다고 좋은 게 있어?

볼륨 : 그럼, 텔레비전에 출연할 수 있고, 네가 말하는 걸 사람들이 귀담아 들을 거라고.

바바라 : 내가 너무 바삐 돌아다녀서 현재의 순간에 충실하지 못한데 내가 무슨 말을 하겠어?

볼륨 : 알았어, 알았어. 어쨌든 이렇게 흰 벽을 쳐다보는 건 오늘 하루로 충분하다고 생각해. 매일 이렇게 하지는 마…. 사람들이 뭐라고 생각하겠어?

바바라 : 사람들이 어떻게 생각하는지까지 내가 걱정해야 하나?

볼륨 : 물론이지. 남들이 너를 어떻게 생각하는지도 중요해. 사람들이 너를 이상한 여자로 생각하면 좋을 게 없잖아. 네가 이렇게 앉아서 벽을 쳐다보고 있는 걸 사람들이 보면 뭐라고 생각하겠어?

인상에 대하여

볼룸 : 유명인 중에 이렇게 보이는 사람은 본 적이 없을 거다!

바바라 : 어떻게 보이는 사람?

볼룸 : 너처럼 보이는 사람.

바바라 : 무슨 말이야?

볼룸 : 낡은 청바지에 스웨터를 입고 있잖아! 화장도 하지 않고 말이야.

바바라 : 낡은 청바지와 스웨터가 어때서? 게다가 화장을 왜 짙게 해야 해?

볼룸 : 남들에게 좋은 인상을 주고 싶지 않아?

바바라 : 청바지와 스웨터를 입었다고, 신경 써서 화장을 하지 않았다고 좋은 인상을 주지 못하나?

볼룸 : 제발, 바바라. 좋은 인상을 주려면 세련되게 유행을 따라야 한다는 걸 알잖아. 모두가 아는 거라고!

바바라 : 정말? 나는 그렇게 생각지 않아. 내가 풍기는 기운에 사람들이 관심을 갖는다고 생각해. 그러니까 내가 긍정적인 자세로 주변 사람들에게 기운을 북돋워주느냐 하는 게 중요하다고 생각해.

볼룸 : 나는 그런 거 몰라! 낡은 리바이스 청바지보다 세련된 아르마니 청바지를 입어야 더 좋은 인상을 준다고 생각해!

바바라 : 네 말이 맞을 수도 있지만, 그렇게까지 좋은 인상을 주고 싶지는 않아. 모두가 내 옷에 신경을 쓰고, 내가 화장을 했는지 지켜보더라도….

볼룸 : 하지만 현실과 타협을 해야지! 세상이 그러니까…. 나는 다만 네가

성공하는 걸 돕고 싶을 뿐이야.

바바라 : 너는 입만 열면 성공, 성공이구나…. 성실하고 정직한 게 더 중요하지 않을까?

볼룸 : 듣기는 좋지. 하지만 성실하고 정직하게 행동한다고 해서 세상이 얼마나 알아줄까?

바바라 : 몰라. 하지만 나라도 그렇게 살고 싶어.

볼룸 : 정말 싹수가 노랗군 그래! 그런 식으로 살면 명성을 얻고 돈을 벌기는 힘들 거다! 나는 쇼핑이나 하러 가야겠다. 너한테 어울리는 옷을 찾아보겠어. 지금 세일 중이라고 하니까.

볼룸과 바바라의 대화
만남에 대하어

볼룸 : 바바라, 바깥 구경도 하면서 새로운 사람도 만나고 그래야 해.

바바라 : 정말?

볼룸 : 바바라, 하루 종일 집안에 혼자 처박혀 앉아있을 순 없잖아.

바바라 : 글쎄….

볼룸 : 사교적인 사람이 돼야지. 잘 알잖아? 밖에 나가 사람들도 만나야 해.

바바라 : 나도 그래야 해?

볼룸 : 당연하지…. 그렇지 않으면 절대 행복할 수 없을 거야.

바바라 : 사람들을 만나는 것과 행복이 무슨 관계가 있는데?

볼룸 : 제발, 바바라. 사람은 사회적 동물이란 걸 알잖아.

BONUS TRACKS

바바라 : 그래서 나도 사교적이 돼야 한다고?

볼룸 : 너는 가끔 정말 바보 같아. 학교에 다닐 때 친구를 사귀고 인맥을 넓혀야 한다는 걸 배우지 않았어? 그래야 사회가 건전하게 유지된다고 말이야.

바바라 : 아니, 학교에서 그런 걸 배운 기억은 없는데. 사실 학교에서 배운 것은 하나도 기억나지 않아.

볼룸 : 아참, 네가 미국에서 학교를 다녔다는 걸 잊었군. 미국에선 외우느라 정신이 없었겠지. 하지만 지금 네가 사는 덴마크에서는 사회성의 중요성을 가르치지.

바바라 : 그래? 덴마크 사람들이라고 그다지 사교적인 것 같지도 않던데.

볼룸 : 그래, 정확히 봤어. 그래서 학교에서 그걸 가르치는 거야. 그런데 우리가 주제에서 벗어난 얘기를 하고 있어. 나는 네가 하루 종일 소파에 앉아 빈둥대서는 안 된다는 걸 지적하는 거야. 행복해지고 싶다면 밖에 나가서 사람들을 만나고 그래야 해.

바바라 : 하지만 나는 네 말대로 소파에 앉아 빈둥대는 것만으로 더없이 행복해. 내가 아직 갖지 못한 걸 다른 사람들이 내게 줄 수 있을까?

볼룸 : 다른 사람들이 무엇을 줄 수 있냐고? 네가 바라는 행복을 줄 거다!

바바라 : 행복? 다른 사람이 있어야 내가 행복할 수 있다는 말인가?

볼룸 : 물론. 다른 사람이 없으면 누구도 행복할 수 없어.

바바라 : 정말? 흥미로운 말이군. 하지만 그 말이 정말 맞을까?

볼룸 : 물론, 사실이야.

바바라 : 내 경험에는 그렇지 않은데. 예전에는 나도 다른 사람들과 함께 많은 시간을 지냈지만 그때마다 기분이 엉망이었어.

볼룸 : 그건 네 잘못이었어. 다른 사람들과 지내면서 즐겁고 행복하려면, 타협해서 다른 사람들이 네게 원하는 대로 할 줄 알아야 해.

바바라 : 바로 그게 문제야⋯. 내가 왜 그렇게 해야 하지? 나 혼자 소파에 앉아서 희희낙락하면 한없이 행복한데. 그때는 누구하고 타협할 필요도 없고 말이야.

볼룸 : 그래, 좋은 생각이 떠올랐다. 조금 전에 인터넷에서 환상적인 데이트 사이트를 찾아냈어. 바로 너 같은 사람들을 위한 사이트야.

바바라 : 정말?

볼룸 : 그렇다니까. 그 사이트에 접속하면 네 마음에 꼭 드는 남자를 만날 수 있을 거야.

바바라 : 그런데 내가 왜 그래야 하지? 지난번에 받은 상처에서 겨우 회복되고 있는데.

볼룸 : 알아. 하지만 내 말대로 해봐. 좋은 남자를 만나 재밌는 시간을 보낼 테니까.

바바라 : 하지만 이렇게 소파에 앉아 지내는 것만으로도 행복하고 재밌어.

볼룸 : 제발 바바라⋯. 그냥 클릭만 하면 돼⋯. 어려울 것도 없잖아⋯.

볼룸과 바바라의 대화
계획에 대하여

볼룸 : 바바라, 네 삶을 조절할 수 있어야 해.

바바라 : 정말?

볼룸 : 당연하지! 그걸 질문이라고 하는 거야? 삶을 조절하지 못하면 아무 것도 제대로 할 수 없어.

바바라 : 정말? 그게 사실이야?

볼룸 : 그렇다니까. 네 삶을 완전히 장악해서 조절할 수 있어야 해.

바바라 : 내가 그래야 한다고?

볼룸 : 물론이지.

바바라 : 그래서, 무슨 말을 하고 싶은 거야?

볼룸 : 무엇보다 먼저, 계획을 세워야 해.

바바라 : 계획?

볼룸 : 이루고자 하는 목표를 명확히 정하고, 그 목표를 어떻게 성취할 건지 계획을 세워야 해.

바바라 : 정말? 나는 지금도 내 식으로 잘하고 있는데.

볼룸 : 바바라, 제발…. 계획이 없으면, 달리 말해서 앞으로 어떻게 살겠다는 명확한 로드맵이 없으면 어떤 성과도 거두지 못할 거야.

바바라 : 내가 꼭 무슨 성과를 거두어야만 하나? 나는 지금도 더없이 행복한데 말이야.

볼룸 : 어떻게 지금도 더없이 행복할 수 있다는 거야? 누구도 네가 누군지 몰라. 너는 유명하지도 않고 부자도 아니잖아. 그냥 소파에서 빈둥대기를 좋아하는 중년의 여자일 뿐이야. 너는 아무것도 아니라고!

바바라 : 그래, 네 말대로 나는 부자도 아니고 유명하지도 않아. 소파에서 빈둥대는 걸 좋아해. 더없이 행복하다고! 그래서 내게 계획이 필요한 이유를 모르겠어.

볼룸 : 계획을 세우면 성공하는 데 도움이 되거든.

바바라 : 하지만 좀 전에도 말했듯이 나는 성공하고 싶지 않아.

볼룸 : 너는 지금 이 순간에 모든 게 완벽하다고 생각하는 모양이군.

바바라 : 그래, 맞아. 지금 이 순간에 모든 것이 완벽해.

볼룸 : 내 눈에는 그렇게 보이지 않아!

바바라 : 네 눈에는 그렇게 안 보이겠지만 내 눈에는 그렇게 보여!

볼룸 : 이 순간에 뭐가 그렇게 완벽한데?

바바라 : 이 순간에 완벽하지 않은 건 또 뭐가 있는데?

볼룸 : 너는 더 많이 가질 수도 있어.

바바라 : 뭘 더 많이?

볼룸 : 모든 것에서!

바바라 : 왜 내가 모든 것에서 더 많은 것을 바라야 하는데?

볼룸 : 그래야 행복할 테니까.

바바라 : 하지만 지금도 행복하다니까!

볼룸 : 이렇게 눈곱만큼 갖고서 어떻게 행복하다고 말할 수 있어?

바바라 : 재물이 행복과 무슨 관계가 있다고 그래?

볼룸 : 행복하려면 재물이 많아야 해. 모두가 그렇게 알고 있어.

바바라 : 정말? 내 경험에는 그렇지 않아. 내 경험에 행복은 지금의 나한테
충실한 거야.

볼룸 : 너는 내 맘을 정말 몰라주는구나….

바바라 : 그래!

볼룸과 바바라의 대화
독신에 대하여

볼룸 : 혼자 사는 것보다 관계를 맺고 사는 게 훨씬 좋다는 건 알겠지?

바바라 : 정말 그럴까?

볼룸 : 물론. 왜 사람들이 배우자를 찾으려고 애쓴다고 생각해?

바바라 : 미국에서는 지금 여성의 51퍼센트가 독신이라는 글을 읽었어. 그러니까 미국에는 부부로 사는 여자보다 독신인 여자가 더 많다는 뜻이지…. 게다가 덴마크는 인구가 500만 정도밖에 되지 않는데 독신이 100만 가량이고. 코펜하겐에만 20만 정도가 독신으로 살고 있다는 말도 들었어.

볼룸 : 하지만 배우자를 구하려고 애쓰는 여자가 많다는 건 알겠지. 독신인 남자에게는 정말 좋은 일이지.

바바라 : 배우자를 원하지 않는다고 문제될 게 있나?

볼룸 : 하지만 배우자를 구하려는 여자도 많잖아?

바바라 : 그럼 51퍼센트의 여자는?

볼룸 : 그 여자들은….

바바라 : 독신으로 행복한 여자는 한 명도 없다고 말하고 싶은 거야?

볼룸 : 비슷하지.

바바라 : 하지만 확실한 건 아니잖아?

볼룸 : 그래, 확실하진 않아. 하지만 혼자 살면서 행복할 수 있을까?

바바라 : 나는 혼자 살지만 더없이 행복해.

볼룸 : 넌 정말…. 바바라, 너는 정말 이상한 여자야. 너도 인정하지?

바바라 : 내가 혼자 살면서도 행복해서 이상한 여자라는 거야?

볼룸 : 그래! 누구도 혼자서는 행복할 수 없어.

바바라 : 그 말이 사실이라고 장담할 수 있어?

볼룸 : 물론!

바바라 : 네 말이 사실이라면, 배우자가 없다는 이유로 수많은 여자와 남자가 평생 불행하게 살아야하겠군.

볼룸 : 내 생각에는 그래. 그래서 내가 너한테 인터넷 사이트에서 짝을 찾아보라고 말하는 거야. 네 행복을 위해선 정말 중요하거든.

바바라 : 내 행복이 정말 다른 사람에게 달렸다고 생각하는 거야?

볼룸 : 그래, 내 생각은 그래!

바바라 : 그럼, 내 행복이 나하고는 아무런 관계도 없다는 건가?

볼룸 : 약간이야 있겠지…. 내 말은 너도 나긋한 여자가 돼야 한다는 거야.

바바라 : 음…. 여하튼 내 행복이 나하고 조금은 관계가 있다는 걸 인정하지?

볼룸 : 때로는…. 하지만 말꼬리 붙잡고 늘어지지 마. 나는 네가 밖에 나가 남자를 만나서 재밌게 지내길 바랄 뿐이야.

바바라 : 하지만 꼭 남자가 있어야 재밌게 지낼 수 있나?

볼룸 : 넌 정말 어떤 때는 바보 같다니까. 여성잡지를 읽지 못했어? 재밌게 살려면 남자가 있어야 해. 잡지에는 그렇게 쓰여 있다고….

바바라 : 그래서 내가 여성잡지를 읽지 않는 거야. 그런 터무니없는 생각 때문에 내 행복을 망가뜨리고 싶지 않거든. 내가 보기에 여성잡지는 근거 없는 말들을 늘어놓을 뿐이야. 내 행복은 내 생각에 달려있는 거지, 남자랑은 상관없어.

볼룸 : 아이쿠, 또 정신력을 들먹이는구먼. 남자들이 너랑 놀지 않으려는 게 당연해!

바바라 : 그건 또 무슨 말이야?

볼룸 : 너는 항상 이렇게 말하잖아. 네 행복은 너한테 달린 거라고.

바바라 : 당연하지.

볼룸 : 그러니까 어떤 남자가 너랑 살려고 하겠느냐고! 남자는 여자가 행복하게 해주기를 원한다고. 바보 멍청이도 그 정도는 알아!

바바라 : 그렇겠지…. 그래서 내가 남자들이랑 지내지 않으려는 거야.

볼룸 : 정말 싹수가 없군…. 절망적이야.

바바라 : 그래, 나를 비롯해 모든 독신 여자가 네 눈에는 그렇게 보이겠지.

볼룸과 바바라의 대화
금융 위기에 대하어

볼룸 : 정말 끔찍하군. 어떻게 해야 할지 모르겠어!

바바라 : 뭐가 문젠데?

볼룸 : 금융 위기 말이야, 바보 같으니…. 신문도 읽지 않는 거야?

바바라 : 신문이야 읽지.

볼룸 : 그런데도 모른단 말이야? 이번에는 아주 심각해. 우리가 굶어 죽을 수도 있어.

바바라 : 정말?

볼룸 : 그래…. 굶어 죽을지도 몰라!

바바라 : 5분 전만 해도 냉장고에 먹을 게 잔뜩 있던데.

볼룸 : 지금 그런 얘기를 하는 게 아니잖아, 바보야. 미래를 얘기하는 거야.

바바라 : 미래야 어떻게 될지 나도 모르지.

볼룸 : 그래서 내가 계획이 필요하다고 말하는 거야.

바바라 : 무엇에 대한 계획?

볼룸 : 살아남기 위한 계획.

바바라 : 그러니까 금융 위기에서 살아남는 계획을 우리가 세울 수 있다고 생각하는 거야?

볼룸 : 그래.

바바라 : 정말 그렇게 생각해? 우리가 어떻게 해야 한다고 생각해? 거리로 나가 사람들에게 총을 겨누고 내 책을 사라고 협박이라도 할까?

볼룸 : 제발 말도 안 되는 소리 좀 하지 마.

바바라 : 그럼 어떻게 하자는 거야?

볼룸 : 먼저 절약으로 시작해야지.

바바라 : 그래? 뭘 절약해야지? 나는 아예 아무것도 사지 않는데.

볼룸 : 비싼 화장품, 디자이너 이름이 걸린 옷, 해외여행 등과 같은 것에 쓰는 돈부터 줄여야 해.

바바라 : 나는 비싼 화장품을 쓰지 않고, 디자이너 이름을 내건 옷을 입지도 않아. 해외여행도 거의 다니지 않고. 너도 알겠지만 네 말대로 나는 소파에서 빈둥대기만 한다고.

볼룸 : 흠.

바바라 : 그런데도 내가 절약할 게 있을까?

BONUS TRACKS

볼룸 : 그래서 내가 걱정인 거야. 여하튼 줄일 수 있는 게 있지 않을까?

바바라 : 물론 있겠지.

볼룸 : 하지만 모두가 소비를 줄이면 경제 전체가 정체될 위험이 있다는 것도 알아야 해.

바바라 : 사람들은 흔히 그렇게 말하지. 하지만 성장의 속도를 늦추면 환경에는 좋다고 생각해…. 모두가 소비를 줄이면 말이야.

볼룸 : 제발 그만 좀 해!

바바라 : 아니야, 진지하게 하는 말이야. 우리가 소비를 줄이면 환경에 얼마나 좋을지 생각해보라고. 공장에서 물건을 덜 만들 거고, 그럼 쓰레기도 줄어들고 이산화탄소 배출량도 줄어들겠지. 사람들이 자동차도 덜 사고, 여행도 덜 하면 당연히 이산화탄소 배출량이 줄어들지 않겠어?

볼룸 : 나는 그런 생각을 한 번도 해보지 않았어.

바바라 : 이제라도 그렇게 생각해봐. 어쩌면 이번 금융 위기도 대지의 여신이 직접 속도를 조절하려고 나선 것일 수도 있어.

볼룸 : 정말 그럴까?

바바라 : 우리가 지나친 과소비를 줄이지 않고 지구를 닥치는 대로 파괴하니까 대지의 여신이 우리를 대신해서 직접 나선 것 같아.

볼룸 : 그 때문에 일자리를 잃고 굶어죽게 생긴 사람들은 어떻게 하고?

바바라 : 대지의 여신이 우리에게 절제해서 행동하고, 지구를 아끼고 또 우리가 서로를 사랑하며 살라는 뜻으로 이번 금융 위기를 보낸 게 아닐까? 패션잡지나 읽고 자기만을 생각하지 말고 말이야.

볼룸 : 또 그 얘기로군….

돈에 대하여

볼룸 : 바바라, 돈을 더 많이 벌어야 해.

바바라 : 또 그 얘기야!

볼룸 : 하지만 사실인 걸. 넌 돈을 더 벌어야 해.

바바라 : 무엇보다 더 벌어야 한다는 거야?

볼룸 : 지금보다 더 벌어야 한다는 거야!

바바라 : 하지만 나는 요즘 돈벌이를 하지 않는데.

볼룸 : 나도 알아. 그래서 기분이 좋지 않아.

바바라 : 뭐가 기분 나쁜데?

볼룸 : 네가 돈벌이를 하지 않는 게.

바바라 : 그게 왜 기분이 나쁘지?

볼룸 : 우리가 굶어 죽을 수도 있으니까.

바바라 : 그런 얘기는 전에도 했잖아.

볼룸 : 그런데도 변한 게 없잖아. 세계 경제는 점점 나빠지고 말이야.

바바라 : 그 얘기도 전에 했어.

볼룸 : 하지만 너는 내 말을 들은 척도 하지 않잖아. 네가 내 말을 진지하게
들어주면 좋겠어.

바바라 : 난 듣고 있어. 너 때문에 나도 골치가 아프다고!

볼룸 : 그래, 그게 중요해!

바바라 : 나를 골치 아프게 하는 게 중요하다고?

볼룸 : 멍청하긴. 내 말을 잘 들어야 하는 게 중요하다고!

바바라 : 왜 네 말을 듣는 게 중요하지? 너는 나를 골치 아프게만 하는데.

볼룸 : 내 말을 들으면 네가 뭔가를 하려고 할 테니까!

바바라 : 조금 전에도 나는 뭔가를 하고 있었어.

볼룸 : 뭘 했는데?

바바라 : 즐겁게 지냈어.

볼룸 : 즐겁게 지내? 세상이 망해가고 있는데.

바바라 : 내 눈에는 모든 게 좋아 보이는데.

볼룸 : 미치겠군, 너는 정말 희망이 없어. 너랑 사리에 맞는 말을 할 수 있다면 좋을 텐데.

바바라 : 네 생각에는 사리에 맞는 말이 나한테는 골치만 아파.

볼룸 : 하지만 인생은 호락호락하지 않아.

바바라 : 뭐라고?

볼룸 : 제발 바보 같은 소리 좀 그만해!

바바라 : 나는 바보가 아니야. 나한테 인생은 즐겁게만 보여…. 적어도 내 눈에는.

볼룸 : 완전히 눈 뜬 장님이군. 세상이 어떻게 돌아가는지 모르겠어?

바바라 : 알지, 누구보다 잘 알지. 네가 나타나 나를 괴롭힐 때까지 나는 여기에 편안히 앉아 즐거운 시간을 보내고 있었다고.

볼룸 : 지금은 내 충고를 무시하고 있고!

바바라 : 아름다운 이 순간을 무시하라는 말도 충고라 할 수 있을까?

볼룸 : 이 순간에서만 살 수는 없는 거야.

바바라 : 정말 그럴까? 이 순간에 충실하지 않고 어떻게 행복할 수 있지? 달리 행복할 방법이 있을까?

볼룸 : 물론. 내 말을 진지하게 받아들이면 좋겠어. 계획을 세워야 해.

바바라 : 난 진지해. 내 계획은 지금 이 순간에 충실하고 이 순간의 아름다움을 즐기는 거야.

볼룸 : 하지만 그런 계획으로는 어떤 것도 이룰 수 없어.

바바라 : 그래서 내가 무엇을 이루어야 하는데.

볼룸 : 미래로의 전진!

바바라 : 미래로?

볼룸 : 돈을 많이 벌면, 미래에도 안전하고 행복할 거야.

바바라 : 지금 이 순간의 안전과 행복은 어떻게 하고!

볼룸 : 이 순간에 머물면서 영원히 살 수는 없어!

바바라 : 정말 그렇게 확신해?

볼룸과 바바라의 대화
새로운 관계에 대하여

볼룸 : 바바라, 지난 저녁에 함께 외출한 남자는 괜찮아 보이던데.

바바라 : 그렇지, 썩 괜찮은 남자야.

볼룸 : 다행이야.

바바라 : 뭐가 다행이지?

볼룸 : 네가 관계를 맺을 만한 사람을 만났다는 뜻이잖아.

바바라 : 관계? 왜 내가 그 남자와 관계를 맺어야 하지?

볼룸 : 네가 말했잖아, 괜찮은 남자라고.

바바라 : 괜찮은 거하고 인간관계가 무슨 상관이지?

볼룸 : 너는 그런 남자하고 지내야 해!

바바라 : 알았어.

볼룸 : 고마워. 여하튼 남은 삶을 혼자 살 수는 없어.

바바라 : 정말 그렇게 생각해?

볼룸 : 너도 알잖아, 혼자 사는 건 무서워.

바바라 : 혼자 사는 게 뭐가 무섭지? 내가 지난번에도 시도해봤지만, 다른 사람과 함께하는 게 훨씬 더 위험한 것 같던데.

볼룸 : 하지만 그건 네 잘못이었어. 너는 너무 고집불통이야. 네 경험과 네 생각에만 매달린다고. 남자와 함께 살려면 타협할 줄 알아야 해. 모든 것을 네 식으로 밀어붙여서는 안 돼.

바바라 : 내가 그렇다는 건 나도 알아.

볼룸 : 인간관계를 원만하게 꾸려가려면 타협할 줄 알아야 해.

바바라 : 정말 그럴까?

볼룸 : 물론이지. 모두가 아는 거야. 원만한 인간관계를 맺고 살아가려면 많은 걸 포기해야 해. 내가 몇 번이나 그렇게 말했잖아?

바바라 : 왜 내가 그런 삶을 살아야 해? 나한테 중요한 것까지 포기하면서?

볼룸 : 모두가 그렇게 하니까.

바바라 : 그렇긴 하더군. 하지만 왜 나까지 그런 삶을 살아야 하냐고?

볼룸 : 좀 전에도 말했잖아. 누구도 혼자서 계속 살 수 없는 거라고.

바바라 : 왜?

볼룸 : 혼자서 어떻게 삶을 꾸려갈 수 있겠어?

바바라 : 삶을 꾸려간다고? 그게 무슨 말이지? 내 돈으로 집세를 내고, 내 돈으로 먹을 것을 사는데? 그런 게 인간관계와 무슨 상관이 있다는 거지?

볼룸 : 지금은 아무 문제도 없어 보이겠지. 하지만 심각한 일이 터지면 어떻게 할 거야? 누가 너를 돌봐주겠어?

바바라 : 내가 어째서?

볼룸 : 네가 네 자신을 돌볼 수 없는 상황이라면 어떻게 하겠냐고?

바바라 : 친구도 있고 가족도 있잖아. 또 자신을 돌볼 수 없는 사람들을 지원해주는 체계가 갖추어진 나라에서 살고 있고.

볼룸 : 알아. 하지만 그런 사람들이 너를 사랑하는 사람이랑 똑같지는 않아.

바바라 : 하지만 그런 게 사랑이지 않을까?

볼룸 : 으음… 그럴 수도 있겠지. 하지만 내가 말하는 사랑은 그런 사랑이 아니야. 남녀 간의 사랑을 말하는 거야. 가슴을 두근대게 하는 그런 사랑. 남자와 여자가 함께 부르는 '하나밖에 없는 사랑'. 헤어지면 가슴을 미어지게 하는 사랑!

바바라 : 그런 사랑! 나도 해봤어. 하지만 숨조차 제대로 쉴 수 없었어.

볼룸 : 가끔 나는 너를 이해할 수가 없어. 너와 네가 꿈꾸는 자유도! 그런 사랑을 하면 모든 걸 기꺼이 희생하면서까지 그 사랑을 지키고 싶지 않나?

바바라 : 정말 그럴까?

볼룸 : 당연하지. 그런 남자를 만나면 너도 경력은 물론이고 모든 걸 포기할 수 있을 거야. 그 남자에게 네 삶 자체를 맡기고 싶을 거야.

바바라 : 왜 내가 그런 삶을 원해야 하지? 왜 남자 때문에 나에게 중요한 모든 걸 포기해야 하지?

볼룸 : 바보야, 대부분의 여자가 그렇게 하니까!

바바라 : 알아. 하지만 나에게 그런 짓은 사랑처럼 여겨지지 않고 자살처럼 생각돼!

볼룸과 바바라의 대화
지금 이 순간에 대하여

볼룸 : 바바라, 이 순간을 더 낫게 만들어가기 위해 할 수 있는 일은 많아.

바바라 : 정말? 예를 들면?

볼룸 : 아파트를 청소할 수도 있고 머리를 감을 수도 있겠지. 서재에 어지럽게 널린 서류도 정리하고, 또….

바바라 : 알았어, 그만 해.

볼룸 : 청구서도 납부하고, 내일 일할 준비도 하고….

바바라 : 제발 그만 좀 해!

볼룸 : 운동을 해도 괜찮고, 또….

바바라 : 알았어, 알았다고. 나한테도 말할 기회를 좀 주지 않겠어?

볼룸 : 무슨 말을 하고 싶은데?

바바라 : 그런 것들하고 이 순간을 개선하는 것이 무슨 관계가 있어?

볼룸 : 우리 삶을 조금씩 개선해 가라고 이 순간이 존재하는 거야, 바보야.

바바라 : 정말 그럴까?

볼룸 : 당연하지. 그렇지 않으면 이 순간이 왜 존재한다고 생각해?

바바라 : 이 순간을 즐기라고 존재하는 거지.

볼룸 : 또 딴 길로 빠지는군.

바바라 : 무슨 말이야?

볼룸 : 또 지금 이 순간의 아름다움을 즐겨야 한다고 말하려는 거잖아.

바바라 : 내 말이 틀렸나?

볼룸 : 틀려도 많이 틀렸지. 지금 이 순간이 어떤 면에서 중요하다고 생각해?

바바라 : 그야 많은 점에서 중요하지.

볼룸 : 예를 들면?

바바라 : 내가 지금 살아있잖아. 그것만으로 충분하지 않나?

볼룸 : 너는 내일도 살아있을 거야.

바바라 : 그걸 어떻게 확신하지?

볼룸 : 너를 위해서라도 희망을 가져!

바바라 : 너는 항상 나한테 내일을 준비하라고 다그쳐. 왜 오늘에는 신경 쓰지 않는 거지?

볼룸 : 오늘에만 관심을 두면 지겨우니까.

바바라 : 정말 그럴까?

볼룸 : 그래! 지금 이 순간은 지겹지만 내일은 그렇지 않아. 네가 내일을 부지런히 준비하면 내일은 굉장한 날이 될 거야.

바바라 : 그럴까? 나도 내일을 준비하는 데 지금까지 거의 평생을 보낸 것 같기는 해. 그래서 지금은 이 순간을 즐기고 싶은 거야.

볼룸 : 하지만 성공하지 싶지 않아? 건강해지고 싶지 않아? 집을 멋지게 꾸

미고 싶지 않아? 남자를 만나고 싶지 않아?

바바라 : 알았어. 하지만 지금은 어떻게 하고? 이 순간을 어떻게 하고? 사는 속도를 조금 늦추면서 '이 순간'을 마음껏 만끽할 기회는 어떻게 하고? 이 순간의 풍요와 행복은 어떻게 하고?

볼룸 : 알았어, 그만 해. 또 딴 데로 빠졌어. '이 순간'에 충실하다고 우리에게 뭐가 좋은지 말해봐? 무슨 이점이 있냐고?

바바라 : 행복! 이 순간에 충실해야 행복한 거야! 내가 찾는 행복은 이 순간에 있다고!

볼룸 : 미치겠군. 너는 싹수가 노래. 희망이 없다고! 하기야 너한테 무엇을 바라겠어?

바바라 : 제발 아무것도 바라지 마.

볼룸 : 알았어…. 아무것도 바라지 않겠어. 어떻게 쥐꼬리만 한 것에 만족할 수가 있지?

바바라 : 무슨 말을 그렇게 해? 나는 지금 엄청나게 많은 걸 갖고 있어. 모든 걸 갖고 있다고! 이 세상의 부가 전부 내 거야. 너는 그것도 모르고 더 나은 삶을 살겠다고 발버둥치는 거야.

볼룸 : 제발, 바바라. 나는 네가 행복하기를 바랄 뿐이야.

바바라 : 하지만 나는 지금 행복하다고! 내가 입이 닳도록 말했잖아.

볼룸 : 하지만 남자도 없고, 성공하지도 못하고, 돈도 별로 없으면서 어떻게 행복할 수 있어?

바바라 : 대체 그런 것하고 행복이 무슨 상관이 있냐고?

볼룸 : 내가 말을 말아야지!

행복은
지금
여기에 있다

바바라 버거는 전작前作, 《불안한 나로부터 벗어나는 법》에서 "행복한 삶을 살고 싶다면 당신의 생각을 믿지 마라!"고 말했다. 이 책도 그 연장선에 있다. 우리 생각은 어린시절부터 귀에 딱지 앉도록 들은 '의무'로 세뇌돼 있기 때문이다. 따라서 우리는 생각의 노예로 전락했다. 그렇다고 생각하지 말라는 뜻은 아니다. 생각에 한 번쯤은 의문을 제기해보자는 것이다. 생각에 의문을 제기하는 가장 좋은 방법이 무엇일까? 지금 이 순간에 충실하는 것이다. '지금'이라는 이 순간에 눈을 뜨는 것이다.

예컨대 '실패'라는 말부터 생각해보자. 과연 실패라는 것이 있을까? 목적을 이루지 못한 것이 실패라면 실패는 있다. 그런데 애초부터 목표를 세우지 않았다면 실패는 있을 수 없다. 목적을 이루지 못한 것이 실패하면, 목표라는 전제가 있어야 실패가 성립가능하기 때문이다. 그러나 우리는 어린시절부터 목표를 세우고 계획을 세워야 한다고 배웠다. 그런 가르침이 우리 생각을 지배한다. 따라서 엄격하게 말하면 우리 모두가 실패자다. 목표는 끝없이 세워야 할 테고 모든 목표를 완벽하게 성취한 사람은 세상에 한 사람도 없을 것이기 때문이다. 목표를 세우지 않으면 실패는 없다. 실패가 두려워 목표를 세우지 않는 것이 아니다. 목표는 왜 세우는가? 더 나은 삶을 위한 것이다. 더 나은 삶을 사는 방법은 의외로 간단하다. 이 순간에 충실하면 된다. 저자는 약간 극단적으로 말하지만, 이 순간에 자신에게 최선의 길을 택하면, 그런 순간이 축적되면 하루하루가 더 나아지기 마련이다.

지금 이 순간에 충실하면 무엇이 좋을까? 욕심도 없어진다. 지금 나에게 주어진 것만으로도 충분하기 때문이다. 조그만 것에도 감사하는 마음이 저절로 생기기 때문이다. 따라서 다툼이 없어지고 시기와 질투가 사라진다. 또 남의 눈을 의식하지 않는다. 남의 눈을 의식하는 순간, 우리는 모든 것을 남의 기준에 맞추기 마련이다. 우리는 남의 기준을 흔히 사회적 기준 혹은 예의범절이란 말로 미화시킨다. 그때부터 나는 없다. 자유를 말하지만 결코 자유롭지 않다. 사회적 통념의 노예로 살아갈 뿐이다. 나를 되찾고 싶다면, 요컨대 진정한 자유인이 되고 싶다면 어떻게 해야 할까? 지금 이 순간에 몰두하는 것이다. 지금 이 순간에는 나 자신밖에 없을 테니까.

행복은 멀리 있는 것이 아니다. 바로 지금 우리 눈앞에 있다. 내가 지금 살아서 숨쉰다는 자체가 행복일 수 있다. 삶은 고난이라 하지만, 삶이 고난처럼 느껴지는 이유는 욕심 때문이다. 욕심이 없으면 살아있다는 자체가 즐겁다. 적어도 이 책에서는 그렇게 말한다. 물론 쉽게 받아들이기 힘들다. 그 때문에 저자는 독자에게 자신의 생각을 세뇌라도 시키듯이 똑같은 말을 지겹도록 반복한다. 하기야 우리도 삶은 고난이란 말, 인생에는 목표를 세워야 한다는 말을 귀가 따갑도록 지겹게 듣지 않았는가. 그렇게 우리 머릿속에 잠재된 생각을 떨쳐내는 가장 좋은 방법 역시 세뇌라고 저자는 생각한 모양이다. 그래도 끈기있게 읽다보면 저자의 생각에 자주 고개를 끄덕이게 된다. 행복은 행복하다고 생각하는 사람에게 주어지는 것이라고….

충주에서

강주헌

【 추천도서 】

Bhaghavad Gita

Byron Katie
Loving What Is
I Need Your Love - Is That True?
A Thousand Names for Joy
Question Your Thinking, Change the World
Who Would You Be Without Your Story?

Catherine Ponder
The Dynamic Laws of Healing
The Dynamic Laws of Prosperity

David R. Hawkins
Truth VS Falsehood
Discovery of the Presence of God
The Eye of the I from Which Nothing Is Hidden

Deepak Chopra
The Seven Spiritual Laws of Success
Creating Affluence
Power, Freedom and Grace

Dhammapada(Buddha)

Eckhart Tolle
The Power of Now
Stillness Speaks
A New Earth

Eknath Easwaran
Gandhi the Man, the Story of His Transformation

Emma Curtis Hopkins
Scientific Christian Mental Practice

Emmet Fox
Power through Constructive Thinking

Ernest Holmes
Living the Science of Mind

Manuel J. Smith
When I Say No, I Feel Guilty

Mary Baker Eddy
Science and Health

Sogyal Rinpoche
The Tibetan Book of Living and Dying

Sri Nisargadatta Maharaj
I Am That

Stephen Mitchell
Tao Te Ching
The Second Book of the Tao

Steve Hagen
Buddhism Plain and Simple
Meditation Now or Never

Sushila Blackman
Graceful Exits, How Great Beings Die

Barbara Berger
The Road to Power - Fast Food for the Soul
The Road to Power 2 - More Fast Food for the Soul
Gateway to Grace - Barbara Berger's Guide to User-Friendly Meditation
Mental Technology (The 10 Mental Laws) - Software for Your Hardware
The Spiritual Pathway
Are You Happy Now? 10 Ways to Live a Happy Life
Single for the Second Time - The Adventures of Pebble Beach

Tim Ray
Starbrow - A Spiritual Adventure - book 1
Starwarrior - A Spiritual Thriller - book 2
101 Myths About Relationships That Drive Us Crazy - And A Little About What You Can Do About Them

초판 1쇄 인쇄 2012년 3월 21일
초판 1쇄 발행 2012년 3월 28일

지은이 | 바바라 버거 · 팀 레이
옮긴이 | 강주헌
펴낸이 | 한 순 이희섭
펴낸곳 | 나무생각
편집 | 강소라
디자인 | 이은아
마케팅 | 김종문 이재석
출판등록 | 1998년 4월 14일 제13-529호
주소 | 서울특별시 마포구 서교동 475-39 1F
전화 | 02)334-3339, 3308, 3361
팩스 | 02)334-3318
이메일 | tree3339@hanmail.net
홈페이지 | www.namubook.co.kr
트위터 ID | @namubook

ISBN 978-89-5937-269-0 03840